Madeleine Bourdouxhe
Gilles' Frau
Auf der Suche nach Marie

Zu diesem Buch

Zwei bewegende Frauenschicksale, wie sie unterschiedlicher nicht sein könnten, doch verbindet sie ein Thema: die leidenschaftliche Liebe. Die hingebungsvolle Elisa zerbricht an der Untreue ihres Ehemannes Gilles, der Elisas jüngere Schwester vorzieht. Die unbeschwerte Marie dagegen beginnt trotz der Liebe zu ihrem Mann eine stürmische erotische Affäre, verliert aber dabei niemals die Wirklichkeit aus den Augen. Schonungslos, präzise und in einer aufregenden Sprache thematisiert Madeleine Bourdouxhe in diesen beiden Romanen Liebe, Leidenschaft und den Unterschied zwischen weiblicher und männlicher Sexualität.

Madeleine Bourdouxhe, geboren 1906 in Lüttich, gestorben 1996 in Brüssel, gehörte zum literarischen Kreis um Jean-Paul Sartre und Simone de Beauvoir. Ihr Œuvre, das mehrere Romane und Erzählungsbände umfaßt, erlebte ein internationales Comeback. Auf deutsch erschienen außerdem »Wenn der Morgen dämmert«, »Unterm Pont Mirabeau fließt die Seine« und zuletzt »Vacances. Die letzten großen Ferien«.

Madeleine Bourdouxhe
Gilles' Frau
Auf der Suche nach Marie

Zwei Romane in einem Band

Aus dem Französischen von
Monika Schlitzer

Piper München Zürich

Von Madeleine Bourdouxhe liegen in der Serie Piper außerdem vor:
Wenn der Morgen dämmert (2067)
Unterm Pont Mirabeau fließt die Seine (3352)

Ungekürzte Taschenbuchausgabe
April 2002
© 1997, 1998 The Estate of Madeleine Bourdouxhe
Titel der französischen Originalausgaben:
»La Femme de Gilles«, Gallimard, Paris 1937, und
Neuausgabe Éditions Labor, Brüssel 1985,
»À la recherche de Marie«, Éditions Libris, Brüssel 1943
© der deutschsprachigen Ausgaben:
1996, 1998 Piper Verlag GmbH, München
Umschlag: Büro Hamburg
Isabel Bünermann, Meike Teubner
Umschlagabbildung: Sheila Metzner (»Marie Sophie«)
Gesamtherstellung: Clausen & Bosse, Leck
Printed in Germany   ISBN 3-492-23549-2

www.piper.de

INHALT

Gilles' Frau

Eins

»Fünf Uhr... Er wird bald heimkommen«, denkt Elisa. Und kaum hat sie das gedacht, ist sie zu nichts mehr fähig.

Sie hat den ganzen Tag geschrubbt, gewaschen, poliert, sie hat zum Abendessen eine dicke Suppe gekocht – es ist in dieser Gegend nicht üblich, abends viel zu essen, aber er braucht es, da er mittags in der Fabrik nur Brot und Ei hatte. Und jetzt hängen ihre Arme schlaff herunter und sind selbst zum Tischdecken zu schwer. Eine Welle der Zärtlichkeit ergreift sie wie ein Schwindel. Sie ist zu keiner Bewegung mehr fähig und muß sich schwer atmend mit beiden Händen an der Messingstange des Küchenherds festklammern.

Es ist jeden Tag dasselbe, ein paar Minuten bevor Gilles nach Hause kommt. Elisa ist nur noch ein kraftloser Körper, der in Liebe vergeht, vor Sehnsucht zerfließt. Sie wartet mit jeder Faser ihres Wesens. Sie will ihm entgegenstürzen, um ihn in ihre Arme zu schließen. Doch beim Anblick des stattlichen, muskulösen Körpers, der plötzlich im Cordanzug im Türrahmen erscheint, verläßt sie die letzte Kraft.

Wenn er kommt, steht sie immer regungslos da, ein
wenig verstört, so daß er auf sie zugeht und sie sanft auf
die Stirn küßt.

»Hast du die Kinder gesehen? Sie wollten dir entge-
gengehen.«

Er zieht seine Jacke aus, fährt sich mit seiner schwie-
ligen Hand durchs Haar und setzt sich. Sein Hemd öffnet sich, und die nackte Haut darunter wird sichtbar.
Er kratzt sich ein wenig an der Stelle, wo man die Brust-
haare sieht.

Er antwortet: »Nein. Sie sind bestimmt mit den anderen zum Spielen auf die Wiese gegangen. Wir haben
doch hier auch ein Stückchen Rasen; aber Kindern gefallen fremde Gärten immer besser als der eigene.«

»Ich mache mir keine Sorgen... Es ist nur wegen des
Samstagsbades. Ich habe den großen Zuber vorbereitet. Die Sonne hat das Wasser erwärmt.«

Sie nähert sich ihm, atmet den starken Geruch von
Schweiß, Eisen, Öl, Arbeit ein, der seiner Kleidung
entströmt – Gilles' Geruch. Sie reibt ihre weiche
Wange an seinem Gesicht, das unrasiert ist – Gilles'
rauhe Haut... Gilles' Haare... Gilles' Mund... Gilles'
Augen...

»Gilles«, sie spricht seinen Namen aus wie ein kurzes, feuchtes Raunen, das Wasser fließt ihr im Mund
zusammen, benetzt ihre geschwungenen Lippen, bildet manchmal in den Mundwinkeln zwei winzige
Perlen.

Sie geht zum Herd zurück und hebt den Topfdeckel
ein wenig an, damit sich der Duft der Suppe verbreitet.
Gilles schnüffelt mit männlichem Heißhunger und

seufzt verliebt bei dem Gedanken an den bevorstehenden Genuß. Elisa lacht.

»Es ist zwar noch zu früh«, sagt sie, »aber, hier!«

Sie reicht ihm etwas mit Zucker bestäubten Reis-
kuchen und sieht ihm zu, wie er ihn mit drei Bissen
hinunterschlingt.

Gilles wischt sich mit einer ausladenden Handbewegung den Mund ab und gießt sich vor dem Herd eine
Tasse Kaffee ein.

Seine derbe Arbeiterhose hält ohne Gürtel auf seinen
kräftigen Hüften. Er ist groß, sehnig und stark wie die
meisten Arbeiter in dieser Gegend, doch seine schönen
Augen unterscheiden ihn von allen anderen.

Im Garten beugt Elisa ihren hübschen, schweren
Körper über den Zuber; das Wasser ist angenehm lau-
warm. Sie hat ihre nackten Arme heineingetaucht, um
die Temperatur zu prüfen, und überläßt sich jetzt ein
wenig der wohltuenden Sanftheit. Sie sieht ihr Spiegelbild, das durch den Reflex der Sonne überstrahlt wird.
Wenn sie ihren Kopf ein Stück zur Seite neigt, taucht
sie in einen Schattenstreifen, und ihr Spiegelbild wird
klarer: ihr Gesicht ist lang und voll, ihre Züge sind
regelmäßig, ihr Haar dunkel und schimmernd. Ist es
nicht merkwürdig, daß eine Frau aus dem Norden so
spanisch wirkt?

Sie richtet sich auf, legt die nassen Hände an die Lippen und ruft die Kinder.

Sie lächelt Gilles zu, der am Fenster steht und in den
Garten sieht. Er liebt diesen schmalen, langen Streifen
Erde, den er an den Sonntagen im Frühjahr umgegra-
ben und bepflanzt hat. Er hat auch das Taubenhaus aus

rosaroten Ziegeln gebaut, die Hecke aus Johannisbeer-
sträuchern gesetzt und den Bach, der den Garten längs
durchquert, mit Steinbrocken eingefaßt.

Als sie das Haus zum erstenmal besichtigt haben,
konnte er sich nicht entschließen, es zu mieten; doch
dann entdeckte Elisa den kleinen Bach. Damals hatte sie
noch eine Figur wie ein junges Mädchen, und Gilles
beobachtete sie, als sie zum Wasser lief und ihre kleinen, festen Brüste in ihrer Bluse hüpften. Bei diesem
Anblick erfüllte ihn auf einmal ein solches Glücksgefühl, daß er sich sofort entschied.

Das Haus gefällt ihm auch. Zwei Zimmer im Erdgeschoß, zwei Schlafzimmer im ersten Stock und unter
dem Dach ein großer Speicher, der durch niedrige Fenster erhellt wird.

Gilles wendet sich um, weil er die Kinder in die Küche
kommen hört, kleine blonde Zwillinge, brave, schüch-
terne Mädchen. Er hebt die Kleinen hoch, setzt sie sich
auf die Knie und bläst ihnen in die Augen, um sie zum
Lachen zu bringen. Es verwirrt ihn immer ein wenig,
wenn er die beiden langen, blinzelnden Wimpernpaare
so dicht vor sich sieht, und er sagt zärtlich: »So ein
Glück, zwei kleine Mädchen wie euch zu haben.«

Elisa ist hereingekommen, um die Kinder zum Baden
zu holen. Gilles atmet noch einmal tief den Duft der
Suppe ein. Bald wird das Essen auf dem Tisch stehen.
Morgen ist Sonntag, und er muß nicht zur Arbeit. Sein
Körper stellt sich langsam auf die Ruhepause ein. Nach
dem Aufwachen wird er Elisa lieben, wie immer am
Sonntagmorgen: man hat viel Zeit und ist nicht er-

schöpft von einem langen Arbeitstag. An den anderen Tagen bleibt wenig Platz für die Lust, und kommt es doch gelegentlich vor, so geschieht das auch am Morgen, in den Wochen, in denen er in der Fabrik Nachtschicht hat: wenn er im Morgengrauen durch den Nebel nach Hause geht, sieht Gilles um sich herum die große Kraft des Tages aufkeimen, und bevor er in der künstlichen Nacht versinkt, die für ihn auf die echte folgt, hat er Lust, sich auch seinen Teil des Lebens zu nehmen. Dann beeilt er sich, nach Hause zu kommen, bevor Elisa aufsteht.

Sie wartet auf ihn, übermüdet nach einer schlaflosen Nacht. Sie schläft immer schlecht, wenn er nicht da ist. Fügsam und nachgiebig läßt sie sich nehmen, fasziniert von der Freude, die das Gesicht über ihr erhellt. Und wenn Gilles dann mit primitivem männlichem Stolz ungeschickt fragt, ob es für sie auch gut war, antwortet sie vollkommen aufrichtig; denn sie kann sich kein größeres Glück vorstellen, als Gilles glücklich zu machen.

Dann steht sie auf und macht ihm Butterbrote und Kaffee, damit er so schnell wie möglich schlafen kann. Wenn sie ihm das Frühstück bringt, wirft sie ihm verstohlen einen zärtlichen und verschämten Blick zu: sittsam, wie sie ist, geniert sie sich ein wenig, daß sie sich am hellichten Tag lieben, im Angesicht der reinen, klaren Morgensonne. Sie geniert sich, daß sie sich zu solchen Zärtlichkeiten hinreißen läßt.

Gilles lehnt sich wieder aus dem Fenster. Er denkt an nichts und an eine Menge winziger Kleinigkeiten. Morgen ist Sonntag... Der Duft der Suppe steigt ihm noch immer in die Nase... Die Blumen im Garten sind schön. Wie angenehm das Leben doch ist.

Er sieht Elisa zu, wie sie im Licht der untergehenden Sonne seine beiden nackten kleinen Töchter badet, und Frieden erfüllt ihn.

Zwei

Elisa hatte die Kinder auf den Tisch gesetzt, um sie für die Nacht zurechtzumachen.

»Da war jemand am Gartentor«, sagte sie und sah aus dem Fenster. »Ach! Es ist Victorine.«

»Du kommst gerade noch rechtzeitig, um den Kleinen einen Gutenachtkuß zu geben«, sagte sie zu dem eintretenden Mädchen. »Ich wollte sie eben ins Bett bringen. Du bleibst doch ein paar Minuten? Ich komme gleich wieder herunter.«

Sie nahm eins der Mädchen auf den Arm, schob das andere vor sich her und stieg langsam und ein wenig kurzatmig die Wendeltreppe ins obere Stockwerk hinauf.

Gilles füllte bedächtig seinen aus einer Schweinsblase gefertigten Tabaksbeutel.

»Schöner Tag!« sagte er zu Victorine.

»Ja, stimmt«, antwortete sie. »Hier draußen geht's. Wir sind ja schon ein bißchen auf dem Land ... Aber in der Stadt erstickt man ... Und es ist kein Vergnügen, den ganzen Tag in einem Geschäft eingesperrt zu sein.«

Sie setzte sich Gilles gegenüber schräg an den Tisch, nahm ein Rabattmarkenheft, das Elisa dorthin gelegt hatte, und fing mechanisch an, die Marken einzukleben.

Das Verlangen entsteht ganz plötzlich, aus dem Nichts. Gilles sah den kleinen roten Mund, der sich alle paar Sekunden öffnete, um eine spitze, lange Zunge herauszulassen, die zwei Finger mit einem kleinen quadratischen Papierchen ableckte. Sprachlos sah er zu, ohne sich zu rühren. Oft hatte er ein spontanes Begehren gespürt, wenn er Elisa ansah, doch es war eine Begierde gewesen, die sich ganz langsam und angenehm steigerte. Dieses Mal war es, als würde sein nackter Körper von einer Panik erfaßt, er hatte den Eindruck, das Blut ließe seinen Kopf bis zum Platzen anschwellen.

Er versuchte einen klaren Gedanken zu fassen. »Also wirklich. Das ist doch Victorine... Ich kenne sie seit Jahren... Schon als kleines Mädchen mit einem Zopf auf dem Rücken und später mit einem Knoten... Es ist nur die kleine Torine.«

Aber es nützte alles nichts, spielte überhaupt keine Rolle mehr. Während sie weiter ihre Marken aufklebte, war es ihm, als sähe er diese sich öffnenden Lippen, diese Zunge, die sich hervorschob und wieder zurückzog, zum erstenmal. Er erhob sich, ging um den Tisch herum und stützte sich auf die Herdstange. Dort stand er völlig reglos und starrte Victorine mit riesigen Augen an.

Reiß dich zusammen, Gilles, bis jetzt ist noch nichts geschehen... Ein starkes männliches Begehren, das so unvermittelt aus der Mitte des Fleisches entspringt und von keinem Gedanken geleitet wird, ist nicht schlimm. Das Wichtigste ist, dem keine Beachtung zu schenken und es so unberechenbar, wie es gekommen ist, auch wieder verschwinden zu lassen.

Aber in diesem Moment hob das kleine Biest den Kopf: sie gehörte zu denen, die sofort begreifen und sich keine Gelegenheit entgehen lassen.

Viele Mädchen sind ganz von ihren Gefühlen bestimmt. Bei Victorine verdrängte das Sexuelle alles andere. Sie war einfach so, sie konnte nichts dafür, das arme Mädchen. Aber trotzdem ist es abscheulich, so zu sein.

Sie schlug die Beine übereinander und streckte sich genüßlich mit einem merkwürdigen kleinen Seufzer, als wäre sie müde. Blitzschnell prüfte sie Gilles' Reaktion, klappte das Rabattmarkenheft zu, stand auf und ging zu ihm. Sie sah ihn an: er war ein gutaussehender Mann.

Männliche Beine... ein männlicher Oberkörper... männliche Schultern... Sie preßte sich mit ihrem ganzen Körper an ihn.

Mit fünf Sekunden Verspätung begriff Gilles, daß er den kleinen roten Mund haben konnte; beim Küssen bemerkte er einen leichten Klebstoffgeruch.

Seine Beine zitterten. Er war unfähig, sich zu rühren, als er Elisa die Treppe herunterkommen hörte, doch Victorine ließ sich geschmeidig auf ihren Stuhl gleiten und fing an, mit den Fingern auf den Tisch zu trommeln und eine bekannte Melodie zu trällern.

»Sie wollten heute einfach nicht einschlafen«, sagte Elisa.

Sie beugte sich hinunter, um den Kohlenkasten herauszuziehen, doch Gilles' Beine waren ihr dabei im Weg. Sie verharrte mit ausgestreckter Hand und wartete, daß er zurücktrat. Ihr Blick wanderte den großen bewegungslosen Körper hinauf: Gilles' Beine... Gilles' Brustkorb... Gilles' Schultern... Sie lächelte, als sie sein ausdrucksloses Gesicht sah, die leeren Augen.

»Was hast du? Geh schon zur Seite, du Nichtsnutz!« sagte sie lachend und gab ihm, der für sie der einzige Mann auf der Welt war, einen dicken, schmatzenden Kuß auf die Wange.

»Bleibst du zum Essen?« fragte sie Victorine.

»Von mir aus«, antwortete das Mädchen und erhob sich, um Elisa beim Tischdecken zu helfen.

Sie setzten sich zu dritt an den Tisch. Gilles aß seine Suppe, ohne ein Wort zu sagen. Victorine erzählte eine lange Geschichte über die Kassiererin des Geschäfts, in dem sie arbeitete. Elisa hörte ihr mit ruhigem Herzen zu und aß dabei mit gesundem Appetit. Gilles nahm sich ein wenig von den Kartoffeln mit Speck, aber er konnte seinen Teller nicht leer essen.

»Schmeckt es dir nicht?« fragte Elisa. »Soll ich dir ein paar Eier machen?«

»Nein, ich habe keinen Hunger... Ich fühle mich nicht ganz wohl...«

Sie sah ihn beunruhigt an.

Er spürte Victorines Bein, das sich an seinem rieb. Er hatte das Gefühl zu ersticken; auch die Nachtluft, die durch das geöffnete Fenster hereinkam, brachte keine Abkühlung.

Wenn eine von beiden aus dem Zimmer ginge, würde ich mich besser fühlen, dachte er.

Aber als Victorine fort war, sah er sich um: der Tisch... die Stühle... der Kalender an der Wand... die Uhr... Es ist doch alles wie immer... Nein, er konnte es nicht zulassen.

Er verharrte einige Minuten schweigend; zum erstenmal fiel ihm auf, daß Lärm oder Stille die Dinge unterschiedlich erscheinen ließen. Er dachte: Diese Stille ist schwer wie Blei. Sie war ihm unerträglich, deshalb sagte er unvermittelt: »Ich gehe mal runter und sehe nach den Tauben.«

»Jetzt?« fragte Elisa.

Das tat er sonst nie um diese Uhrzeit, aber warum nicht.

»Na gut, dann geh«, sagte sie, »aber du wirst sie aufwecken.«

Er ging hinaus und an der Tür des Taubenhauses vorbei, bog nach rechts um die Hausecke, stieg die Betonstufen zum Gartentor hinauf und beugte sich hinaus. Eine weiße Bluse sieht man auch in der Dunkelheit. Nein, es war niemand auf der Straße. Er ließ seinen Blick forschend bis in die hinterste Ecke des Gartens schweifen. Langsam stieg er die Stufen wieder hinunter. Dann lehnte er sich ein wenig an die Hausmauer und murmelte: »Was ist denn bloß mit mir los?«

Er schob die Tür des Taubenhauses auf. Er liebte diesen Korn- und Federgeruch; heute abend sog er ihn nicht mit derselben Freude ein wie sonst. Mechanisch rieb er ein Streichholz an: Er schaute, ohne etwas zu sehen.

»Was ist? Gehen wir jetzt schlafen, Liebster?« rief Elisa ihm von der Haustür aus zu.

Er wandte sich zum Gehen, zog an der Kette der Gas-
lampe und tastete sich auf Elisa zu, die ihn auf den untersten Treppenstufen erwartete. Sie gingen nach oben
wie jeden Abend, Elisa voran, einen Arm nach hinten
abgewinkelt, mit dem sie sich an Gilles' Schulter festhielt.

Drei

»Aber nein, es ist nichts... Wahrscheinlich habe ich
mich verändert... Immerhin... Er macht schließlich
die Einkäufe... dann die Gewerkschaft... Er bringt
Mutter den Kaffee... Es wird eher an mir liegen... an
meinem Zustand.«

Elisa war an der vierten Betonstufe angekommen.
Wie bei den anderen kratzte sie zuerst den Schnee weg,
schob ihn zu einem kleinen Haufen auf die linke Seite
und entfernte dann mit einer Bürste den Rest. Sie
kniete sich auf den sauberen Beton und machte sich an
die fünfte Stufe.

»Und noch eins höher... auf zur nächsten.« Sie rich-
tete den Oberkörper auf, stützte ihre linke Hand in den
Schnee und betrachtete den Abdruck des Nagelschuhs.
Ihre Gesichtszüge wirkten angespannt, so als hätte sie
Mühe, Luft zu bekommen. »Liebes kleines Herz...«
Sie hatte nicht gesprochen, ihre Lippen hatten diese
Wörter lautlos geformt.

Wieder eine Stufe fertig... So, und jetzt... Die
große Schneeplatte wegzuschieben ist das Angenehm-
ste... Und dann bürsten... Und wieder ein neuer
Haufen... »All die kleinen Häufchen. Ich werde ihn

nachher bitten, sie mit der Schaufel wegzuräumen, genau... Und dann wird er wieder so ein Gesicht machen... Also wirklich!« Sie drehte sich um, ließ sich auf einer der schneebedeckten Stufen nieder und blieb dort mit der Bürste in der Hand einen Moment lang sitzen. Sie sah ihn deutlich vor sich, wie er mit ausgestreckten Beinen vor dem Feuer saß, die Füße auf die offene Ofentür gestützt, mit diesem Ausdruck von schläfriger Sattheit im Gesicht, der neu bei ihm war. Im Halbschlaf zuckte sein Kopf unwillkürlich vor und zurück; dann richtete er sich plötzlich auf und schüttelte sich, als wollte er niesen: sein hübsches Gesicht hatte etwas Zerknittertes, und die Adern auf seiner Stirn sprangen noch mehr hervor als sonst. »Ach, übrigens«, werde ich sagen, »meinst du, du könntest die Schneehäufchen mit der Schaufel wegräumen?« Und er wird sagen: »Ach, wen stören denn diese Häufchen!« Und dann wird er wieder diesen Gesichtsausdruck haben. Er...

Er wird sich gemütlich hinsetzen, die Nase hochziehen, ungeniert in sein Taschentuch spucken und mit gierigem Blick auf einen Punkt im Ofen starren. Ach ja, wen stören denn diese Häufchen.

»Nein, es liegt bestimmt an mir... Alles kommt mir komisch vor... Es liegt an meinem Zustand. War ich denn bei den Zwillingen auch so? Peng! Wieder ein Fußtritt... Seiner Mutter so in den Bauch zu treten... Na! Das wird ein ganz Kräftiger... Ja... Es liegt bestimmt an mir... Auf, weiter geht's.«

Sie machte sich an die vorletzte Stufe. Vorsichtig stieg sie hinunter und stützte sich an der Wand ab, um in ihren zu großen Holzpantinen nicht auszurutschen. Vor der Haustür zog sie sie aus, nahm sie in die Hand und tappte auf ihren feuchten Strümpfen hinein, die Augen auf ihren aufgeblähten Leib gerichtet, den sie weit herausstreckte. Mit Stolz trug sie dieses neue Gewicht, dieses Geschenk von Gilles' Körper.

Er kam ein wenig verspätet in Begleitung von Victorine nach Hause.

»Ich habe die Kleine mitgebracht«, sagte er. »Sie hat sich daheim gelangweilt, und weil du kaum noch ausgehst, dachte ich, ich könnte vielleicht heute abend mit ihr eine Runde drehen.«

»Eine gute Idee«, antwortete Elisa.

Stolz betrachtete sie das junge Mädchen, das so hübsch und frisch aussah, und dachte angesichts ihres eigenen, immer schwerfälliger und unförmiger werdenden Körpers: Es ist ganz gut, daß er mit ihr ausgeht, dann hat er wenigstens ein bißchen Zerstreuung.

Sie schämte sich dafür, daß sie sich am Nachmittag von dieser vagen Unruhe so hatte aus dem Gleichgewicht bringen lassen, und fragte ihn, als wollte sie sich etwas beweisen: »Könntest du bitte die Schneehäufchen wegschaufeln? Ich habe sie auf den Treppenstufen liegenlassen.«

»Natürlich«, sagte er. »Sofort.«

Sie sah ihn mit einem breiten, zufriedenen Lächeln an.

Gilles ging pfeifend hinaus. Er schob die Schaufel unter den ersten Haufen.

»Na, dann werden wir sie eben wegräumen, diese

Häufchen... Wenn es ihr Freude macht, das ist mir doch egal.«

Sie hatte schnell das Abendessen auf den Tisch gestellt, damit die beiden keine Zeit verloren.

»Ich habe kaum noch Geld«, sagte Gilles, als sie aufbrachen.

»Warte«, sagte Elisa, »ich werde dir welches geben. Wo geht ihr denn hin?«

»Ach... wahrscheinlich ins Kino.«

Victorine hatte ihre Handschuhe angezogen und den Hut aufgesetzt. Sie war ausgehfertig und stand abwartend dicht neben Gilles, beide Hände auf den Tisch gestützt. Elisa hatte ihnen den Rücken zugewandt und kramte in ihrer Handtasche. Sie hielt das Geld in der Hand und wollte die Tasche gerade wieder schließen, als diese Angst sie plötzlich wieder überfiel. Es war kein vages Unwohlsein mehr, das für einen Moment aufkommt, von dem man sich aber gleich wieder frei machen kann. Es war vielmehr eine drückende, deutliche Angst: sie betrachtete die vertrauten Gegenstände ihrer kleinen Welt vor ihren Augen und sah dann auf ihre zitternden Hände, die offen auf ihrer Tasche lagen. Doch hinter ihrem Rücken gab es eine andere, eine komplizierte Welt, die sie nicht kannte und die bedrohlich für sie war. Sie fühlte es und war sicher, daß sie recht hatte, aber sie durfte sich nicht plötzlich umdrehen, weil sie sich dann dieser Welt stellen müßte.

Verwirrt durch die plötzliche Einsicht, die ihr die Kehle zuschnürte, ließ sie einen kurzen Moment verstreichen. Dann wandte sie sich langsam um, zuerst das Profil, den Blick etwas abwesend geradeaus gerichtet, dann zu drei Vierteln, bis sie ihnen schließlich gerade gegenüberstand. Sie blickte die beiden an. Sie schienen sich überhaupt nicht gerührt zu haben. Sie standen vor ihr, wie sie sie vor einigen Minuten gesehen hatte, bevor das geschehen war.

Sie näherte sich Gilles und gab ihm das Geld. Sie schien so wie immer. Aber sie wußte, sie würde etwas sagen; noch war ihr nicht klar, was es sein würde – doch es wäre nicht irgend etwas, sondern ein notwendiger Satz, ein Satz, den sie bewußt und gezielt aussprechen würde.

Gilles steckte das Geld in den Geldbeutel und nahm seinen Hut.

»Also dann! Gehen wir?« fragte er mit einem Blick auf Victorine.

Dann sagte Elisa: »Wenn ich's mir recht überlege... Ins Kino zu gehen ist doch eigentlich gar nicht so anstrengend... Ich werde Marthe bitten, zu den Kindern zu kommen, und euch begleiten. Wartet einen Augenblick.« Rasch zog sie ihren Mantel über und verließ das Haus, um die Nachbarin zu verständigen, ohne sich auch nur eine Sekunde um die verdutzten Gesichter von Gilles und Victorine zu kümmern.

Als sie wiederkam, machten sie sich zu dritt auf den Weg. Keiner sagte ein Wort, während sie die glitschige, aufgeweichte Straße hinuntergingen. Es war eisig kalt. Gilles hatte seinen Kragen hochgeschlagen. Die beiden Frauen, links und rechts bei Gilles untergehakt, preßten sich mit der freien Hand ihre Pelze an den Mund. Sie gingen schnell. Trotz der Last des schweren Leibes, den sie trugen, fanden Elisas Füße ohne Schwierigkeiten Tritt auf dem steinigen Weg. Sie ließ ihren Blick aufmerksam die Häuserreihe entlangschweifen, zuerst auf der rechten, dann auf der linken Seite, und registrierte alles blitzschnell und mit äußerster Schärfe. Sie nahm jedes einzelne der schmutzigen Eisstückchen wahr, die im Rinnstein neben dem Gehweg glitzerten; sie sah die Grenze, an der der Lichtschein der Straßenlaternen in den dunklen Himmel überging. Als sie an einem erleuchteten Fenster vorüberkamen, erblickte sie eine Frau, die sich über einen halb abgeräumten Tisch beugte: Elisa hatte Zeit, ihr Gesicht zu erfassen, ihr Haar, ihren Mund, ihre Bewegungen, ihr Leben. Dieser Blick, der gerade so lange gedauert hatte, wie drei eilig ausschreitende Menschen brauchten, um an einem erleuchteten Rechteck vorbeizugehen, genügte Elisa, um diese Frau zu kennen.

Und ihr war klar, daß die beiden, die im selben Tempo wie sie diese Straße entlanggingen, zwar genau wie sie die Eisstückchen, den nebligen Schein der Lampen, abweisende Fassaden oder die hellerleuchteten Fenster sehen mußten, die das Leben der Frauen in ein trauriges Licht hüllten, doch sie hatten von all diesen Dingen eigentlich keine Vorstellung. Und sie empfand auf einmal einen tiefen Stolz, der ihr Herz tröstete, jedoch ohne die geringste Überheblichkeit.

Ohne daß einer von ihnen ein Wort gesprochen hätte, erreichten sie die Haltestelle der Tram, die sie in die Stadt bringen sollte.

Als Elisa in dem finsteren Saal saß, hatte sie das unbestimmte Gefühl, hier an ihrem Platze zu sein, zwischen

Gilles und Victorine, in diesem fremden Dunkel, das
für sie gleichbedeutend mit der bedrohlichen Welt war,
die sich vorhin offenbart hatte. Sie wußte nicht, warum
sie so empfand, doch es war eine beglückende Gewißheit. Sie hatte weder das Bedürfnis zu verstehen, noch
weiter zu forschen. Sie war noch in jenem Zustand der
Euphorie, durch den uns unser Herz mitten in der größten Gefahr beschützt.

Aber nachdem sie Victorine nach Hause gebracht
und kurz ihren Eltern guten Tag gesagt hatten, als Elisa
im Bett lag und die ersten Schnarchgeräusche des schlafenden Gilles hörte, spürte sie mit jedem Atemzug, daß
ihre Welt wieder zur Normalität zurückgekehrt war.
Jetzt stand sie nicht mehr unter dem Zwang, nach ver-
borgenen Regeln zu handeln. Auf einmal besaß sie die
entsetzliche Freiheit, den Tatsachen ins Gesicht zu
sehen.

Sie wollte dem verstörenden Gefühl von tiefem Unbehagen, das seit Wochen auf ihr lastete, auf den Grund
gehen, das Geheimnis aufdecken.

Sie forschte in ihrer Erinnerung, wobei sie langsam
immer weiter zurückging.

Sie formulierte keine klaren Gedanken, sondern ließ
Bilder an sich vorüberziehen: Victorine... dann Gilles... dann wieder Victorine – dann Gilles und Victorine... Und hin und wieder, als gehorche er einer still-
schweigenden Regel, hakte sich der Mechanismus der
Erinnerung an einer Geste, einer Haltung, einem abrupt endenden Lächeln ein, das von einem unerwarte-
ten Blick überrascht wurde und leider nicht schnell
genug verschwinden konnte. Und immer neue Bilder

zogen vorüber, schnelle, bedeutungslose oder schwerfällige, aufschlußreiche, die plötzlich wie erstarrt stehenblieben und gewissenhaft untersucht wurden. Victorine . . . Gilles und Victorine . . . Und wie ein Leitmotiv kehrte Gilles' neues Gesicht immer wieder, in dem Elisas besorgte, nach Vertrautem Ausschau haltende Augen in den letzten Tagen die undechiffrierbaren grausamen Zeichen entdeckt hatten.

Aus jedem Bild zog sie ein Stückchen der Erkenntnis, eine kleine schmerzliche Abstraktion, doch keines dieser Fragmente war in Wörter gefaßt. Stumm und ohne sichtbare Bedeutung sammelten sie sich in Elisas Herzen. Und bald würde als Ergebnis dieses geheimnisvollen Prozesses eine einfache grammatikalische Aussage dastehen, die auf einmal alle Bilder überflüssig machen und hinwegfegen würde. Sie wären dann nämlich zu einer präzisen Wahrheit verdichtet, einer erstaunlich knappen Wahrheit, die in diesen wenigen Wörtern enthalten wäre.

Elisa unterbrach die Prozession der Bilder. Sie sagte sich: Seit Wochen spielt sich zwischen Gilles und Victorine etwas ab . . . Vielleicht ist es ja schon zu spät, das Schlimmste zu verhindern.

Aber das waren nur einzelne Phasen. Elisa wartete einen Moment und nahm dann ihre ganze Kraft zusammen. Schließlich schaffte sie es: mutig versetzte sie sich einen Stoß mitten ins Herz: Gilles liebt mich nicht mehr. Sie taumelte und streckte mit einer schmerzlichen, unbeholfenen Geste die Arme nach dem schlafenden Gilles aus, so als wollte sie ihn um Hilfe bitten. Doch sie hielt rechtzeitig inne. Nein, Elisa, diesmal bist

du in deinem Leid allein. Zum erstenmal kann Gilles'
Zärtlichkeit dich nicht trösten, du mußt kämpfen, als
wärst du allein auf der Welt. Niemand kann dir helfen,
Gilles am allerwenigsten... Dem größten Schmerz dei-
nes Lebens stehst du allein gegenüber.

Das Leiden schlug in immer neuen, immer heftigeren
Wellen über ihr zusammen. Sie fühlte, daß sie nahe
daran war, schwach zu werden und alles aufs Spiel zu
setzen. Mit einem Ruck warf sie die Decken zurück und
schlüpfte aus dem Bett. Gilles bewegte sich und fragte
mit schlaftrunkener Stimme: »Was ist denn?«

Elisa brachte mit Mühe heraus: »Ich bin am Verdur-
sten... Ich gehe hinunter und trinke ein Glas Wasser...«

Dann biß sie die Zähne zusammen und tastete sich
mit ausgestreckten Armen aus dem dunklen Schlafzimmer. Als sie in der Küche war, schloß sie die Tür hinter
sich und ließ sich neben dem erkalteten Ofen auf die
Knie fallen. Alle paar Sekunden wurde ihr Kopf von
einem Schluchzer in die Höhe gerissen, um dann wieder auf ihre Arme zu sinken, die auf dem eiskalten Gußeisen lagen.

Als sie ins Schlafzimmer zurückkehrte, war ihr armer
Körper völlig erschöpft. Ihr Kopf war zum Bersten, der
Schmerz pochte heftig über den Augenbrauen. Als sie
sich wieder ins Bett legte, hatte sie gerade noch so viel
Kraft, sich ganz dicht am Bettrand kerzengerade auszustrecken: sie wußte, daß ihre Tränen noch nicht versiegt
waren. Wenn sie nur mit ihrer Hand oder ihrem Bein
die vertraute Wärme spürte, würde sie wieder von

einem tiefen Schluchzen geschüttelt und sich schreiend
zur Wehr setzen, Gilles an den Schultern schütteln und
ihm verbieten, ihr seine Liebe zu entziehen. Und was
würde er im traurigen Schein der Nachttischlampe sehen? Eine Frau mit zerzaustem Haar, verquollenem
Gesicht, einem unförmigen Körper, der sich unter
einem mitleiderregenden Flanellnachthemd wölbte.
Eine Frau, die nichts als ihren unendlichen, hilflosen
Schmerz aufbieten konnte, um ihn zu halten. Wieder
spürte sie die Tränen aufsteigen. Alles schmeckte nach
Tränen, ihre Lippen und ihre Hände, ihr Haar, ihr ganzes Gesicht, ihre Arme; auch ihre Wäsche war mit
Tränen getränkt. Der Geruch des Leidens erfüllt die
anderen immer mit Ekel, dachte sie.

Sie mußte sich unbedingt still verhalten. Mit fest an
den Körper gepreßten Armen blieb sie reglos liegen.

Doch die Tränen fingen wie von selbst wieder an zu
fließen, rannen heiß über ihre Wangen und rollten kalt
auf ihren Hals. Sie wußte nicht, ob sie erst seit ein paar
Sekunden oder schon seit Stunden so unbeweglich da-
lag. Weder Gedanken noch Bilder störten ihren namenlosen Schmerz. Manchmal wußte sie nicht mehr, was
ihr so weh getan hatte. Elisa weinte lautlos, sie wagte
noch nicht einmal, sich zu schneuzen – selbst dann
nicht, als sie das Gefühl hatte zu ersticken –, nur um
Gilles nicht aufzuwecken. Sie durfte jetzt auf keinen
Fall die Beherrschung verlieren. Zuviel stand auf dem
Spiel. Elisa runzelte die schöne Stirn, biß die Zähne fest
zusammen und richtete ihren Blick starr auf das
Fenster.

Draußen schimmerte ein kaltes Licht. Es war nur eine künstliche Morgendämmerung, die von der mit Schneemassen bedeckten Erde ausstrahlte, doch Elisa glaubte, die Nacht sei vorüber. Sie geriet in Panik, weil sie meinte, ihr bliebe nur noch wenig Zeit, bis Gilles erwachte. Sie lauerte unruhig auf die ersten deutlicheren Lichtstrahlen. Doch es wurde nicht heller. Sie hatte den Eindruck, eine geheimnisvolle Macht käme ihr von dort draußen zu Hilfe, und sie war dankbar, in der anhaltenden Morgendämmerung eine Komplizin zu haben.

Die offenen Augen auf dieses falsche Versprechen gerichtet, übte sich Elisa im tränenlosen Leiden.

Vier

Am Morgen stand Elisa wie gewöhnlich auf, kochte Kaffee und schmierte Brote für Gilles. Nichts in ihrem Verhalten verriet sie. Ihre Augen waren immer noch verquollen, aber in dieser Zeit war es ganz normal, daß Elisa nach dem Aufwachen müde wirkte.

Als Gilles aus dem Haus gegangen war, wandte sie sich wie immer ihren Pflichten zu, doch sie polierte die Ofenplatte und scheuerte die Küchenfliesen noch gründlicher als sonst.

Manchmal hielt sie mitten in der Arbeit inne und starrte einen Moment lang vor sich hin; sie durchforschte aber weder in Gedanken die Vergangenheit, noch legte sie sich einen Plan für ihr zukünftiges Verhalten zurecht: sie formulierte lediglich die Entdeckung, die sie am Abend zuvor gemacht hatte. Sie wußte, sie mußte handeln, doch ihr war noch nicht klar, in welcher Weise. Zunächst mußte sie sich an den Gedanken gewöhnen. Sie sagte es sich immer und immer wieder, bevor sie zu ihrer Tätigkeit zurückkehrte. Sie stürzte sich in die Arbeit, um in der Welt der Haushaltsgegenstände, der gewohnten Handgriffe und alltäglichen Verrichtungen zumindest ein äußerliches Gleichgewicht herzustellen. Und schließlich mußte die Arbeit ja getan werden... Gegen Abend gab sie den Kindern zu essen und machte sie für die Nacht bereit, damit Gilles, wenn er nach Hause kam, noch ein wenig mit ihnen spielen konnte. Hatte Elisa jedoch den Eindruck, er wolle lieber rauchen, Zeitung lesen oder sich in Ruhe entspannen, konnte sie die Kinder rasch ins Bett bringen.

So vergingen einige Tage. Und immer wenn Elisa zum erstenmal seit ihrer Entdeckung einen Gegenstand sah oder eine Tätigkeit ausführte, mußte sie sich aufs neue bewähren. Als sie einmal durch das Speicherfenster, aus dieser besonderen Perspektive, auf den Garten und den Bach blickte, wurde sie von einer Flut glücklicher Erinnerungen überwältigt und so gepeinigt, daß sie ihre Verzweiflung fast nicht bezwingen konnte. Am liebsten wäre sie in die Küche gestürzt, um sich vor Gilles auf den Boden zu werfen, um ihn anzuflehen, ihr doch alles bis ins kleinste Detail zu gestehen, oder um ihn zu schlagen, ihn genauso zu quälen, wie er sie quälte... Bis er ihr schwor, Victorine nie mehr wiederzusehen... Ihn mit diesen beiden Fäusten zu schlagen, die sie jetzt krampfhaft an ihre Wangen preßte...

Aber nach einigen Tagen hatte Elisa den Kreislauf der Tätigkeiten, die Woche für Woche ihr Leben bestimmten, vollendet, ohne schwach geworden zu sein. Die Katastrophe verlor allmählich die Schärfe, die sie bei ihrer Entdeckung gehabt hatte. Ihre Umgebung schien ihr jetzt nicht mehr so beunruhigend, fremd und unwirklich. Es war ihr gelungen, den Gegenständen selbst einen Hauch von Traurigkeit zu verleihen. Sie

paßten sich dem Schmerz an, der ihren Körper und ihre
Seele durchdrang, und wurden ihr so wieder vertraut.
Und in derselben selbstverständlichen Monotonie, in
der ihr Leben in glücklichen Zeiten verlaufen war, ver-
lief es auch jetzt, im Unglück. Diese innere Wandlung,
der Pakt zwischen den Dingen und ihrem Herzen, blieb
Elisas sorgsam gehütetes Geheimnis. Sie lächelte unverändert auf ihre schöne, aufrichtige Art, bewegte sich
ebenso lebhaft wie anmutig, und der Blick ihrer großen
dunklen Augen war strahlend und heiter wie immer.

Fünf

Als wieder ein Sonntag kam, wußte Elisa, daß sie keine
Zeit mehr verlieren durfte. Sie mußte an die Zukunft
denken. Doch zuerst galt es herauszufinden, wie die
Dinge standen. Was genau war zwischen ihnen passiert? Wann trafen sie sich und wo? Aber da sie schlecht
nachfragen konnte, blieb ihr nichts anderes übrig, als
die beiden zu beobachten, ihre Handlungen zu über-
prüfen... Sie mußte Gilles folgen, wenn er ohne einen
bestimmten, ihr bekannten Grund – etwa um zur Arbeit zu gehen – das Haus verließ.

Am Nachmittag gegen vier Uhr schließlich streckte
er sich ausgiebig und mit einem gelangweilten Gähnen,
wie jemand, der vom langen Ausruhen ganz matt ist,
und sagte: »Ich werde noch ein wenig an die Luft gehen.« Es klang völlig natürlich.

Sie hatte ihm seine Lederjacke und seine Mütze ge-
reicht.

»Komm nicht zu spät zurück«, hatte sie freundlich
gesagt und ihn geküßt.

Aber sobald er die Tür hinter sich zugezogen hatte,
warf sie sich den Mantel über die Schultern und sagte zu
den Zwillingen: »Artig! Ich komme gleich wieder...«

Es war schon dämmrig, doch sie erblickte Gilles'
hohe Gestalt sofort vor sich auf der Straße. So leise sie
konnte, folgte sie ihm auf der dunklen Straßenseite.
Einmal sah sie einen Mann an Gilles vorbeigehen und
auf sich zukommen: es könnte ein Freund oder ein Bekannter sein... Also fing sie an zu laufen, um den An-
schein zu erwecken, Gilles wäre nur ein wenig voraus-
gegangen, und sie wollte ihn einholen. Als der Mann
jedoch grußlos an ihr vorüberging, verlangsamte Elisa
ihren Schritt wieder und hielt sich in gleichbleibendem
Abstand hinter Gilles.

Vor der Bäckerei Goblet blieb Gilles stehen; er betrat
den Laden. Sie war am Haus vorbeigegangen. Am
Ende des Lichtscheins, der durch das rechteckige
Schaufenster auf die Straße fiel, blieb sie fassungslos
stehen. Er war einfach hineingegangen, um sich im
Hinterzimmer ein wenig mit einem Freund zu unterhalten.

Und jetzt?

Neben dem rechten Flügel des Hauses sah sie den
verlassenen Garten mit seinen Lauben aus wildem
Wein, wo den Ausflüglern aus der Stadt bei schönem
Wetter Kaffee und Brioches serviert wurden. In dieser
Jahreszeit standen zwar keine Tische und Stühle mehr
draußen, doch in jeder dieser Gartenlauben gab es eine
Holzbank. Elisa ging in die erste Laube hinein, plötzlich entschlossen, einige Minuten zu warten, und setzte
sich auf das feuchte Holz. Sie wollte in die Ärmel ihres
Mantels schlüpfen, aber sie fürchtete die Kälte, der ihre
nackten Arme einen Moment lang ausgesetzt wären,
und behielt das Kleidungsstück wie eine Decke um sich

gewickelt, eine kleine schwarze Masse, die in der Dunkelheit der Laube kaum wahrzunehmen war. Das schwache Licht einer Straßenlaterne leuchtete durch die blattlosen Weinranken, die einen sanften Schatten auf Elisas Wange warfen.

In der Ferne erhob sich aus dem blassen Schein des Schnees, in einen zarten Nebelschleier eingehüllt, die mächtige Silhouette der Fabrik, in der Gilles arbeitete. Das nie verlöschende Feuer in den Öfen – es gab Tagesschichten, Nachtschichten und Sonntagsschichten – rötete den Nebel an allen vier Ecken. Diese aufgerissenen Mäuler, die unentwegt Feuer spuckten, hatten Elisa schon als Kind fasziniert.

Als kleines Mädchen hatte sie ihrer Mutter beim Tragen geholfen, wenn gebügelte Wäsche zu Kunden gebracht werden mußte, die in den Vororten wohnten. Die rotglühenden Öfen waren für das Kind die größte Attraktion auf diesen Ausflügen: sobald sie in Sichtweite kamen, kniete sich Elisa auf die Sitzbank des Straßenbahnwagens, preßte ihre Stirn gegen die beschlagene Scheibe und starrte auf die Flammen, die inmitten stiebender Funken rot und blau aufloderten.

Sie liebte diese allwöchentlichen kleinen Reisen mit ihrer Mutter. Auf dem Rückweg gingen sie, nachdem sie das Stadtzentrum mit der Straßenbahn durchquert hatten, zu Fuß durch ein dunkles, verlassenes Viertel und dann weiter am Fluß entlang. Von dieser Stelle aus konnte man weit sehen und erkannte in der Nacht sogar die weichen Umrisse der Hügel. Abends war es schwierig, die sanften, bewaldeten Hügel von den schwarzen, baumlosen zu unterscheiden, die man immer Schutthalden genannt hatte, bis einmal ein rätselhafter Feuerstrom aus einem der Hügel herausschoß und ihn damit von den anderen unterschied, denen er vorher zum Verwechseln ähnlich gewesen war. Elisa sah augenblicklich ein Bild aus ihrem Schulbuch vor sich und dachte: Es ist wie ein Vulkan. Hingerissen verfolgte sie den kleinen Feuersturz und konnte ihre Augen nicht von dem Licht lösen, das auf einmal aufleuchtete, dann schwächer wurde und allmählich wieder verschwand.

Während dieses Spektakels sagte sie unablässig dieselben Worte vor sich hin, wie einen rätselhaften Refrain, den außer ihr niemand verstehen konnte: »Ich bin in Italien... Ich bin in Italien...« Sie war so versunken, daß sie ihre Mutter und auch den knarrenden Weidenkorb voll schmutziger Wäsche vergaß, den sie zwischen sich trugen, und unwillkürlich ihren Arm hängenließ. Da sie jedoch wesentlich kleiner war als ihre Mutter, schlug ihr plötzlich das Gewicht des Wäscheballens, der an den tiefsten Punkt des Korbes gerutscht war, schwer gegen die Wade.

»Trag doch gerade! Das ganze Gewicht ist auf deiner Seite!«

Also hob Elisa den Korb wieder an und zog ihre Hand auf die Höhe der Hüfte, um ihn geradezuhalten. Sie wollte damit nur ihrer Mutter einen Gefallen tun, denn diese abgewinkelte Haltung war ihr viel unangenehmer, als das Gewicht an ihrem ausgestreckten Arm zu tragen. Es war ihr sogar noch unangenehmer, als sich von den Weidenruten die Wade aufschürfen zu lassen.

Sobald sich die beiden Henkel des Korbes wieder auf einer Höhe befanden, war das Gewissen der Mutter be-

ruhigt, sie verfiel in Schweigen, und die kleinen, nackten, von der Kälte geröteten Beinchen trippelten mechanisch weiter den verlassenen Quai entlang. Elisa
richtete ihren Blick angestrengt auf den eisigen Nebel,
aus dem dann und wann das große Gerippe einer
Brücke oder der flache Umriß eines ankernden Last-
kahns auftauchte, und forschte angestrengt nach dem
Hügel, der kurz zuvor seinen glühenden Kern enthüllt
hatte. Sie entdeckte ihn schließlich über den Häusern
und Fabrikschornsteinen wieder, eine düstere Masse,
auf der Lichter funkelten. Doch sie konnte nicht mit
Gewißheit sagen, ob es der eine oder der andere Hügel
war, denn jetzt sahen sie schon wieder alle gleich aus.
Das Vulkanbild hatte die Augen des kleinen Mädchens
aber so betört, daß sie in dem merkwürdig anmutenden,
sich in ihrer Vorstellung wiederholenden Singsang:
»Ich bin in Italien... Ich bin in Italien...« den süßen
Schauder wiederfand.

Sie verließen die finsteren Quais, gingen durch enge,
gesichtslose Straßen und kamen schließlich in ihr Viertel zurück, das durch das trübe Licht der Ladenfenster
erhellt war. Nun verlangt das Alltägliche wieder sein
Recht. Das Lied und das Bild des falschen Vulkans
werden von der Normalität verdrängt. Zu Hause, wo es
nach feuchter Wäsche riecht, die unter dem Bügeleisen
dampft, denkt Elisa nicht mehr daran.

Sie setzte sich neben den Ofen, der einen merkwürdig geformten Aufsatz mit lauter Bügeleisen trug,
schlug ein Buch auf und machte ihre Hausaufgaben. Sie
las mit auf die Knie gestützten Ellbogen, die Hände an
die Schläfen gepreßt, scheinbar sinnlose Sätze und gab

sich alle Mühe, sie zu wiederholen und auswendig zu lernen, während sie auf einen Leinenvolant starrte, der sich unter dem dampfenden Bügeleisen der Mutter ent- knitterte, wellte und wieder elegant fältelte.

Victorine klammerte sich mit ihren klebrigen Baby- händen an die Stapel sauberer Wäsche oder forderte wütend die Aufmerksamkeit ihrer arbeitenden Mutter.

»Ach! Wenn sie doch bloß endlich still wäre! Kannst du sie nicht mit irgend etwas aufheitern!«

Also hob Elisa Victorine auf ihren Schoß und ließ sie im Rhythmus eines Sprüchleins, in dem es um Pferde in einer Manege ging, auf und ab hüpfen, bis der Trab sich in einen wilden Galopp verwandelte und sie die kleine Schwester so abrupt nach hinten warf, als wäre sie ein Spielzeug, das es in ihrer freudlosen Kindheit nicht gegeben hatte.

»Schüttle sie doch nicht so durch!« rief die Mutter.

Daraufhin schloß Elisa die kleine Victorine beschämt in die Arme, küßte sie, ordnete die Fältchen ihrer Schürze und strich ihr das Haar wieder glatt. Wie oft hatte sie sie so auf ihren Knien gehalten und sich abge- müht, ein Band in dem viel zu kurzen Babyhaar zu befe- stigen, um sie noch hübscher zu machen.

Unbedeutende kleine Erinnerungen, die Elisas Herz er- füllten und ihrem Leiden etwas Unfaßbares gaben. Schmerz, gepaart mit Unbehagen. Wenn man die Ge- genwart der Vergangenheit gegenüberstellte, wurde sie verworren, schockierend – die normalen Gesetze der Welt schienen keine Gültigkeit mehr zu haben. Was da geschah, verstieß gegen alle Regeln. Elisa hatte das Gefühl, den Boden unter den Füßen zu verlieren. Dabei war Gilles doch nur ausgegangen, um mit einem Freund zu plaudern...

Was tat sie hier mutterseelenallein in der Dunkelheit, bei dieser Kälte? Einen Moment war sie vor Hoffnung blind. Sie wollte aufstehen, um zu den Kindern zurückzukehren, und machte sich Vorwürfe, sie allein gelassen zu haben.

Doch sie rührte sich nicht von der Stelle. Als sie um sich blickte und die verwischten nächtlichen Umrisse, die vom Nebel verschleierten Lichter sah, stieg wieder eine unendliche Traurigkeit in ihr auf.

Was machte es, daß die Kinder allein waren! Sie liebte ihre kleinen blonden Mädchen, die Gilles' Haare und ihre Augen hatten, von ganzem Herzen und von ganzer Seele. Sie konnte nicht anders lieben, und so liebte sie auch das Kind, das sie trug und dessen Leben sie unter ihrem Herzen fühlte. Aber auch wenn Elisa als eine vollkommene Mutter gelten mochte, hatte die Liebe zu den Kindern weder ihren leiblichen noch ihren seelischen Ursprung in der Mutterschaft. Sie sind für sie vor allem die lebendige Fortsetzung ihrer Liebe zu Gilles, sind aus seinem Fleisch hervorgegangen, leben in seinem Haus, und ihre wichtigste Eigenschaft ist, daß sie diese Liebe sichtbar verkörpern.

Ist sie also eine Frau, die ausschließlich zur Ehefrau geschaffen ist? Ist sie nur auf der Welt, um zu gebären und für ein Heim zu sorgen? Unruhig und starr vor Kälte bist du, eine kleine dunkle Gestalt, noch ein wenig dunkler als die Finsternis, die dich umgibt. Du hast dich in dieses grüne Nest geflüchtet, eine Kreatur unter

anderen Kreaturen, aus demselben rastlosen, schmer-
zensreichen Fleisch geschaffen und ins Leben geworfen. Warum sollte das Schicksal ausgerechnet für sie
eine besondere Entwicklung bereithalten?

Eines Tages war sie in die enge Werkstatt ihres Vaters
gekommen, wo es so gut nach Hobelspänen duftete, und
hatte dort einen großen blonden Jüngling erblickt, der
im Türrahmen stand. Er hatte die Arme voller frisch
gehobelter Gewehrkolben, die er gegen seine Brust
preßte. Eine schicksalhafte Begegnung.

»Danke, Gilles! Und sag deinem Vater, daß du wieder genauso viele mitnehmen kannst, wenn du nächste
Woche kommst.«

Gilles hatte sich von dem Mann und dem jungen
Mädchen mit einem offenen Lächeln verabschiedet, das
sie tief berührt hatte.

Und jetzt stellte sie ihn sich im Hinterzimmer dieser
Bäckerei vor, hinter dieser Mauer, an die sie sich lehnte.
Wie schön er war... Trotz seiner Größe und seiner
kräftigen Statur schien er immer noch genauso jung wie
damals, hatte er noch immer diese weichen Gesichtszüge. Sicherlich erstrahlte auch bei seiner Unterhaltung mit den Goblets sein Gesicht in diesem lässigen,
schmelzenden Lächeln. Elisa straffte den Oberkörper
und lächelte nun selbst mit verliebtem Stolz. Dieser
Mann gehörte ihr... Und sie liebte ihn so sehr, daß sie
ganz gewiß das Recht hatte, um ihn zu kämpfen, ihn zu
behalten, für sich... für sich allein. Es war eine unbe-
streitbare Tatsache... Kein Mensch hatte das Recht,
ihn von ihr zu trennen... noch nicht einmal er selbst.
Was auch geschehen mochte, was immer geschehen

war, das Wichtigste war, daß sie kein Aufhebens davon machte. Sie mußte vor allem wachsam sein, durfte nur vorsichtig und unauffällig eingreifen, damit diese Liebe, mit der sie ihn umgab und zu der er zurückkehren würde, unbeschädigt erhalten blieb: ihre Liebe war so stark, daß er sich ihr nicht einfach entziehen konnte.

Sie blieb noch eine Weile so sitzen, den Oberkörper angespannt, die Arme unter dem leicht geöffneten Mantel vor der Brust gekreuzt, und war von einem unbeschreiblichen Stolz erfüllt.

Dann öffnete sich die Ladentür. Elisa erkannte Gilles' Stimme, als er sich verabschiedete, dann wurde die Tür hinter ihm wieder geschlossen, und sie hörte, wie sich Gilles' Schritte auf dem Pflaster entfernten.

Wieder folgte sie ihm in einigen Metern Abstand durch die Dunkelheit. Die Entfernung zwischen den einzelnen Häusern wurde jetzt immer größer. Elisa ging dicht an dunklen, schneebedeckten Hecken entlang. Noch ein Haus: ein kleines, stilles Café, durch dessen beschlagene Scheiben man nicht sehen konnte. Gleich führt die Straße ins offene Feld, dachte Elisa. Wohin wollte Gilles denn bloß? Vielleicht machte er nur einen Spaziergang. Aber er ging so schnell, daß sie ihm nur mit Mühe folgen konnte: in der Eile hatte sie ihre alten Schuhe anbehalten, deren Absätze so schiefgelaufen waren, daß jeder ihrer kleinen Trippelschritte schmerzte. Auf den Wegen schmolz der Schnee, und als Elisa in eine eiskalte Pfütze trat, drang das schlammige Wasser durch das Leder ihrer Schuhe, so daß ihre Strümpfe völlig durchnäßt waren. Wohin um alles in der Welt wollte er? Das war doch wirklich kein Wetter für eine Wanderung... Links und rechts gab es nur noch Felder. Und vor ihr, in weiter Ferne, schimmerten die Lichter des nächsten Dorfes. Einen Augenblick sah sie auf die weite weiße Fläche zu ihrer Rechten. Als sie sich wieder umwandte, konnte sie Gilles' Umriß nicht mehr vor sich erkennen. Sie lief ein paar Schritte, ohne ihn zu entdecken. Hier stand kein Haus mehr, die Straße wurde von keiner Laterne mehr beleuchtet... Und da war noch ein anderer Weg, der nach links abbog, und noch einer etwas weiter vorn... Wo war Gilles geblieben? Sie fühlte sich allein, war durchgefroren und müde. Sie hatte das Bedürfnis, sich einfach irgendwohin zu setzen, ganz gleich wohin. Am Straßenrand lag ein mächtiger Steinhaufen: dort ließ sie sich nieder, um sich auszuruhen. Sie wollte rufen, laut schreien: »Gilles!« Doch sie rief ihn nur in Gedanken, aus ihrem Mantel drang nichts als ein schwaches, kaum wahrnehmbares Klagen. »Gilles!« Sie wünschte, er würde hier in der Nähe stehen und sie hören, er käme, um ihr beim Aufstehen zu helfen... Sie würden den Weg gemeinsam zurückgehen, er würde sie liebevoll mit seinem Arm stützen. Zu Hause, in der behaglichen abendlichen Wärme, würden sie sich ein wenig unterhalten und frisch gebrauten Kaffee trinken, um sich wieder aufzuwärmen, die großen Tassen fest in beiden Händen, damit die Wärme langsam in ihre Finger stiege... Es war lächerlich, einfach so davonzulaufen und sich noch nicht einmal warm anzuziehen – und das in ihrem Zustand! Und was hatte sie damit erreicht? Gar nichts. Wie schwierig war es doch, die Wahrheit herauszufinden! Man denkt, man muß jemandem einfach nur folgen, damit sich alles auf natürliche Weise klärt. Und jetzt saß sie allein auf einem Steinhaufen, müde und vor Kälte steif, mit einer Liebe, die etwas zu schwer wog.

Es war Zeit zurückzugehen. Sie erhob sich und machte sich auf den Weg, wobei sie bei jedem Schritt die Zehen in ihren nassen Schuhen bewegte, doch davon wurde ihr auch nicht warm. Die Kinder waren allein... Bestimmt ängstigten sie sich... Vielleicht weinten sie. Wieviel Zeit war vergangen, seitdem sie sie allein gelassen hatte? Eine Stunde oder zwei... Vielleicht auch mehr! Wahrscheinlich nicht: die Zeit kommt einem lang vor, wenn man ganz allein in einem Wald wartet... und der Weg scheint endlos, wenn man durch die Dunkelheit geht. Aber tatsächlich dauert es von den Feldern bis nach Hause nicht länger als eine halbe Stunde... Im Vergleich zu den wirklich wichtigen Dingen im Leben war es ganz ohne Bedeutung, daß sie müde und mit kalten Füßen diese dunkle einsame Straße entlangging. Es war nicht der Rede wert. Sie seufzte. »Oh, Gilles«, diesmal sprach sie seinen Namen aus, leise, aber vernehmlich.

Elisa ging über die Felder zurück, bis sie zu den Lichtern des ersten Hauses an der Straße kam. Zuerst sah sie niemanden, bemerkte dann aber das glühende Ende einer Zigarette und einen Mann, der an der Hauswand lehnte. Als sie an ihm vorüberging, streckte er die Hand nach ihr aus, als wolle er sie packen, hielt dann jedoch mitten in der Bewegung inne, sah sie an und sagte mit erstauntem Pfeifen: »Psss... Sieht ganz so aus, als hättest du deinen Teil schon abgekriegt!«

Elisa antwortete nicht und setzte ihren Weg fort,

ohne den Schritt zu verlangsamen, sah ihn nur mit großem, ruhigem Lächeln an.

Der Blick des Mannes folgte ihr. Sie entfernte sich, ihr Gang war ein wenig schwerfällig, doch gleichmäßig und entschlossen. Bald verschmolz sie mit der Dunkelheit.

Gilles kam um acht Uhr nach Hause. Seine Wangen waren von der Kälte gerötet, auf seiner Jacke glitzerten Tropfen von schmelzendem Schnee.

»So ein Wetter!« sagte er und schüttelte sich ein wenig auf der Türschwelle.

»Du hast ja reichlich frische Luft geschnappt«, sagte Elisa. »Wo warst du denn?«

»Zuerst bei Goblet, ein paar Minuten... Dann bin ich in die Stadt gegangen, um ein bißchen unter Leute zu kommen...«

»Aha!« Und sie sah ihn wieder vor sich, wie er aus dem Bäckerladen kam und die Straße hinunterging, aber nicht in die Stadt, sondern in die entgegengesetzte Richtung.

»Deine Schuhe sind pitschnaß... Zieh sie doch aus.« Sie holte hinter dem Herd die warmen Pantoffeln hervor und hielt sie ihm hin: »Bist du in der Stadt so naß geworden?«

»Nein... Der Weg dorthin reicht schon.«

»Natürlich.«

Gilles reckte sich, streckte die Beine aus, bewegte ein wenig die Füße in seinen warmen Pantoffeln: »Zu Hause ist es doch am schönsten«, sagte er. »Ich habe Hunger.«

»Das Essen ist fertig.«

Als er gegessen hatte, kramte er in seiner Tasche und sagte: »Ich habe dir etwas mitgebracht.« Und er hielt Elisa einen Beutel mit Karamelbonbons hin.

»Das ist lieb«, sagte sie mit beherrschter Stimme und stand auf, um ihm einen Kuß zu geben. Sie lehnte sich ein wenig schwerfällig an ihn und fühlte sich auf einmal hilflos.

Er streichelte den Stoff ihrer Bluse, wie er es manchmal tat, nahm ihre schönen Brüste und wog sie sanft in seinen Händen. Sie lehnte ihren Kopf an seine Schulter und ließ ihn gewähren, überrascht, sich so wohl zu fühlen.

Es war kaum zu verstehen. Jetzt war er liebevoll und zärtlich wie immer. Er hatte an sie gedacht, ihr Bonbons gekauft... Warum hatte er behauptet, er sei in die Stadt gegangen? Es war merkwürdig und unverständlich, aber vielleicht steckte ja etwas Harmloses dahinter.

Sie war so müde... Nach diesem schnellen Gang über die Felder hatte sie die Kinder gewaschen und ins Bett gebracht; sie hatte hastig einige ihrer Haushaltspflichten erfüllt, damit bei Gilles' Heimkehr alles erledigt wäre.

Jetzt wollte sie sich am liebsten nicht mehr rühren, nicht mehr denken, so bei ihm sein, bis der Schlaf sie in dem Moment überwältigen würde, wenn ihre Lippen sich öffneten, um seinen Hals immer wieder mit kleinen feuchten Küssen zu bedecken.

Gilles' Hände, die ihre Brüste hielten, Elisas Küsse: es waren die gewohnten Zärtlichkeiten, die auf einmal die Gegenwart mit der früheren Sicherheit ihrer Liebe verbanden, als jede Minute, jedes Wort, jede Geste eine Wohltat war.

»Laß uns schlafen gehen, Liebste.« Die Hände streicheln ihre Schultern, lassen sie los. Auch Elisas Arme lösen sich von Gilles, der Zauber ist verflogen.

Sie nimmt seine Schuhe aus der kleinen Wasserpfütze und stellt sie zum Trocknen weg. Er hat sie in dem grauen eisigen Schlamm getragen, auf dem Weg über die schneebedeckten Felder... Wohin ist er gegangen? Was war sein Ziel. Victorine? Victorine... Gilles und Victorine...

»Was ist, kommst du herauf?«

»Ja... Ich komme schon.«

Im Bett dreht er ihr nicht gleich den Rücken zu, er bleibt an sie geschmiegt liegen und sagt die kleinen merkwürdigen Wörter, die etwas ankündigen, was sie so gut kennt. Sie fühlte, wie seine Hände sie suchen.

Als er ihr leichtes Zurückweichen spürt, sagt er: »Hast du Angst? Ist es wegen dem Kleinen? Es tut ihm bestimmt nichts...«

»Warum hast du heute früh nicht gewollt... wie sonst immer.«

»Was weiß ich.«

Als er sich plötzlich über sie beugt, glaubt sie in seinen Augen so etwas wie Rachegelüste zu erkennen, vielleicht aber auch ein ungestilltes Begehren.

Nur keine Ungeschicklichkeit... Laß ihn zu dir zurückkommen, egal, unter welchem Vorwand... Bloß kein falscher Stolz... Stolz? Dieses Gefühl ist ihr völlig fremd, es verträgt sich nicht mit ihrer Liebe. In diesem

Moment wendet er sich schließlich allein dir zu... Und du weißt genau, er wird dir völlig ergeben sein, welche Gedanken ihm oder dir jetzt auch durch den Kopf gehen mögen. »Und schließlich hat er an mich gedacht... Er hat mir Karamelbonbons mitgebracht...« Und nun ist sie gerührt; im Dunkel, das der Schein der Nachttischlampe kaum erhellt, lächelt sie ihn an. Nein, denke nicht mehr an die lange verschneite Straße, an die düsteren Felder, an die Lichter des Nachbarortes, die vielleicht ein Geheimnis bergen...

Laß deine Gedanken über diese quälenden Bilder hinweghuschen und erst bei dem Augenblick stehenbleiben, als er dir das gelbe Papiertütchen hingestreckt hat. »Er hat mir Karamelbonbons mitgebracht.« Gib ihm dieses Geschenk hundertfach zurück... Nein, schenke dich ihm ganz... Und Elisas Hände gleiten suchend unter den Stoff und liebkosen schließlich die nackte Haut, deren kleinste Unregelmäßigkeit ihr vertraut ist.

Als sie sich liebten, tat sie so, als wäre ihr Herz ganz unbeschwert, abgesehen von dieser schmerzlichen und ermattenden Freude, die immer zur Liebe gehört.

Und jetzt hat Gilles ihr den Rücken zugedreht und schläft tief und fest. Und sie hat diesen Aschegeschmack im Hals und sieht auf das ewig meergrüne Fenster und den gelblichen Schimmer, den das Licht der Nachttischlampe über alle Dinge legt. Morgen wird sie wieder leiden müssen... Suchen, entdecken, hoffen oder verzweifeln. Und sie wird unaufhörlich an seine Augen denken, in denen auf einmal etwas merkwürdig

Fremdes liegt, das im Kontrast zu den vertrauten Gesten steht. Gilles liebt mich nicht mehr... Ach, wie
trostlos ist die Welt...

Sechs

Elisa begegnete Victorine einige Tage später. Es war ihr freier Tag, sie hatten im Laden eine Vertretung, erklärte sie, und deshalb konnte sie herüberkommen, um guten Tag zu sagen.

Sie stützte sich beim Reden mit den Ellbogen auf das Küchenbüfett. Ihr von billiger Schminke bedecktes Gesicht, ihr falscher schwarzer Fuchs, ihr großer Strohhut – von der Sorte, die man sommers wie winters tragen kann – nahmen ihr alle Frische und Schönheit.

Elisa betrachtete sie traurig, hätte ihr am liebsten gesagt, daß sie mit dieser falschen Eleganz mitleiderregend aussah. Aber sie schien auf ihre Fetzen stolz zu sein!

Elisa fing an, das Geschirr abzuwaschen, während sie Victorines Geplapper zuhörte, den Kopf über ihre Arbeit gebeugt.

Plötzlich unterbrach sie sie: »Übrigens... Am Sonntag habe ich kurz daran gedacht, bei euch vorbeizukommen. Papa und Maman waren doch sicher zu Hause... Und du, warst du auch da?«

»Nein, ich war bei einer Freundin... Weißt du, die, die neulich geheiratet hat. Ich bin gegen acht heimgekommen.«

»Ach so, die. Wo wohnt sie denn jetzt?«

»Dort draußen«, sie deutete mit dem Kinn in die Richtung des Nachbarorts. »Weißt du, noch hinter dem Bauernhof, an der neuen Straße... Dort sind ein paar kleinere Häuser gebaut worden... Weißt du, wo ich meine?«

Elisa sah wieder die nächtlichen Felder vor sich und dahinter eine Ansammlung von Lichtern, die in ihrer Vorstellung plötzlich näher kamen, größer wurden, bis sie alles andere auslöschten. Sie befand sich auf einmal am Eingang des Ortes, an einer Ecke der neuen Straße, wo sie an eine Wand gelehnt Gilles sah, der darauf wartete, daß Victorine das Haus ihrer Freundin verließ.

»Ja, ich weiß... Ich weiß«, sagte sie und verbuchte einen Treffer für sich. Na bitte... Man denkt, die Mühe war umsonst, und dann tauchen einige harmlose Lichter auf, die die bleichen Felder von der dunklen Ferne trennen, werden deutlicher, laden sich mit Geständnissen auf und erhellen alles... Ein langer Fußmarsch, um vom anderen Ende in die Stadt zurückzukommen, Schnee liegt in der eisigen Luft, man muß schnell gehen, fest aneinandergepreßt... Aber es ist unmöglich, bei solch einem Wetter irgendwo stehenzubleiben. Elisa stößt einen Seufzer aus; diesen winzig kleinen Ausdruck einer großen Erleichterung kann sie nicht zurückhalten.

Sie hebt den Kopf und sieht Victorine an; das Mädchen hat zwar weitergesprochen, doch Elisa weiß wirklich nicht, was sie noch zu erzählen haben könnte.

»Es ist elf! Ich gehe«, sagt Victorine. »Ich muß noch einiges einkaufen.«

Elisa begleitet sie bis zum Gartenzaun.

»Der Schnee ist völlig weg. Die Straßen sind sauber«, stellt Victorine fest und sieht auf ihre kleinen, engen Halbschuhe.

Auf der Straße schwatzt sie noch ein wenig weiter. Elisa stützt ihre gekreuzten Arme auf den oberen Querbalken des Zauns, sie betrachtet Victorine: in dem harten Licht scheinen ihre Wangen noch stärker geschminkt. Arme Victorine mit ihrem viel zu großen Hut, dessen Krempe sich bei jeder Bewegung wellt. Zwei Arbeiter kommen pfeifend die Straße herunter. Als sie die beiden Frauen erreichen, streift einer von ihnen, der einen groben Leinenbeutel über Schulter und Brust trägt, Victorine mit einem spöttischen Blick.

»He, du da... Hältst dich wohl für die Mistinguett!« ruft er ihr zu, während er den anderen mit dem Ellbogen anstößt, und sie setzen pfeifend ihren Weg fort.

Elisa prustet los... Sie hat den Kopf auf die Arme gelegt und kann sich vor Lachen nicht mehr halten. Victorine setzt eine hochmütige Miene auf, zuckt mit den Schultern und sieht Elisa an: »Wie kann man nur so dumm sein«, sagt sie und geht.

»Warte«, sagt Elisa und versucht, sich zu beruhigen. »Victorine... Auf Wiedersehn!«

Die andere dreht sich um: »Auf Wiedersehn! Ich komme am Sonntag zum Mittagessen... Gib den Kindern einen Kuß von mir... Und sag Gilles einen Gruß.«

»Mach ich«, ruft Elisa. Sie fängt gleich wieder an zu lachen und krümmt sich über den Gartenzaun.

Sie geht ins Haus, setzt sich auf die Tischkante und

wischt sich mit einem Zipfel ihrer Schürze die Augen.
Schluß jetzt mit dem Gelächter! »He, du da... Hältst
dich wohl für die Mistinguett!« Nein, sie kann nicht
aufhören zu lachen... Und sie lacht leiser, ein kleines
nervöses Lachen, das weh tut.

Sieben

»Ich komme am Sonntag zum Mittagessen...« Als sie eintraf, wurde rasch gegessen, denn auf dem großen Platz standen ein paar Schaustellerbuden. Da es noch nicht so spät war, wollten sie zusammen mit den Kindern dorthin gehen.

Am Schießstand von Flobert konnte man rote Zelluloidrosen gewinnen, wenn man die kleine, auf dem Wasserstrahl tanzende Kugel traf. Gilles holte sich auf diese Weise gleich drei Rosen. Die kleinen Mädchen durften eine Runde reiten. Victorine warf an einem anderen Stand ein paar Ringe: sie hatte es auf ein Maskottchen aus bemaltem Gips abgesehen, gewann aber überhaupt nichts. Gilles kaufte zwei Nougatriegel, einen für Elisa, einen für Victorine, und eine Tüte Krapfen für alle. Blieb noch die Bude des Fotografen. Elisa wollte nicht hineingehen, doch Gilles drängte sie: wenn sie sich in diesem Zustand nicht fotografieren lassen wollte, na, dann würde man einen dieser großen lustigen Kartons aussuchen... Sie müßte bloß den Kopf durch das Loch stecken, und man sähe von ihr nur das Gesicht.

Sie weigerte sich noch immer. Alles was recht ist,

dachte sie, nicht auch noch zu dritt auf einem Foto. Sie war traurig und fand auch den ganzen Platz traurig – die Buden, die Lichter, einfach alles. Sie war ein wenig erleichtert, als man beschloß, nach Hause zu gehen.

Unterwegs traf Gilles einen Freund und zeigte ihm stolz die Blumen: »Ich hab sie gewonnen! Eine nach der anderen!«

Victorine ging neben ihm; sie trug nicht mehr ihren großen Hut mit Tüll, sondern ein Hütchen aus drei schwarzen Satindreiecken, wie ein Barett mit einer großen Bommel in der Mitte, das keck auf ihrem leicht gekräuselten Haar saß. In ihrem engen Mantel, durch den sich ihr hübscher kleiner Hintern abzeichnete, stelzte sie munter auf ihren hohen Absätzen einher.

Sie zog Gilles' Hand, die die künstlichen Blumen hielt, zu sich hin und sagte: »Zeig mal, ich möchte probieren, wie es aussieht.« Sie hielt die Hand mit den Blumen einen Moment an das Revers ihres Mantels. Elisa ging ein Stück hinter ihnen, mit weit vorgewölbtem Bauch, an jeder Hand ein Kind hinter sich herziehend.

Seit einigen Tagen war es nicht mehr so kalt. Die beleuchtete Straße wimmelte von Menschen. Die Leute waren gut gelaunt, zwar gab es nur vier oder fünf Buden, doch das genügte, um den Eindruck eines Rummelplatzes zu vermitteln. Alle wollten sich amüsieren. Man kaufte etwas mehr Aufschnitt und ging noch einmal beim Bäcker vorbei, um einen Obstkuchen mitzunehmen. Man setzte sich in die Cafés, wo Orchestrions erklangen und ein wenig getanzt wurde. Man scherzte miteinander und stibitzte seinem Nachbarn einen zuckerbestäubten Krapfen oder eine lange goldgelbe Fritte aus der Tüte. Wer sich in der Nähe der Buden aufhielt, hatte den Eindruck, daß die Leute, die sich vom Platz entfernten, das Fest verließen; doch es bewegte sich langsam mit ihnen die Straße entlang.

Als sie am Gartenzaun angekommen waren, sagte Gilles: »Sollen wir nicht einfach weitergehen? Wir könnten doch dort hinten noch etwas trinken. Es ist noch nicht spät.«

Elisa wäre lieber ins Haus gegangen, außerdem war es höchste Zeit, die Kinder ins Bett zu bringen; dennoch stimmte sie gleich zu. Auch hier wurde getanzt. Sie setzte sich zwischen die beiden Kinder auf die hinterste Bank. Gilles und Victorine saßen Elisa gegenüber.

Seit einiger Zeit wurde Elisa vom Bier in den Lokalen übel, denn es war bitterer als das Bier, das es zu Hause gab. Doch das war nicht weiter verwunderlich. Und wenn man weiß, wovon einem übel ist, muß man kein großes Aufhebens davon machen, sondern trinkt einfach aus.

Gilles und Victorine standen auf, um zu tanzen. Elisa entging keine ihrer Bewegungen: Sie drehten sich vor ihr wie die anderen, aber unter all diesen großen, kräftigen Männern auf der Tanzfläche war Gilles wieder einmal der schönste.

Am Nebentisch saß ein Arbeitskollege aus Gilles' Fabrik: »Na, Elisa, was macht die Gesundheit?« fragte er.

»Es geht. Und Sie, irgend etwas Neues?«

»Ach, wir haben uns entschlossen, ins Ausland zu gehen... Für Gilles wäre das auch etwas gewesen, ein guter Arbeiter wie er, schade drum...«

Ja, er war unter den ersten gewesen, denen man es angeboten hatte.

Elisa erinnerte sich daran. Eines Tages war er mit dieser Neuigkeit von der Arbeit nach Hause gekommen: es gab da eine Fabrik, die schlecht lief – weit, sehr weit weg, Elisa wußte nicht genau, wo sie war, jedenfalls jenseits der französischen Grenze, in Italien drüben. Sie brauchten Metallarbeiter von hier, die Besten waren gefragt. Es gab eine Vereinbarung zwischen der Fabrik hier und der dort: man schloß einen Vertrag für ein paar Jahre, kehrte dann um einiges reicher zurück und bekam außerdem hier seine Stelle wieder.

Je mehr Gilles ihr davon erzählte, desto größer wurde Elisas Begeisterung. Für die Arbeiter wurde eigens eine kleine Stadt gebaut. Sie erhielten hübsche, sehr helle kleine Häuser. Sie würden dort keine Miete zahlen, und jeder hatte sein Gärtchen für sich . . . Außerdem war das Klima gut! Immer Sonne, winters wie sommers. Und Obst – die Trauben kosteten einen Franc das Kilo. Und überall gab es Blumen.

»Wachsen dort vielleicht Mimosen bis zum Boden?« hatte Elisa gefragt. »Na ja, vielleicht. Kann gut sein.« Natürlich mußte man hart arbeiten, und einige sagten, daß bei dieser Hitze . . . »Aber die Arbeit hat noch keinen umgebracht«, bekräftigte Gilles. »Auch in der Sonne nicht!« fügte er lachend hinzu. »Und außerdem«, er stemmte die Handballen in die Achselhöhlen und trommelte mit den Fingern auf seinen Brustkorb, »wir als Arbeiter aus dem Norden müssen dort unten natürlich auch zeigen, was wir können!« Sie sprachen noch lange darüber, malten sich aus, was sie Neues sehen würden, was sie tun wollten. Sie jubelten. Elisa hatte ihre Hände auf Gilles' Schultern gelegt und einige Walzerschritte mit ihm getanzt, zwei oder drei Freudenrunden, bei denen sie gegen die Möbel stießen, denn die Küche war klein. Außer Atem, ein wenig ruhiger, hatten sie sich wieder an den Küchentisch gesetzt, jeder auf eine Seite, und ihrer Phantasie freien Lauf gelassen, ohne ein Wort zu sprechen. Plötzlich hatte Gilles gesagt: »Und die Tauben? Ich könnte ja vielleicht die älteste von ihnen mitnehmen, die rote.«

»Aber sie kann doch überhaupt nicht mehr fliegen! Sie wird nie mehr einen Preis gewinnen!«

»Aber sie ist meine Lieblingstaube«, hatte er leise geantwortet und sich am Kinn gekratzt.

Am Morgen mußten sie sich beeilen und hatten keine Zeit mehr, über irgend etwas zu reden. Als Gilles gegangen war, hatte Elisa ein merkwürdiges Gefühl; es war wie die Erinnerung an einen seltsamen Traum, der keinen Bezug zur Wirklichkeit hatte. Sie betrachtete die Möbel, die Fliesen, den Garten. Der Rauch kam in großen gelblichen Wirbeln aus den Hochöfen, schwebte eine Weile über ihnen, um sich dann matt und fast unsichtbar über die Umgebung zu verteilen und die Luft mit gräulichen Schleiern und unangenehmen Gerüchen zu verunreinigen; die Bäume wuchsen schlecht: diesen Sommer hatte einer der Pflaumenbäume keine Blätter mehr getrieben, und nun streckte er in der hintersten Ecke des Gartens seine großen schwarzen Äste von sich. Er war vergiftet. Eine glanzlose Sonne verklärte sanft die grauen, gelben und violetten Töne der unwirtlichen Erde. Elisa betrachtete ihr Haus, ihren Garten, ihre Sonne, und Tränen stiegen ihr in die Augen, doch sie wagten sich nicht über den Rand der Wimpern hinaus.

Gilles kam nach Hause und sagte kein Wort. Elisa fragte ihn schließlich: »Hast du eine Antwort gegeben für... Wie heißt es noch? Na, du weißt schon, fürs Ausland?«

»Nein, das kann man nicht einfach so entscheiden. Ich habe gesagt, ich müßte noch überlegen. Denn schließlich...« Er fuhr sich mit der Hand über das Gesicht, kraulte sich im Haar. »Und du, hast du noch mal über alles nachgedacht?«

Dann hatte er ihr direkt ins Gesicht gesehen, und seine klaren Augen verrieten ihr, daß sein Entschluß feststand. Sie hatte sofort begriffen, war auf ihn zugestürzt, zitternd vor Freude: »Gilles, du hast auch keine Lust wegzugehen! Wir gehen hier nicht fort! Nicht wahr? Wir bleiben da!«

Dann waren sie zu dem großen, offenen Fenster gegangen, durch das die vergiftete Luft ins Zimmer strömte, und dort einen Moment lang Schulter an Schulter stehengeblieben: beide ließen ihren Blick weit über das Land schweifen, das sie beinahe verloren hätten.

Ja, Elisa erinnerte sich genau. Und das hatte sie nun davon... Sie saß in diesem Café und beobachtete Gilles und Victorine, wie sie zu einer ausdruckslosen, mechanischen Musik tanzten.

Wenn Gilles jetzt noch einmal das Angebot bekäme, ins Ausland zu gehen (vielleicht war das sogar schon geschehen), würde er mit ihr nicht einmal darüber sprechen. Und dabei bedeutete ihm all das, was ihn damals hier zurückgehalten hatte, im Moment herzlich wenig.

Sie trank ihr Bier in hastigen kleinen Schlucken, um es schneller hinter sich zu haben; zerstreut antwortete sie dem Mann, der sich um eine Unterhaltung mit ihr bemühte, und ließ dabei die Tanzenden keine Sekunde aus den Augen.

Sie kamen zurück an den Tisch, um sich einen Moment auszuruhen. Victorine war ein wenig erhitzt. Zwei kleine feuchte Kreise zeichneten sich unter den Armen auf der blaßblauen Seide ihres Kleides ab, der Stoff war an der Schulter, an der Stelle, an der Gilles' Hand gelegen hatte, leicht zerknittert; ihr Gesicht war gerötet, das Haar etwas gelöst: es stand ihr gut, sie sah hübsch aus.

Der Kollege, der eigentlich gehen wollte, war mit seinem Stuhl an ihren Tisch gerückt, und man unterhielt sich beiläufig.

Als die Musik wieder anfing zu spielen, wollte Gilles sich erheben, um zu tanzen. Da trat einer der anwesenden jungen Männer auf das Mädchen zu und sagte mit eigenartigem Lächeln: »Jetzt bin ich dran, Victorine.«

Sie stand auf. Gilles schien verärgert, er drehte seinen Stuhl ein wenig und setzte sich schräg an den Tisch, um die beiden besser zu sehen.

Ihre Körper berührten sich beim Tanzen von den Schultern bis zu den Knien, sie bewegten sich recht lasziv, und wenn der Mann etwas zu ihr sagte, streifte sein Kinn ihre Wange. Sie waren die einzigen, die so tanzten, das war hier wirklich nicht üblich.

Elisa bemerkte es sofort, obwohl sie nicht mehr das

tanzende Paar beobachtete, sondern Gilles. Er saß da
wie vernichtet, die Augen schwer von einem wirren
Schmerz, seine Freude war ihm plötzlich verdorben.
Ihr entging nicht die kleinste Veränderung in seinem
Gesicht: jetzt begann sein Mund ein wenig zu zucken,
sein Kiefer verkrampfte sich vor Erregung. Er liebt sie,
dachte sie. Wie sehr muß er sie lieben!

Sie fürchtete, seine Unzufriedenheit könnte sich in
Wut verwandeln. Um ihn zu zerstreuen, sprach sie mit
ihm: er antwortete ihr einsilbig, ohne ihr sein Gesicht
zuzuwenden. Gleich würde er seinem Ärger Luft machen... Was konnte sie bloß tun? Mein Gott, ja... Er
würde seinem Ärger Luft machen... Und es geschah
genau in dem Moment, in dem sie es erwartete. Ihr un-
willkürliches Auffahren war wie eine Geste, die man
mitten in der Ausführung abbricht, nach außen hin
noch kaum wahrnehmbar, doch sie traf haargenau mit
Gilles' abruptem Aufstehen zusammen. Victorine
tanzte gerade zum fünftenmal an ihm vorbei, und er
fuhr sie mit bissiger Stimme an, so daß alle es hören
konnten: »Kannst du nicht anständig tanzen?«

Victorine hatte keine Zeit zu antworten, bevor ihr
Tanzpartner schlagfertig entgegnete: »Was soll denn
das, verteidigst du die Ehre der Familie? Kümmere
dich doch um deine eigenen Angelegenheiten!«

Er hatte es halb ärgerlich, halb im Spaß gesagt, da er
nicht wußte, wie er Gilles' Bemerkung interpretieren
sollte, und wollte gerade weitertanzen, Victorine immer noch im Arm. Aber Gilles stürzte nach vorn, riß
das Mädchen grob von ihm weg und schlug den Mann
ins Gesicht: »Ich werde dir das Maul schon stopfen!«

Er bekam den Schlag zurück, doch die beiden Männer wurden, wie es sich gehört, gleich getrennt und zur Ruhe ermahnt. Da schlug Gilles mit Händen und Füßen um sich und brüllte, dies ginge niemanden etwas an, es sei eine Sache zwischen ihm und diesem Flegel.

Elisa saß leichenblaß zwischen den beiden kleinen Mädchen, um die sie schützend die Arme gelegt hatte, so als wollte sie verhindern, daß sie Angst bekamen. Dann stand sie auf und schob den Tisch ein wenig zur Seite, um vorbeizukommen.

»Gilles, ich flehe dich an, komm, setz dich hin.«

Er sah sie an wie ein Betrunkener, so als fragte er sich, was sie hier verloren hatte, doch es dauerte nur einige Sekunden, und er folgte ihr gehorsam zum Tisch.

Alle setzten sich wieder auf ihre Plätze; der Wirt des Cafés war gekommen und klopfte Gilles freundschaftlich auf die Schulter: »Geht's wieder, altes Haus? Was war denn bloß mit dir los? Du willst doch nicht etwa der Jugend ihren Spaß verderben! Arme Victorine, ich werde mal mit ihr tanzen, he, alter Knabe?«

Aber Gilles hörte ihm überhaupt nicht zu; er wirkte zerknirscht – Victorines Hand lag auf dem Tisch, und er sah sie mit feuchten Augen an.

Jetzt verliert er wirklich den Kopf, dachte Elisa, doch laut sagte sie: »Nein, wir gehen nach Hause, das wird das beste sein. Bezahle bitte, Gilles.«

Draußen machte Gilles Victorine mit klagender Stimme Vorwürfe.

»Niemand anders hat so getanzt... Niemand!«

»Aber ich frage mich wirklich, was so schlimm daran sein soll!«

Gilles' Stimme klang nervöser: »Du willst es einfach nicht verstehen... Man muß dir immer...«

Ein Streit, wie er für Verliebte typisch ist. Elisa fühlte sich überflüssig.

Sie waren vor ihrem Haus angekommen. Elisa stieß das Gartentor auf und ging einige Stufen hinunter.

»Es ist besser, ich bringe sie noch nach Hause«, rief Gilles und ging auch schon mit Victorine davon.

Damit hatte sie nicht gerechnet. Sie hatte erwartet, daß die beiden ihr folgen würden. Ihre Stimme versagte, doch dann faßte sie sich und stieg die Stufen wieder hinauf.

Die Kinder zerrten an ihren Armen: »Ma-man... nach Hause.«

»Ja... nach Hause.«

Sie stand vor der halbgeöffneten Gartentür, mit diesem Gewicht an beiden Händen, fest aufeinandergepreßten Lippen, die Augen forschend auf das undurchdringliche Dunkel der Straße gerichtet, in dem niemand mehr zu erkennen war. »Ein Streit zwischen Verliebten... Man weiß ja, wie so etwas endet...«

Die Kinder schlafen, alles ist in Ordnung, doch Gilles ist immer noch nicht zu Hause. Elisa sitzt in der Küche und wartet; ihre Knie sind weit gespreizt, um dem vorgewölbten Bauch Platz zu lassen. Der Stoff ihres Rokkes bildet eine tiefe Kuhle über ihrem Schoß, in der ihre ohnmächtigen Hände liegen.

»Ach, wir haben uns entschlossen, ins Ausland zu gehen... Für Gilles wäre das auch etwas gewesen.« Aber jetzt ist es zu spät. Jetzt sitzt sie hier in der Küche und wartet auf ihn. Man müßte weit fort und gleichzeitig hier sein können...

Hätte es doch in ihrer Macht gelegen, den Gang der Dinge zu beeinflussen! Könnte man sich doch einen neuen Platz auf der Erde suchen, fern von dem dunklen Ort, in dem Victorine lebte, und in ein sonnendurchflutetes Land gehen – andere Menschen kennenlernen, andere Kontinente... andere Erlebnisse... andere Welten... Rote oder sumpfige Gegenden, goldgelbe, kärgliche oder schneebedeckte Felder. Sanfte grüne Hügel, abweisende, blau schimmernde Berge. Urwälder wie die aus Geographiebüchern, Unterholz, in dem man sonntags Maiglöckchen pflückt. Obstgärten mit Apfelbäumen und Olivenhaine. Stattliche blonde Arbeiter, schweigsam wie Gilles, und feingliedrige dunkle Männer voller Energie... Hier Victorine und anderswo andere junge Mädchen, blonde oder dunkelhaarige, Berthe, Edmée oder Marie... Von einer Welt in die andere zu gehen... Ist das die Welt? Ist sie nicht vielmehr etwas ganz Kleines, Unsichtbares, tief in unserem Inneren Verborgenes, das wir immer mit uns tragen. Man müßte weit fort und gleichzeitig hier sein können, nicht wahr, Elisa?

Vielleicht denkt sie nicht in diesen Begriffen, und dennoch drücken ihre langen, tiefen Seufzer, ihre schwere Unbeweglichkeit, ihre matten Augen, die auf eine der Messingkugeln am Herd gerichtet sind, genau dies aus. Jeder von uns hat seine eigene Art zu denken.

Acht

In diesem Jahr ist Ende Januar so mildes Wetter, daß man meinen könnte, der Winter sei schon vorüber. Doch der Februar endet mit bitterer, trockener Kälte, ohne Schnee oder Regen. Die Erde im Garten ist so hart gefroren, daß sie unter Elisas Schritten knackt und in der Nähe der eisigen Pfütze bei der Mauer, unterhalb des tropfenden Wasserhahns, Risse bekommt. Dann folgen schwere Regenfälle, die fast ohne Unterbrechung mehrere Tage lang anhalten.

Und plötzlich kommt zwischendurch die Sonne heraus, unterbricht den Regen mit ihren großen, nassen Lichtstrahlen. Es ist wirklich ein merkwürdiges Wetter, man weiß nicht, woran man ist... Wenn die Sonne sich sacht über dem Garten entfaltet wie ein Fächer, steigen aus der nassen Erde schwere Frühlingsschwaden. Doch bald sammeln sich die Wolken wieder, die Sonnengarbe schließt sich, ja es ist kalt... Es ist immer noch Winter. Und eine Viertelstunde später ist wieder Frühling. Diese Verheißungen von Freude und Liebe, die aus der Erde emporsteigen, sind für Elisa eine einzige Qual.

Es gibt diese lange Folge von Tagen, an denen sie

Gilles' Rückkehr ängstlich erwartet, Tage, an denen sie auf eine winzige Zärtlichkeit von ihm hofft, Tage, an denen sie erfährt, daß er an einem Ort, wohin er angeblich gegangen ist, nicht gesehen wurde.

Und es gibt diese Nächte, die sich gleichen, in denen Elisa neben dem schlafenden Gilles gepeinigt wach liegt. Ihre Hände bewegen sich auf ihn zu, berühren ihn sacht, nähern sich vorsichtig seinem Gesicht, um ihn nicht zu wecken: wie eine Katze auf Mäusejagd spürt sie an seinem Körper diesen fremden Geruch auf. Und dann der Tag, an dem sie aus dem Schlafzimmer herunterkommt und ihre Schatten auf dem Küchenfußboden jäh auseinanderfahren sieht.

Und der Sonntag, an dem Gilles vorausgeht, um an einer Versammlung seiner Arbeitskollegen aus der Fabrik teilzunehmen. Sie sollten sich anschließend bei den Eltern treffen: als sie ankommt, ist er schon da, die Eltern sind ausgegangen, Victorines Kleid ist merkwürdig zerknittert, auf Gilles' Gesicht liegt dieser sonderbare Ausdruck, den Elisa so gut kennt und der sie jetzt zum erstenmal mit leisem Ekel erfüllt.

Und dieser andere Tag, an dem er mit einem kleinen blauen Fleck an der Lippe nach Hause kommt. In Elisas Herzen verschwinden seine Spuren viel langsamer als auf Gilles' Lippe.

Manchmal fragt sie sich, ob sie nicht offen mit Gilles oder Victorine reden, ohne Rücksicht einschreiten sollte. Aber sie kennt Gilles und fühlt, daß er gefangen ist und fähig wäre, sie zu verlassen, um mit Victorine zusammenzuleben. Zwar ist jetzt ihr ganzes Leben bedroht und hängt an einem seidenen Faden, doch einen irreparablen Bruch hat es noch nicht gegeben. Gilles lebt noch immer mit ihr zusammen, er schläft neben ihr, sie küßt ihn, wenn er von der Arbeit kommt, kocht sein Essen, spricht mit ihm. Er ist da, er gehört noch zu ihr. Da das Drama noch geheim ist, hat sie die Möglichkeit, alles neu aufzubauen... Ach! Diese Hoffnung, die ihr hilft zu überleben, einsam zu kämpfen, ohne schwach zu werden! Dieser Glaube an *ihre* Liebe, der sie stets wie eine Woge trägt, wenn sie Gilles die Stufen der Betontreppe hinuntergehen hört.

Sie wird jetzt immer schwerer; wenn sie den ganzen Tag im Haushalt gearbeitet hat, haben ihre geschwollenen Beine abends keine Kraft mehr zum Gehen. Die schweren Glieder, der erschöpfte, unförmige Körper behindern sie in der Aufgabe, die sie sich vorgenommen hat. Sie schämt sich dieser Schwäche – doch bald wird sie wieder flink, schlank und hübsch sein... Ihre Niederkunft erscheint ihr wie eine neue Hoffnung, die sie geduldig erwartet, in sich zurückgezogen, ein wenig schläfrig, ihren unbeweglich gewordenen Leib und den ständigen Schmerz mit sich herumschleppend.

Schließlich kam sie nieder. Die Geburt dauerte lange und war schwer. Aber Schmerzen zu haben, einen Schmerz auszuhalten, der einem die Beine auseinandertreibt, so als wollte der Körper entzweireißen, das ist für eine Frau wie Elisa nicht schlimm, man weiß ja, daß dieses Leiden nur einige Stunden dauert: es beginnt, ebbt ab, kehrt wieder, steigert sich und verschwindet endgültig.

Doch einige Zeit später, als sie mit befreitem Leib in ihrem Bett liegt, das Gesicht noch etwas blasser als sonst und in ihren Armen ein neugeborenes Kind, da beginnt die eigentliche Tortur: Victorine kommt jeden Abend, um den Haushalt zu machen und für Gilles das Abendessen zu kochen. Sie sitzen beide unten in der Küche. Elisa hört sie sprechen, Gegenstände hin und her schieben, Victorine stellt die Teller weg...

Jetzt hört Elisa nichts mehr. Sie hebt leicht den Kopf und rührt sich nicht mehr, angespannt und voller Unruhe... Ihr Herz pocht so laut, daß seine Schläge in ihren Schläfen die Stille stören... Endlich hört sie wieder Geräusche... Sie läßt den Kopf ins Kissen sinken; ihre Stirn und ihre Hände sind schweißnaß, sie keucht noch ein oder zwei Herzschläge lang, bis sie sich schließlich beruhigt hat und wieder auf die Stimmen und Schritte lauscht. Nach einer Weile wird es erneut still – lange, unendlich lange... Die Sekunden reihen sich in Elisas Herz aneinander... Was bedeutet diese Stille, die nicht enden will? Wieder ist ihr Körper schweißbedeckt, so als wäre er plötzlich im Fieber. Vorsichtig zieht sie den Arm, mit dem sie das Baby festhält, heraus und krallt sich mit ihren feuchten Händen nervös in ihre Bettdecke. »Gilles!« hat sie gerufen. Der Schrei hatte sich ohne ihr Zutun aus ihrem angsterfüllten Herzen gelöst.

Er kommt die Treppe herauf.

»Was willst du, Elisa?«

»Bring mir ein wenig Wasser – mir ist so heiß.«

Sie beobachtet ihn: sein Gesicht ist normal, er kaut noch sein Essen, als er ins Zimmer kommt... Sie haben gegessen... Sie haben schweigend gegessen, mehr war nicht.

Sie trinkt und streckt sich dann völlig erschöpft wieder flach in ihrem Bett aus; dann schließt sie die Augen, öffnet sie wieder und blickt ihn an: »Geh doch hinunter und iß weiter«, sagt sie fast unhörbar mit ihrer sanften, kraftlosen Stimme. Am Morgen kommt Elisas Mutter, um den Haushalt zu führen. Sie kommt im Laufe des Vormittags öfter zu ihr herauf: »Brauchst du irgend etwas, mein Mädchen?«

»Nein, Mutter.«

Elisa sieht ihr zu, wie sie sich im Zimmer zu schaffen macht, aufräumt, Laken zusammenfaltet, das Baby wickelt. Sie spricht nicht viel: man muß auch nichts sagen, wenn man durch seine kleinen, von vielen Fältchen umgebenen glücklichen Augen seine Freude zeigt, wieder ein Enkelkind zu haben und seinen Kindern behilflich sein zu können.

Ihre Mutter ist die einzige Frau auf der Welt, der Elisa sich anvertrauen, bei der sie Unterstützung und Trost suchen könnte... Und auch diese Hilfe ist ihr verwehrt... Wie sie in jener Nacht, in der sie die Entdeckung machte, begriff, daß ihr von Gilles' Seite keine Hilfe zuteil werden würde, so begreift sie jetzt, daß es unmöglich ist, sich Victorines Mutter anzuvertrauen.

»Ach, das Stärkepulver für den Kleinen ist alle – ich werde Victorine bitten, heute abend welches mitzubringen, und ich gebe ihr auch noch ein paar Orangen für dich mit.«

»Ja, Mutter, das ist sehr lieb.«

Und die alte Frau, die Elisa ansieht, kann auf dem Gesicht ihrer Tochter das breite Lächeln einer glücklichen jungen Mutter sehen.

Neun

Unter normalen Umständen hätte sich Elisa noch einige Tage ausgeruht, doch warum sollte sie ihre Zeit im Bett verschwenden, wenn sie schon aufsein konnte. An diesem Nachmittag fühlte sie sich recht kräftig. Gilles schlief im Nebenzimmer auf dem Bett der Kinder: diese Woche hatte er Nachtschicht. Ihre Mutter war längst gegangen, und Victorine würde erst später kommen, niemand würde Elisa daran hindern aufzustehen. Heute würde sie einmal Gilles' Abendessen kochen. Leise schlüpfte sie aus dem Bett, zog sich ein Kleidungsstück über, blieb aber noch barfuß, aus Angst, das Geräusch ihrer Schritte könnte Gilles aufwecken.

Sie nahm den Säugling aus der Wiege und legte ihn auf das Bett. Der Weidenkorb war leicht, sie trug ihn in die Küche hinunter, stellte ihn auf zwei zusammengerückte Stühle und ging noch einmal nach oben, um das Kind zu holen. Diesmal überkam sie ein leichtes Schwächegefühl, als sie treppab den Fuß auf die oberste Stufe setzte: es lag bestimmt an dem Gewicht des Babys, das sie trug. Vorsichtig stützte sie sich beim Gehen mit ihrer freien Hand an der Wand ab.

Bald würde sie sich endlich wieder selbst um alles kümmern können. Lange genug hatten fremde Hände ihren Haushalt besorgt... Sie schob einen Stuhl an die Wand, an seinen gewohnten Platz, verrückte den Tisch ein wenig, damit er genau in der Mitte der Küche stand, und öffnete die Tür, die ins Nebenzimmer führte. Sie betrachtete einen Moment die glänzenden Holzmöbel, die Babyfläschchen, den orangeroten Lampenschirm aus Seide. Dieses Zimmer wurde nur selten betreten, aber Elisa hielt es hingebungsvoll in Ordnung. Jede Woche polierte sie die Möbel, putzte die Fenster, bohnerte das Parkett. Sie fand es sehr angenehm, noch ein Zimmer zu haben, eines, das etwas vornehmer eingerichtet und immer ordentlich war. Wenn überraschend ein Bekannter vorbeischaute, konnte man bedenkenlos sagen: »Kommen Sie doch ins vordere Zimmer.« Übrigens führte rechts vom Fenster eine Tür direkt auf die Straße hinaus, so daß man das Zimmer betreten konnte, ohne durch die Küche zu gehen. Heute lag auf den Möbeln ein wenig Staub, Elisa würde sich morgen darum kümmern... Sie schloß die Tür wieder und setzte sich für einen Moment neben die Wiege; nach dieser ersten Anstrengung war sie etwas erschöpft. Sie mußte sich allmählich wieder an die Arbeit gewöhnen und zuerst Pause machen, sich zwischendurch immer wieder hinsetzen... Aber gleich würde sie sich wieder stark genug fühlen. Sie betrachtete das Kind. »Kleiner Gilles, kleiner Gilles«, sagte Gilles, wenn er sich über das Baby beugte. Elisa wurde es warm ums Herz, als sie daran dachte: er hatte also nicht aufgehört, die Mädchen zu lieben, und er lächelte den Kleinen zärtlich an. Das war ein gutes Zeichen, es war immer noch Güte in ihm, nichts war verloren...

»Kleiner Gilles«, sagte auch sie zu dem schlafenden Kind, und sie erhob sich, um das Abendessen zuzubereiten.

»Was, du bist auf?« rief Victorine beim Hereinkommen. »Na, wenn ich das gewußt hätte...«

»Ich fühle mich schon kräftig genug... Man kann nicht immer im Bett herumliegen.«

Victorine brachte die Zwillinge nach Hause, die seit einigen Tagen in den Kindergarten gingen.

»Morgen«, sagte Elisa zu ihnen, »kommt ihr zusammen mit den anderen aus dem Kindergarten nach Hause, dann ist es noch hell. Victorine muß sich keine Umstände mehr machen... Jetzt geht es mir wieder besser.«

»Dann soll ich heute nicht kochen?« fragte Victorine.

»Nein, ich habe die Suppe schon auf den Herd gestellt. Weißt du, wenn du zu Hause noch etwas zu tun hast, kannst du ruhig gehen.«

Aber sie habe keine Eile, sagte sie, sie werde trotzdem ein wenig hierbleiben... Die aufgesetzte Tasche an ihrem Kleid sei abgerissen, sie werde die Gelegenheit nutzen, sie wieder anzunähen. Sie bat um Nadel und Faden.

»Das muß man doch mit der Maschine nähen«, sagte Elisa, »erstens geht es schneller, und zweitens hält es besser. Ich mach's dir.«

»Aber das strengt dich zu sehr an.«

»Ach, Unsinn! Gib her.«

Victorine zog ihr Kleid aus und sagte zu den Kindern, während sie in ihrem Unterrock aus blaßblauer Kunstseide herumtänzelte: »Spielen wir Figurenraten?«

Sie drehte zwei, drei Pirouetten, hielt plötzlich an und blieb ein paar Sekunden in einer komischen Pose stehen.

Elisa sah die nackten Schultern ihrer Schwester, die festen, runden Brüste, deren rosige Spitzen durch den breiten Zierbesatz schimmerten, die langen, schlanken Schenkel, die sich unter dem Wäschestück abzeichneten. Sie senkte den Kopf und schob mit bitterem Gefühl den Stoff unter die Nadel der Nähmaschine. Mit ihr sprechen? Ihr klarmachen, daß sie im Begriff ist, ein so vollkommenes Glück zu zerstören, wie es auf der ganzen Welt nicht oft zu finden ist? Weiß sie denn nicht, daß alles von ihr abhängen könnte? »Du bist eine Frau, Victorine, eine Frau wie ich, und als dieser Mann dich begehrte, hättest du zwischen einer Vielzahl von Verhaltensweisen die Wahl gehabt.«

Warum hätte sie sie darauf ansprechen sollen? Victorine würde doch nur diese schnippische Miene aufsetzen und sagen: »Ich? Aber was hab ich denn getan?«

Denn Victorine gehört zu denen, die sich der Tragweite ihrer Handlungen nicht bewußt sind. Sie spaziert in ihrer Verantwortungslosigkeit unbekümmert durchs Leben. Irgendwann einmal, vielleicht weil Gilles gerade da war, vielleicht weil die Hitze in ihr hochstieg, bekam sie Lust auf diesen Mann, und sie hat ihn sich genommen. Was ist schon dabei? Für Victorine ist weiter nichts dabei, das ist schon alles. Hinterher versucht man zu verstehen, welcher Sinn dahintersteckt, welchen Sinn das Leben hat. Das Leben läßt Victorine völlig unberührt, nie wird es in ihrem Lächeln Spuren hinterlassen oder in ihren Augen, die lange jung, rein und unschuldig bleiben werden. Verbrecher aus Gedankenlosigkeit sind die gefährlichsten Kriminellen.

Einem solchen Menschen gegenüber fühlt Elisa sich merkwürdig hilflos: womit könnte sie Victorine aufrütteln?

Es fehlt dem Mädchen nicht an Intelligenz: Elisa erinnert sich, daß sie in ihrer Schulklasse immer unter den Besten war (welches andere Kriterium könnte ihr einfallen?). Victorine hat Sinn für Gerechtigkeit: es gibt arme Leute, es gibt reiche Leute, und sie findet das ungerecht. Ein solcher Sinn für Gerechtigkeit fehlt Elisa übrigens vollkommen. Wenn Gilles ihr von den Forderungen seiner Gewerkschaftskameraden erzählt, fragt sie: »Warum fordert ihr das?«

»Weil es gerecht ist«, antwortet Gilles.

Dann wirft sie den Kopf ein wenig nach hinten und lacht.

»Was soll denn das bedeuten: ›gerecht‹!« sagt sie.

Aber sie spürt ganz genau, daß es in dem Fall, der sie jetzt beschäftigt, nicht um Gerechtigkeit oder Ungerechtigkeit geht. Daß Victorine ihr Gilles weggenommen hat, daß Victorine etwas Schlimmes tut, das könnte sie vielleicht noch vestehen. Doch das Ungeheuerliche, für sie Unerklärliche ist, daß das junge Mädchen dabei immer noch wie ein Unschuldsengel wirkt. Victorine fehlt etwas... eine Schwäche, Kränkung,

Verletzung, die bei all ihrer Verkommenheit zu erkennen wäre... Etwas, was zwar unterdrückt, aber dennoch vorhanden ist – etwas, was ihre Augen verraten
würden, was in jeder ihrer Gesten durchscheinen
würde. Plötzlich sagt sich Elisa: Ich glaube, Victorine
hat kein Herz, und deshalb hinterläßt das Leben bei ihr
keine Spuren...

Und vielleicht hat Elisa recht.

Was sie ihr antut, würde sie ihr verzeihen... Aber sie
müßte dabei das Gesicht einer Verbrecherin haben!
Doch statt dessen steht sie schlank, frisch und rein vor
ihr, zeigt stolz ihr hübsches schamloses Fleisch, läßt es
unschuldig in einer komischen Pose erstarren, daß die
Kinder aus vollem Hals lachen.

Das Kleid liegt fertig auf dem Nähmaschinentisch-
chen. Aber Victorine scheint es nicht eilig zu haben. Sie
spielt in aller Ruhe weiter. Elisa nimmt das Kleid und
wirft es Victorine barsch hin.

»Jetzt zieh dich doch endlich an!« sagt sie mit einem
unheilvollen Unterton in der Stimme, denn sie selbst,
sie hat ein Herz, sie weiß, daß sie fähig ist, Böses zu tun,
und sie erkennt dieses Haßgefühl wieder, das auf einmal in ihr aufgestiegen ist, diese Lust, Victorine zu
schlagen, vielleicht sogar, ihr den Hals zuzudrücken,
dieses haltlose, dieses künstliche Leben zu ersticken.
Aber sie kennt auch die Liebe, sie hat Victorine geliebt... Und auf einmal entsteht vor ihrem inneren
Auge das Bild eines tolpatschigen kleinen Mädchens,
das man von den Stapeln sauberer Wäsche fernhalten
mußte. Sie liebt Victorine noch immer...

Sie setzt sich ein wenig abseits, die Augen dem Fenster zugewandt, durch das man in der Dunkelheit den Garten kaum erkennen kann. Am liebsten würde sie jetzt ihren Tränen freien Lauf lassen.

»Geh doch nach Hause«, sagt sie. »Du kannst mir nichts mehr helfen, und Maman braucht dich vielleicht.«

»Ich hab's überhaupt nicht eilig. Ich würde gerne warten, bis Gilles aufsteht.«

»Geh bitte nach Hause, Victorine... Maman ging's heute morgen nicht gut, du solltest ihr helfen. Ich möchte, daß du jetzt gehst.«

Ihre Stimme duldet keinen Widerspruch. Mit sonderbarem Gesichtsausdruck setzt Victorine langsam ihren Hut auf und zieht den Mantel an. Sie zögert noch, kann sich nicht entschließen, auf Wiedersehen zu sagen.

»Maman wird sich Sorgen machen – ich habe ihr versprochen, daß du früh nach Hause kommst. Ich bin immer noch ein wenig schwach, also mach mich nicht nervös und geh jetzt bitte.«

»Na gut... Von mir aus.«

Sie verabschiedet sich mit einem Schulterzucken.

»Was wäre denn dabei, wenn ich eine halbe Stunde später nach Hause kommen würde.«

Zehn

In der folgenden Woche ging mit Gilles eine Veränderung vor: er war nicht mehr schweigsam, sondern gereizt. Meistens kam er verspätet nach Hause, streifte mit den Lippen kaum spürbar Elisas Stirn, die ihn bewegungsunfähig und von Liebe erfüllt erwartete wie am ersten Tag. Er stellte seine blaue emaillierte Wasserflasche auf den Fenstersims und sagte: »Wieder ein Tag geschafft! Was für ein Misttag…«

Er zog die Stirn in Falten, war nicht mehr der unerschütterliche, schöne, kraftvolle Arbeiter. Elisa konnte noch so liebevoll und aufmerksam sein, kein Lächeln erhellte die mürrischen Züge, kein zärtlicher Blick die matten Augen. Nach seinen Seufzern zu schließen, war er eher verärgert als unglücklich, aber vielleicht war es auch Kummer, der von Ärger überlagert wurde.

Elisa war inzwischen wieder voller Tatendrang und stürzte sich in die Arbeit. Sie las Gilles jeden Wunsch von den Augen ab. Es gelang ihr, wieder jung und fröhlich auszusehen. Sie versuchte es einmal mit sanfter, hingebungsvoller Zärtlichkeit, ein andermal mit unauffälliger, ganz zurückgenommener Liebe. Und sie sah jetzt auch hübsch aus: von der körperlichen Lethargie der letzten Wochen waren nur noch die etwas volleren, prall mit Milch gefüllten Brüste geblieben, die gut zu diesem üppigen, schönen Leib paßten. Elisa wagte es dann und wann, ihren großen, warmen Körper an Gilles Brust zu schmiegen, doch wartete sie vergeblich darauf, daß er seine Arme um sie legte.

Donnerstags gingen die Zwillinge nicht in den Kindergarten. Elisa nutzte den Nachmittag, um einige Einkäufe in der Umgebung zu machen: »Laßt den Kleinen in Ruhe schlafen«, ermahnte sie sie. »Ich bin bald wieder zurück.«

Sie nahm ihre Einkaufstasche und öffnete die Tür. Es war einer jener ersten lauen Nachmittage, die es manchmal Ende März gibt. Elisa blieb ein wenig stehen und betrachtete die Erde: es war jetzt an der Zeit, sich um den Garten zu kümmern. Früher waren sie um diese Jahreszeit zusammen in den Garten gegangen, wenn Gilles von der Arbeit nach Hause kam. In der beginnenden Dämmerung hatten sie einander die Knospen an den Bäumen gezeigt, hatten beschlossen, hier Salatsetzlinge zu pflanzen, dort Rettich zu säen und die Fortschritte des kleinen Rasens begutachtet, den sie für die Kinder angelegt hatten. »Das Stückchen Rasen«, nannte es Gilles: »Man müßte eine Handvoll Samen auf das Stückchen Rasen streuen... Es sieht etwas abgenutzt aus.«

Und dieses Jahr? Vielleicht würde Gilles ja umgraben, jäten und säen. Aber welche Bedeutung hätten für Elisa der blühende Apfelbaum oder die winzigen grünen Blättchen, die aus dem Humus herauslugten? Sie sieht sich wieder mit gesenktem Kopf auf dem

Gartenweg knien und hört sich fragen: »Was da wächst, Gilles, sind das Karotten oder Rettiche?«

»Rate mal... Und wehe, du irrst dich.«

Sie irrte sich absichtlich, damit Gilles sich über sie lustig machen konnte und sie lachend mit einem kühlen Regen aus der vollen Gießkanne besprühte. Sie lief davon, und er rannte ihr hinterher und küßte sie.

»Aber Gilles! Mitten im Garten!«

»Was ist denn schon dabei? Schließlich bist du meine Frau!«

Und dann fing er erst recht an.

Als sie sich jetzt daran erinnert, schüttelt sie langsam den Kopf und klagt: »Oh, mein Gott... Oh, mein Gott.«

Die Wochen verstreichen, ohne daß sich das geringste ändert, und dabei hatte sie mit der Geburt des Babys so viel Hoffnung verknüpft. Durch die Enttäuschung haben die Kräfte der starken Elisa nachgelassen, heute erscheint ihr alles um sie herum so düster, sie fühlt sich so allein in ihrem Schmerz. Wenn sie doch nur jemand anhören würde und wüßte, was ihr Herz so bedrückt! Wenn sie doch nur von einem einzigen Menschen Trost und Rat bekommen könnte! Aber mit wem konnte sie schon darüber sprechen? Weder mit ihrer Mutter noch mit ihrer Schwester, noch mit ihrem Mann... Da erinnert sie sich an eine Tradition in der Osterzeit.

Sie geht zurück ins Haus, um ihren Hut aufzusetzen und den Kindern zu sagen, daß sie für eine Stunde weg muß.

Die Kirchentüren sind weit auf den Platz hin geöffnet. Kinder gehen in Reih und Glied hinein; die kleinen

Jungen entblößen mit ernsthafter Gebärde ihr kahlge-
schorenes Haupt. Einige andere kommen heraus: sie
drängeln sich um das Weihwasserbecken an der Tür,
schlagen hastig das Kreuz und stolpern die Treppenstufen hinunter, glücklich, wieder an der frischen Luft zu
sein. Die alten Frauen sehen immer gleich aus, ob sie in
die Kirche hineingehen oder wieder herauskommen.

Elisa zögert, seltsame Scham erfaßt sie: soll sie dieses
Geheimnis hier, mitten im Ort offenbaren... Diese
Würde, die in ihrem Heim, im Schoße ihrer Familie
entstanden ist, soll sie sie endlich entblößen, hier inner-
halb dieser Mauern, wohin die Kinder jeden Sonntag
kommen, zum erstenmal darüber sprechen... Soll sie
ihr Herz an dem Ort erleichtern, wo sie und Gilles geheiratet haben? Nein, sie geht doch lieber weiter und
macht sich auf den Weg in die Kirche der Nachbarge-
meinde.

Elisa hat ihre Einkaufstasche auf die Kirchenbank gestellt und kniet mit gefalteten Händen nieder. Einige
Frauen waren schon vor ihr da: sie wartet unbeweglich.
Elisa weiß nicht, wie man betet, und merkt nach einigen
Augenblicken, daß ihre Gedanken abschweifen. Sie hat
den Faden verloren, an unzählige Kleinigkeiten gedacht, die sich in ihr Gebet eingeschlichen und seinen
Fluß unterbrochen haben, bis sie es auf einmal ganz
überlagert hatten, ohne daß Elisa sich dessen bewußt
war. Und wenn sie ihre ganze Aufmerksamkeit zusam-
mennimmt, beim Beten die Perlen des Rosenkranzes
durch ihre Finger gleiten läßt, sich anstrengt, ihren
Geist für die Wörter, die sie ausspricht, freizuhalten,

dann hat sie das Gefühl, eine aufreibende Arbeit zu tun, die sie jedoch nicht befriedigt. Elisa ist nur zu einer einzigen Art der Andacht fähig: sie denkt »Gott« oder »Jesus«, und dann entfaltet sich in ihrem Geist langsam das undeutliche strahlende Bild einer großen Macht, der sie sich einige Minuten lang ohne große Gesten und ohne Worte in Liebe zuwendet.

Aber heute ist die Kirche von Lärm erfüllt und voller Menschen. Ein Mann geht mit einer Leiter vom Kreuz zum Heiligen Herzen Jesu und verhüllt die Bilder mit purpurnen Tüchern. Neben Elisa werden Stühle gerückt. In der Nähe hört sie das geflüsterte Gespräch der Gläubigen mit dem Beichtvater – sie müßte sich nur ein wenig hinüberbeugen, um die Sünden der anderen zu hören...

Elisa hat die Hände vor sich auf den Betstuhl gelegt und sieht sich in der Kirche um: die heilige Genoveva steht mit aufgelöstem langem Haar auf ihrem Sockel aus rotem Samt. Man betet zu ihr bei Halserkrankungen und Entkräftung... Die heilige Margarethe, eine sanfte Jungfrau, deren Haupt mit Geschmeiden überhäuft ist, steht den Frauen im Wochenbett bei... Der heilige Antonius, in einem Gewand aus grobem Wollstoff und mit einem doppelten Heiligenschein aus seinem Haar und dem Goldreif, hilft, Verlorenes wiederzufinden... Der heilige Rochus blickt auf seinen Hund nieder, der vor ihm liegt, hebt mit einer Hand sein Gewand ein wenig und zeigt mit dem ausgestreckten Zeigefinger der anderen auf sein entblößtes Knie, auf dem eine große Wunde aus Gips zu sehen ist. Er heilt vom Biß tollwütiger Hunde... Der heilige Christophorus

mit seinem Stock und einem vorgesetzten Bein trägt ein
Kind auf seiner Schulter. Man betet zu ihm um eine
gute Reise...

Und an welchen der Heiligen soll sie sich in ihrem
Schmerz wenden?

In der hintersten Ecke der Kirche steht auf einem
schmalen Sockel ohne Blumen und Kerzen die kleine
Statue eines Heiligen, dessen Namen Elisa nicht kennt:
ein schmaler, jungenhafter Körper aus lackiertem Gips
vor einem braunen Baum mit drei blattlosen Zweigen.
Er hat seine Arme mit den verschränkten Handgelenken über den Kopf erhoben, seine Füße berühren kaum
den Boden, und sein unbekleidetes Fleisch scheint so
vergeistigt, daß man den Eindruck haben könnte, er
schwebte in graziöser Pose von der Erde hinweg, wären
da nicht die Fesseln, die seine Handgelenke und Knöchel zusammenschnüren. Sein schönes, entsagungsvolles Gesicht, seine tieftraurigen Augen zeigen, daß ihm
jeder Schmerz und jede Liebe vertraut ist. Sein innerer
Schmerz ist so groß, daß die dreizehn Pfeile, die seine
Schultern, seine Seiten, seine Armbeugen und seine
Handgelenke durchbohren, ihm fast keine Qual mehr
bereiten. Er trägt sie beinahe wie einen Schmuck, sie
dringen in sein Fleisch, ohne es zu beschädigen und
ohne daß Blut fließt. Sie verletzen ihn nicht, sie lassen
ihn nur melancholisch aussehen.

Ist es, weil dieser namenlose Schmerz dem ihren so
sehr gleicht, oder ist es die Erregung ihres liebenden,
darbenden Fleisches? Elisa betrachtet hingebungsvoll
diesen kleinen, für sie namenlosen Märtyrer, und ihr
scheint es, als weite sich die junge Brust aus rosarotem

Gips und hebe sich bebend wie die einer verletzten Taube.

Aber nun ist sie an der Reihe. Sie geht in den Beichtstuhl und kniet hinter dem grünen Vorhang nieder.

Elisa kommt zurück in die Kirchenbank, schiebt ihre Tasche, die sie dort stehengelassen hatte, ein wenig beiseite und kniet nieder. »Zur Buße bete zehnmal den Rosenkranz.« Zur Buße...? Nun gut, sie wird später darüber nachdenken. Aber schon schieben sich andere Wörter dazwischen. Die Sätze des Priesters klingen in ihrem Geist nach und scheinen alle nicht zu passen. »Gegen die Prüfungen, die Gott uns schickt, dürfen wir nicht aufbegehren... Gottes Ratschluß... Deine Seele... Und wenn du jetzt leidest, so wirst du später...«

Als hätte sie auch nur daran gedacht aufzubegehren... Und was bedeuteten ihr schon ihr Seelenheil und die glorreiche Aussicht auf ein zukünftiges Leben! Was sie brauchte, war eine Hilfe, um ihr irdisches Leben wiederherzustellen... Jemand, der sie beruhigte und ihr versicherte, sie habe bisher richtig gehandelt und solle sich auch weiterhin so verhalten... Jemand, der ihr riet, wie sie Gilles zurückgewinnen konnte, um endlich ihr Leben neu aufzubauen.

Elisa hebt erneut die Augen zu dem pfeildurchbohrten Jüngling, der allmählich im Dunkel versinkt, und ein tiefer Seufzer hebt ihren schönen, schweren Busen. Doch dieser Seufzer, der aus ihrem leidenschaftlichen Fleisch aufsteigt, aus ihrem Herzen, das so voller Liebe und voller Leben ist, hat nichts Entsagungsvolles.

Ja... Sie kann Gilles' Gleichgültigkeit weiterhin ertragen, ohne aufzubegehren, solange sie die Hoffnung hat, daß er zu ihr zurückkehrt. Aber betrügt sie sich nicht selbst, wenn sie so ausschließlich auf ihre eigene Liebe baut? Müßte sie sich nicht eigentlich anders verhalten? Das wäre wichtig für sie zu wissen, und das hat sie hier nicht erfahren. Wieder fühlt sie sich allein gelassen, ratlos.

Mechanisch verschließt sie ihren Rosenkranz in ihrem Geldbeutel, geht auf Zehenspitzen zwischen den Bankreihen hindurch und verläßt die Kirche. Wie lau die Luft draußen ist. Obwohl die Sonne jetzt tiefer steht, blitzen noch einige schwache Strahlen durch die Bäume auf dem Platz. Elisa muß zum Gemüsehändler und ins Milchgeschäft, um die Wochenrechnung zu bezahlen, und sie darf auch nicht vergessen, Zucker mitzubringen und Seife für die Wäsche... Aber zuerst setzt sie sich eine Weile auf die Bank zu Füßen der Christusfigur an der Außenwand der Kirche, nur einen Moment, um die Milde dieses Spätnachmittags in sich aufzunehmen, um vielleicht auch ein wenig darunter zu leiden, denn diese Zeit des Übergangs erfüllt die Luft mit einer verwirrenden Mischung aus Erinnerungen und Verheißungen; sie verspricht einen neuen Frühling voller Leben und läßt zugleich an jeden vergangenen Frühling denken, an den das Herz eine Erinnerung bewahrt.

Auf dem Platz sieht sie Männer, Frauen und spielende Kinder. Ein großes blondes Mädchen geht mit Büchern unter dem Arm an der Kirche vorbei und bleibt am Rand des Gehwegs neben dem Eisenpfosten einer Straßenbahnhaltestelle stehen: mit großen, unruhigen Augen mustert sie aufmerksam jeden vorbeifahrenden Wagen.

Drei merkwürdig verkleidete kleine Jungen kommen aus einer Straße gelaufen: der erste hat einen Tropenhelm auf, der zweite hält ein Schild in der Hand, der dritte trägt einen weißen Kittel und hat sich eine Trompete an einem Band umgehängt. Ist das ein Reklamezug, oder machen sich die Kinder nur einen albernen Spaß?

Eine Tür geht auf, ein Arbeiter tritt heraus und rennt quer über den Platz. Andere Männer und Frauen kommen und gehen. Und am Abend werden sich nach und nach schmachtende Liebespärchen einfinden, um sich wie Elisa auf den Platz zu setzen, auf dieselbe Bank, zu Füßen der Christusfigur, die sie gerade betrachtet.

Elisa denkt, daß sich alles, was sie jetzt wahrnimmt, unter den Augen dieses Christus abspielt. Vielleicht würde sie von ihm, der auf diese Weise das Leben sieht, besser verstanden. Bestimmt sieht er auch sie auf dieser Bank sitzen, mit all ihrer Liebe, ihrem Leid und ihrer Sehnsucht, Gefühlen, die Ausdruck dieses Lebens sind, das er ihr geschenkt hat.

Und dann beginnt sie schließlich zu beten: »Stimmt es denn, daß ich bisher richtig gehandelt habe und mich auch weiterhin so verhalten soll, daß ich nicht aufgebe und in meinem Leiden Trost suchen darf? Du weißt ja, es geschieht nicht aus Schwäche, wenn ich Gilles weiterhin liebe und diese Situation ertrage, ohne heftiger einzuschreiten, sondern es ist das einzige Mittel, ihn zu behalten und unser Leben neu aufbauen zu können. Ich muß meine Liebe weiterhin am Leben erhalten und verteidigen... Aber, o mein Gott, hilf mir wenigstens ab und zu.«

Nachdem sie diese Worte sehr leise mit kaum wahrnehmbaren Lippenbewegungen geflüstert hat, betrachtet sie noch einen Moment lang die Figur.

Auf Elisa fällt dasselbe verlöschende Licht, das auch das Haupt und die Arme aus bemaltem Holz streift; an der rechten Schläfe leuchten drei riesige Blutstropfen, denen der Bildhauer ein regelmäßiges, fast herzförmiges Aussehen gegeben hat.

Doch es ist spät geworden. Elisa muß noch zum Gemüsehändler, ins Lebensmittelgeschäft und ins Milchgeschäft. Sie steht auf und eilt davon, damit sie noch vor Gilles zu Hause ist.

Sie hätte sich nicht zu beeilen brauchen: Gilles kam mit zwei Stunden Verspätung nach Hause, und er war gut gelaunt wie seit mehreren Tagen nicht mehr. Elisa vermutete, daß er an den übrigen Tagen dieser Woche Victorine wenig gesehen hatte, weil sie ihre Zeit mit anderen verbrachte... Es lief wohl nicht so gut zwischen ihnen... Er war früh nach Hause gekommen, war gereizt gewesen und hatte ein mürrisches Gesicht gezogen. Heute hatte sie wohl Zeit für ihn gehabt und war zärtlich zu ihm gewesen, so daß er jetzt wieder von ihrer Aufrichtigkeit überzeugt war... Er war fröhlich, scherzte, spielte mit den Kindern, und im Laufe des Abends würde er sich auch ein wenig mit ihr unterhalten. So würde auch für Elisa ein kleines Stückchen der Freude abfallen, die Victorine Gilles geschenkt hatte.

Elf

Die gute Laune hielt nicht lange an, kaum zwei Tage. Gilles war wieder nervös und unzufrieden, und wenn ihn etwas ärgerte, konnte er sogar jähzornig werden.

Dann kam der Ostersonntag, den sie bei Elisas Eltern verbrachten, doch Victorine war ausgegangen.

»Sie wollte sich ein wenig mit Leuten ihres Alters amüsieren«, erklärte ihre Mutter.

Gilles Gereiztheit war auf dem Höhepunkt: er blickte auf seine Uhr, beobachtete hinter der Gardine die vorübergehenden Passanten und rannte dabei hin und her wie ein Hund an der Kette. Elisa fürchtete einen Moment, die beiden Alten könnten seine Aufregung bemerken. Aber sie waren voll und ganz mit den Kindern beschäftigt; wie hätten sie auch den Grund erraten sollen, fragte sich Elisa traurig. Die Stunde des Aufbruchs nahte, und Victorine war noch immer nicht zurück.

»Ich muß wegen der Kinder nach Hause«, sagte Elisa. »Wenn du noch ein bißchen bleiben willst...«

»Nein«, antwortete er brüsk, »ich komme mit.«

Sie gingen durch die dunklen Straßen nach Hause, Elisa mit dem Baby auf dem Arm, Gilles an ihrer Seite, und die beiden Mädchen liefen ein Stückchen voraus. Sie nahmen den Weg am Fluß entlang. Als die Mädchen zum Spaß ganz dicht am Rand des Quais balancierten, zog er sie grob am Arm fort und sagte den einzigen Satz, den er auf dem ganzen Heimweg herausbekam: »Das fehlte gerade noch, daß ihr jetzt ins Wasser fallt.«

Elisa rief die Kinder zu sich und ermahnte sie, sich an einem Zipfel ihres Mantels festzuhalten. So setzten sie schweigend ihren Weg fort, er vor sich hin starrend, sie mit einem Seitenblick auf seinen zusammengepreßten Mund, sein vor Ärger versteinertes Gesicht, und in diesem Moment empfand sie tatsächlich Mitleid für ihn.

Als sie zu Hause waren, setzte er sich wortlos an den Küchentisch und stützte den Kopf in die Hände. Elisa stillte das Baby: sie legte ein Taschentuch über ihre Brust, da die kleinen Mädchen im Zimmer waren.

Dann brachte sie die Kinder unter ständigen Ermahnungen in ihr Zimmer: »Seid still! Macht nicht solchen Krach... Papa ist müde.«

Als sie wieder nach unten kam, hatte er sich nicht von der Stelle gerührt, jedoch seinen Kopf auf die verschränkten Arme gelegt, so daß man hätte meinen können, er sei völlig erschöpft eingeschlafen. Elisa ergriff die Gelegenheit und sagte: »Gilles! Du schläfst ja schon am Tisch ein... Laß uns zu Bett gehen, Liebster, du siehst heute so müde aus.«

Sie goß Kaffee in eine Tasse und stellte sie neben ihn: »Hier, trink einen Schluck Kaffee. Das wird dir guttun.«

Er hatte sich nicht gerührt. Statt einer Antwort zog

er einen seiner Arme heraus und suchte Elisas Hand, um sie freundschaftlich zu drücken. Diese Geste rührte sie so sehr, daß sie nicht zu sprechen wagte, aus Angst, ihre Worte könnten sie verraten. Also schwieg sie und antwortete ihm ebenfalls mit einem Händedruck. Dann setzte sie sich neben ihn und konnte schließlich sprechen: »Vielleicht hast du eine Grippe. In dieser Jahreszeit verschätzt man sich leicht mit dem Wetter, und schon ist man krank.«

Sie war darauf gefaßt, daß er jetzt den Kopf hob. Er sagte: »Ich bin nicht krank... Mach dir um mich keine Sorgen.«

»Wenn du nicht krank bist... dann bist du zumindest erschöpft.«

Er hob die Hand, ließ sie schlaff auf den Tisch zurückfallen und sagte leise, als spräche er zu sich selbst: »Mit mir ist es aus...«

Elisa hütete sich vor allzugroßer Zärtlichkeit, sie legte lediglich ihre Hand auf Gilles' Schulter und sagte: »Aber was hast du denn? Sag's mir doch...«

Er sah in ihre ruhigen, gütigen Augen und sagte, schon halb besiegt: »Ich kann's dir nicht erklären... Wenn du wüßtest!«

Sie hätte erwidern können: »Ich weiß es« und ihm so, als Rache, zu verstehen gegeben, daß sie nicht zu den Frauen gehörte, die man hinters Licht führt. Sie hätte ihm zeigen können, wie groß ihre Liebe war und wie sehr sie schon seit Monaten litt. Aber so war diese Frau, daß sie ihm die Chance für ein Geständnis geben wollte.

»Hast du Kummer?« fragte sie mit einem sanften Lächeln.

Sie betrachtete seinen verzweifelten Augen, die sich mit Tränen füllten, diesen Schmerz, der noch zögerte, sich zu offenbaren. Dabei spürte sie genau, daß nur noch wenig fehlte, damit er sich ihr anvertraute. Und sie würde es schaffen, diesen Platz in Gilles' neuem Leben einzunehmen, selbst wenn sie sich dafür Gilles' Schwäche zunutze machen mußte.

»Weine nur... Dann geht's dir besser.«

Männer wie Gilles haben eine merkwürdige Art zu weinen: sie geben zwei oder drei trockene Hickser von sich, es kommen fast keine Tränen, doch das genügt, um in ihnen ein Bedürfnis nach Zärtlichkeit, nach Trost zu wecken... Gilles läßt den Kopf an Elisas Schulter sinken.

Und dann spricht er. Nicht etwa, um ihr alles zu erklären, sondern um sich selbst Erleichterung zu verschaffen. Er redet so ohne jede Vorsicht, so naiv drauflos, daß sie den Schlag, den er ihr versetzt, nicht hätte aushalten können, wenn sie nicht darauf vorbereitet gewesen wäre.

Er muß es auch selbst merken, denn plötzlich sieht er sie an: »Und das alles erzähle ich ausgerechnet dir...«

Ihr Gesicht wirkt ruhig, und er hält ihr leichtes Lächeln, das noch stärker geworden ist, für Wohlwollen, für eine Ermunterung, die ihm helfen soll zu sprechen. Er weiß nicht, daß dieser verklärte Blick jetzt die Freude über ihren Sieg ausdrückt. Diese Festung hat sie erobert, er hat begonnen, ein Geständnis abzulegen, er hat den Namen genannt, das Schlimmste offenbart... Er wird ihr schließlich freiwillig sein Herz zu Füßen legen.

»Nun... So etwas kann eben passieren... Und wenn
du es nicht einmal mir erzählen könntest, mit wem solltest du sonst darüber sprechen? Und du konntest es
nicht für dich behalten, es hat dich zu sehr bedrückt.«

»Ja, das stimmt... Mit wem hätte ich sonst darüber
sprechen können? Denn sie und du, ihr seid das Wichtigste für mich...«

Sie wankte nicht, als dieser Schlag sie traf, nur ihr
Lächeln wurde eine Spur trauriger: »Ich zähle also auch
noch ein bißchen?«

Er antwortete in unfreiwillig kumpelhaftem Ton, so
als sei dies die größte Selbstverständlichkeit: »Du? Na
hör mal! Du bist schließlich meine Frau...«

Seine Frau, was sollte denn das bedeuten? War sie
diejenige, die ihm den Haushalt führte, die sich um das
Essen kümmerte, der man Kinder machte?

Daß er sie wie einen Kumpel behandelt, gesteht sie
sich nicht ein – doch unbewußt begibt sie sich auf seine
Ebene, indem sie schamhaft ihre wahren Gefühle hinter Sätzen verbirgt, die das Drama auf eine ganz alltägliche Situation reduzieren: »Sicher, das mit uns ist
eine alte, abgekühlte Sache, man lebt zusammen, man
macht nur noch aus Gewohnheit Kinder... Und was
das andere angeht, kann ich ja verstehen, daß du... Im
übrigen kommen wir auch so gut miteinander aus, das
siehst du schon... Zwischen uns geht alles weiter, als
wenn es diese... diese andere Sache da gar nicht geben
würde... Es tut mir nur leid, daß du dich deswegen so
grämst... Du wirkst in letzter Zeit manchmal so unglücklich... Ich hab's schon gemerkt, daß du dich mit
etwas quälst... Du wirst sehen, das wird irgend-

wann auch wieder vorbei sein... deine kleine Liebschaft...«

Er ging in die Falle, die sie ihm instinktiv gestellt
hatte, und lieferte sich noch weiter aus. Jetzt blieb er
nicht mehr nur bei den Tatsachen, sondern sprach auch
über seine Gefühle: »Aber nein, es ist mehr als eine
Liebschaft... Es ist...«

Er wollte es erklären, aber es schien ihm zu schwierig.

Er schwieg einen Moment lang, so als sähe er eine
Reihe von Bildern vor seinem inneren Auge, und faßte
dann mit einer weiten Geste, die seinen ganzen Körper
zu umfassen schien, zusammen: »Es ist wie ein
Feuer... ein gewaltiges Feuer.«

Mit noch immer nachdenklichem Gesicht spreizte er
im Sitzen ein wenig die Beine, neigte den Oberkörper
nach vorn, rieb sich mit kleinen Kreisbewegungen seiner Handballen die Knie.

»Oder so, als wäre man besessen«, fügte er naiv mit
bedeutungsvoller Stimme hinzu.

Er verstummte und sagte dann: »Das Schlimme ist,
daß sie ein komisches Mädchen ist – man weiß nie,
woran man bei ihr ist.«

Er war auf den Grund seines Leids zu sprechen gekommen und erzählte, ohne daß Elisa ihm helfen
mußte, worunter er litt.

Daß Victorine launisch war, daß sie weder Gilles'
Kummer noch seine Vorwürfe verstand. Elisa wußte
das alles bereits, aber sie beobachtete Gilles. Sie richtete ihre Aufmerksamkeit genauso auf seinen Gesichtsausdruck und seine Gesten wie auf seine Worte, die aus-

drückten, wie tief sein Groll war. So konnte sie noch einmal die Intensität dieser merkwürdigen Leidenschaft ermessen und litt machtlos und stumm wie eine Mutter. Sie sagte sich immer wieder: »Es ist wie eine Krankheit... eine schlimme Krankheit, die ihn verzehrt.«

Plötzlich packte Gilles die Wut. Er stieß mit dem Fuß einen Stuhl weg und rief aus: »Sie gehört mir... Ich will, daß sie nur mir gehört... Sie gehört mir, verflucht noch mal, das hat sie am Anfang selbst gesagt.«

Elisa näherte sich ihm, zog den großen Körper zu sich heran und sagte: »Beruhige dich, Liebster, beruhige dich.«

Und sie strich ihm mit der Hand das Haar aus der Stirn und fühlte sie wie bei einem fiebernden Kind.

Er ließ es mit sich geschehen, sie verharrten in dieser Stellung. Sie spürte an ihrem Busen die Hitze seines Kopfes.

»Verstehst du«, sagte er mit zusammengebissenen Zähnen, »wenn ich sie zufällig mit einem dieser Kerle erwischen würde, wäre ich imstande, sie umzubringen...«

»Sie umzubringen, weil sie dich betrügt... und sie dir damit selbst für immer nehmen?« Sie drückte ihn noch fester an sich. »Das kannst du nur sagen, weil du sie nicht richtig liebst.«

Er befreite sich aus ihrer Umarmung: »Ich liebe sie nicht richtig? Also wirklich... Ich soll sie nicht richtig lieben! Wenn ich nur ausdrücken könnte, was ich fühle... Und sie ja übrigens auch... Ja, manchmal will sie, und manchmal will sie nicht. Und wenn sie will, also dann, dann ist es wirklich so, als ob sie mich auch liebte. Ich soll sie nicht richtig lieben? Na, dann würde ich doch wohl das alles gar nicht fühlen! Wenn sie sich mir hingibt...«

Von Eifersucht überwältigt, wollte Elisa schreien: »Aber wo denn?« Doch sie beging diesen Fehler nicht, stellte nicht die Frage, die sie seit Wochen quälte.

»Wenn ich diesen Körper besitze«, fuhr er fort, »diesen Körper...«

Da er keine Worte fand, zeichnete er mit seinen geöffneten Händen den Umriß einer menschlichen Figur nach.

Sie ergriff seine Hände und zog sie sanft nach unten: »Hör auf, Liebster... Hör auf, quäle dich nicht noch mehr.«

Aber auch wenn sie Gilles' Hände festhielt, sie etwas nervös auf ihre Knie preßte, sah sie dennoch immer noch die Geste vor sich, die sie eben gemacht hatten. Die Hände lagen hier, unter den ihren fest auf ihre Knie gepreßt, aber es war so, als hätten sie sich verdoppelt: sie sah wieder, wie sie sich in die Luft erhoben, und der Körper, den sie entwarfen, nahm Gestalt an, wurde ein Körper aus Fleisch und Blut, heiß, nackt, gehalten von Gilles' großen rauhen Händen.

Sie schloß die Augen, aber so sah sie sie nur noch deutlicher vor sich. Sie sah den zierlichen nackten Körper ihrer Schwester, die weiblichen, aber nicht zu üppigen Formen, die festen, runden Brüste, die langen, schlanken Schenkel. »Spielen wir Figurenraten«. Die Stimme war hoch und ein wenig schrill, ohne Gefühl, fast ohne Intonation: »Liebst du mich, Gilles?« Und der Körper lebte, bewegte sich, bog sich in den großen braunen Händen, die gerade eben mit einer langsamen, weit ausholenden zärtlichen Geste die Rundungen eines imaginären Leibes nachgezeichnet hatten.

Er hatte wieder angefangen zu sprechen, doch sie hörte ihm nicht mehr zu. Er versuchte, seine Hände zu befreien, die sie noch immer in den ihren hielt.

»Drück doch nicht so fest... Lisa? Du sagst ja gar nichts... Ich kann nicht mehr weiter, gib mir noch ein bißchen Kaffee, das wird mir guttun.«

Sie erhob sich und füllte seine Kaffeetasse wieder. Ihm fiel auf, wie blaß ihr Gesicht war und wie müde sie aussah.

»Nimm dir selber auch welchen... Du bist ganz blaß... Jetzt wirst du dich meinetwegen grämen... Trotzdem, es wird mir vielleicht guttun, daß ich es dir erzählt habe. Denn du, verstehst du, du bist nicht wie sie... Das ist nicht wie bei ihr. Wenn man versucht, ihr etwas zu erklären, ist sie ganz erstaunt und sagt: ›Was ist denn auf einmal mit dir los?‹«

»Ja, ich weiß, aber vielleicht wird sie sich ja noch ändern.«

»Glaubst du?«

Sie zuckte mit den Schultern. Dann setzte sie sich wieder neben ihn, wies mit der Hand auf die Kaffeetasse, die sie eben gefüllt hatte, und sagte ruhig, so als sei dies ein Abend wie jeder andere: »Trink aus... Und dann gehen wir schlafen. Es ist Zeit, daß du zur Ruhe kommst.«

Sie saß mit etwas eingesunkenem Oberkörper bei ihm, die Hände auf ihrem Rock gefaltet, ihr schönes trauriges Gesicht zu ihm erhoben, und sah ihm beim Trinken zu. Als er die leere Tasse wieder auf den Tisch zurückstellte, fiel ihm auf, daß sie jede seiner Gesten beobachtete, und er sagte:»Du bist schon eine merkwürdige Frau, Lisa ... Wir sind nach Hause gekommen, ich hab mich hingesetzt, dann habe ich gesehen, daß du da bist... Und dann, ich weiß gar nicht, wie, so als sei es ganz von selbst gekommen, habe ich dir alles erzählt ... Und du hättest jammern können, mir eine Szene machen, mich zum Teufel jagen ... Aber nichts von alldem. Du sitzt da und siehst mich an, als wärst du meine Mutter.«

Sie lächelte sanft, ohne daß ihr Gesicht seinen melancholischen Ausdruck verlor.

»Aber ich muß dir auch sagen«, fuhr er fort, »du, die Kinder, das Haus, das bedeutet mir schon etwas – sehr viel sogar. Das könnte ich trotz allem nicht aufgeben, das habe ich mir schon oft gesagt. Und bestimmt ist es bei dir genauso. Du wirst trotz allem, was ich dir gesagt habe, immer dasein... Einfach so.«

»Natürlich«, erwiderte sie nur.

Am liebsten hätte sie jedoch geantwortet: »Du mußt nur eins wissen, ich liebe dich, für mich gibt es niemanden außer dir.«

Aber sie dachte, daß er, wenn sie ihn jetzt schon mit ihrer eigenen Liebe belästigte, sein Geständnis bereuen würde, und fuhr fort: »Du mußt mir nur immer alles sagen und darfst mir nichts verheimlichen, dann werde ich immer für dich dasein... Ich werde auf dich warten... Ich warte, bis es vorüber ist.«

»Ja, ich werde dir alles erzählen. Es tut mir gut, mit dir darüber zu sprechen.«

Er war grausam genug, sofort mit seiner Offenheit anzufangen, und fügte jetzt wieder in jähzornigem, verzweifeltem Ton hinzu: »Aber wenn du darauf warten willst, daß es vorübergeht, dann kannst du lange warten... Ich sag's dir noch mal, sie hat mich völlig in der Hand... Mit mir ist es aus.«

Es überkam ihn auf einmal wieder. Und er fing wieder an zu weinen, fast ohne Tränen, mit diesen komischen kleinen Hicksern.

Er sagte nichts mehr.

Elisa ging zur Haustür, um den Riegel vorzuschieben, machte die Nachtlampe fertig und löschte die Küchenlampe.

»Komm, laß uns jetzt nach oben gehen, du kannst dich doch nicht so hängenlassen.«

Er konnte nicht einschlafen. Sie hörte ihn alle paar Sekunden gereizt seufzen. Sie spürte, daß seine ungestillte Begierde ihn quälte. Und ihr als seiner Frau war es verboten, sich mit ihrem ganzen Körper zwischen ihn und das Bild, das ihn verfolgte, zu schieben. Sie blieb am Rand ihrer Matratzenseite liegen und durfte nichts anderes wagen, als mit den Fingerspitzen sacht über sein Gesicht, seine Schultern, seine Brust zu streicheln – eine diskrete Zärtlichkeit, bei der sie kaum den Stoff auseinanderschob, der ihr den direkten Kontakt mit diesem angebeteten Körper verwehrte. Und dabei wäre sie ihm so gern zu Hilfe gekommen!

Und plötzlich besaß sie die Kühnheit: mit namenloser zarter Hand befreite sie ihn sanft von seiner
Begierde.

Zwölf

Gilles hatte ihr alles gestanden. Sie war nun in der merkwürdigen Rolle seiner Vertrauten. Aber hatte sich dadurch an ihrem Schmerz irgend etwas geändert? Ja, sie bemerkte es gleich am nächsten Morgen. In der letzten Zeit hatte beim Frühstück und bei den Vorbereitungen für den Arbeitstag eine bedrückende Stille geherrscht. Heute konnte Elisa ihm gerade in die Augen sehen und sagen: »Sieh mal, ich packe dir ein Stück vom Kuchen ein, zusätzlich zu deinen Broten.« Und er dankte ihr mit einem Lächeln. Dies hatte sie immerhin gewonnen, und es war für Elisa schon viel.

Und von nun an verlaufen auch die Abende anders.

Er kommt nach Hause, stellt wie immer seine emaillierte Wasserflasche auf das Fensterbrett, hängt seine Jacke an den Garderobenständer und kündigt Elisa schon durch ein Lächeln oder ein unzufriedenes Gesicht an, ob es ihm gut oder schlecht ergangen ist. Wenn das Abendessen vorüber ist und die Kinder im Bett liegen, erzählt er, wie der Tag verlaufen ist. Ob er Victorine gesehen hat... Was sie zu ihm gesagt hat... Was er aus ihrer Haltung schließt... Und Elisa hört mit bewundernswertem Verständnis alles an. Sie vollendet sogar seine Sätze, hilft ihm, seine Gedanken zu formulieren.

»Ja«, sagt sie, »sie hat dich freundlich angelacht, und alles sah auf einmal anders aus... So als gäbe es keine Zweifel daran, daß sie dich liebt...«

»Aber nein«, sagt sie ein andermal, »du hast keinen Beweis dafür, daß sie dich heute betrogen hat... Aber gestern hat sie sich nicht umgedreht, als du weggegangen bist, du hast mit dieser Geste gerechnet, das bedrückt dich sehr, und den ganzen Tag, während du sie nicht gesehen hast, mußtest du dir alles mögliche vorstellen, nur wegen dieser Kleinigkeit, die doch überhaupt nichts zu bedeuten hat.«

Es stimmte, daran hatte er gar nicht gedacht... Es war ja seit gestern nichts geschehen, und seine Zweifel sind erst in dem Moment aufgetaucht, als er sah, daß sie sich nicht nach ihm umwandte... Und diese Zweifel sind dann einfach größer geworden, völlig grundlos... Er ist ganz verblüfft, als er merkt, daß Elisa recht hat... Sie errät immer den Grund seiner Niedergeschlagenheit, seiner Not.

Gilles leidet wegen Victorine; Elisa leidet wegen Gilles. Und aus diesem wechselseitigen Schmerz entspringt ihre Verschworenheit.

Elisa weiß, daß er sich an den Tagen, an denen er nichts zu erzählen hat, einfach in eine Ecke setzt, den Kopf in die Hände stützt und mit verdrossener Miene stundenlang vor sich hin schweigt. Dann sagt sie: »Komm, laß uns eine Partie Karten spielen.«

Er lehnt mürrisch ab, stimmt schließlich zu. Sie setzen sich einander gegenüber an den Tisch. Es ist wieder

Sommer, sie haben die Lampe noch nicht angezündet, das Fenster ist in die hereinbrechende Nacht geöffnet. Man hört die Leute in den benachbarten Gärten sprechen und lachen. Die von der Hitze des Tages noch schwere Erde kommt langsam zur Ruhe. Bald wird alles still, es ist fast schon dunkel, und sie zünden die Lampe an. Elisa sammelt die Karten ein, mischt sie und teilt wieder aus.

»Herz ist Trumpf... Dein Stich...«

Sie spielt mit vorgetäuschter Ernsthaftigkeit wie mit einem schwierigen Kind.

Sie spielt, bis die Müdigkeit schließlich über den Mann siegt.

Eines Nachts, es war nichts als ein Zufall, ein einfaches männliches Verhalten, wachte er auf, drehte sich zu ihr um, und dann war sie für ihn wieder eine Frau. Sie war am Ende ihrer Kraft und zwang sich dazu, an die Illusion zu glauben. Sie vergaß alles. Einen Augenblick lang lebte sie in einer Welt, in der es nichts gab als Gilles und Gilles' Frau. Aber diese Schwäche würde sie teuer bezahlen müssen: sie lebte zum erstenmal ohne Bewußtsein des Dramas, wenn auch nur für einen Moment; doch als die Wirklichkeit erneut von ihr Besitz ergriff, traf es sie wieder mitten ins Herz, wie beim erstenmal.

Eines Sonntags kündigte Gilles nicht wie sonst vorher an, daß Victorine käme oder sie zu Elisas Eltern gingen. Er äußerte auch nicht den Wunsch, allein auszugehen.

»Es ist so schönes Wetter«, sagte er. »Sollen wir den Tag nicht auf dem Land verbringen?« Die Vorbereitungen waren rasch getroffen: sie stiegen auf den Speicher, um den Rucksack zu holen, packten Brote und hartgekochte Eier ein, füllten Gilles' Wasserflasche mit Kaffee. Elisas Gesten waren flink, ein bißchen zerfahren, sie gab sich noch nicht der Vorfreude auf diesen Tag hin, sondern beeilte sich, daß sie wegkamen, weit weg von zu Hause, aus Angst, Gilles könnte seine Meinung ändern und alles wieder zunichte machen.

Der Zug brachte sie etwa zwanzig Kilometer aus der Stadt heraus. Sie wanderten durch den Wald, Gilles und Elisa trugen das Baby abwechselnd. Um die Mittagszeit machten sie auf einer Lichtung Rast. Elisa stillte das Kind, breitete danach eine Decke auf dem Gras aus und legte es darauf. Sie packten die Brote aus. Die Mädchen rannten während des Picknicks hierhin und dahin und kamen zwischendurch wieder zurück, um etwas zu essen zu holen. Gilles hatte sich auf dem Gras ausgestreckt, den Kopf auf Elisas Knien. Nachdem er gegessen hatte, blieb er in aller Ruhe so liegen und sprach von diesem und jenem, ohne Victorine zu erwähnen. Elisa hatte eine Hand auf Gilles' Schulter gelegt und betrachtete sein Gesicht. Aus Angst, ein einziges Wort könnte die Ruhe stören, wagte sie kaum, etwas zu sagen. Er verstummte. Elisa erinnerte sich, daß sie vor ihrer Hochzeit mit ihrer Familie einen Nachmittag in dieser Gegend verbracht hatten. An einer Wegbiegung hatte Gilles sie plötzlich an sich gerissen, sie hatten sich im Gebüsch gewälzt und sich einige lange Sekunden stürmisch geküßt. Danach hatten sie sich alle Mühe gegeben, Elisas neue Bluse zu säubern, die voller Grasflecken war, sich auf einen

Baumstumpf gesetzt und händchenhaltend auf die Eltern gewartet.

»Liebst du mich?«

»Wahnsinnig... Wahnsinnig...«

Sie lachten, weil die anderen sicherlich keine Ahnung hatten, was sie zueinander sagten... Für den Rest des Spaziergangs mußte Gilles fast die ganze Zeit seine Hand auf Elisas Schulter legen, damit man den Fleck auf ihrer Bluse nicht sah.

Sie war nahe daran, ihn zu fragen, ob er sich daran erinnerte. Aber nein, es war besser, nicht davon anzufangen. Er gab ihr zu verstehen, daß die Sonne ihn störte, sie hielt ihre Hand über ihn, um sein Gesicht zu beschirmen.

Jetzt denkt sie an überhaupt nichts mehr, hängt nicht mehr ihren Erinnerungen nach. Über den Mann gebeugt, liegt sie einfach da und hält ihre Hand über ihn. Ihre großen Augen verfolgen aufmerksam, wie sich seine Brust beim Atmen hebt und senkt – ihr Herz ist von einem zerbrechlichen Glücksgefühl erfüllt.

Nach einer Weile setzen sie ihren Spaziergang durch den Wald fort. Sie kommen auf eine weite Hochebene, die sich nach rechts ins Unendliche auszudehnen scheint; auf der anderen, der Stadt zugewandten Seite, endet sie jäh an einem steilen Abgrund. Hier stehen fast keine Bäume mehr, die Sonne brennt herab. Gilles holt eine Zeitung aus dem Rucksack und bastelt daraus einen spitzen Hut, den er Elisa aufsetzt: »Schaut mal, wie hübsch eure Mama aussieht!«

Die Mädchen lachen und wollen auch Hüte haben.

»Wir machen noch welche...«

Da der Weg immer enger wird, gehen sie im Gänsemarsch weiter; sie pflücken Geißblatt im Wald und
Margeriten am Wegrand. Jetzt weitet sich der Blick
nach links: am Horizont erheben sich die Schornsteine
der Hochöfen und die schwarzen Kegel der Schutthalden. Sie bleiben einen Moment stehen, um zu schauen.
Hier hat man den Eindruck, die ganze Welt zu überragen ...

Dann gehen sie blumengeschmückt und mit ihren
Papierhüten auf dem Kopf im Gänsemarsch weiter
durch das hohe rötliche Gras.

In dem Zug, der sie zurückbringt, sehen alle sie an.
Elisa ist stolz auf ihre schönen Kinder und auf den schönen, stattlichen Mann, der ihr gegenübersitzt. Er hat
die Blumen, die sie gepflückt haben, zu einem großen
Strauß zusammengefaßt, den er jetzt ein wenig ungeschickt auf seinen Knien hält. Elisa wird damit das
Haus schmücken, und so wird morgen ein Stückchen
dieses gesegneten Tages weiterleben.

Ach, könnten doch alle Tage ihres Lebens so sein wie
dieser, eine Aneinanderreihung vieler kleiner Glücks-
momente. Waldspaziergänge, der warme Geruch des
Heidekrauts, Gilles' Kopf auf Elisas Knien, Gilles, wie
er flache Steine in einen Fluß wirft, ein Weg über eine
Hochfläche. »Schaut mal, wie hübsch eure Mama aussieht...« Grüne, helle und rötliche Gräser, die sich
über die einsame Landschaft ausbreiten. Nichts sonst.
Ganz gewöhnliche, im Grunde alltägliche Momente,
doch Elisa hat ihren geheimen Zauber erkannt. Sie
haben sich unauslöschlich in ihr Gedächtnis einge-
brannt, bis das Unaussprechliche über sie hereinbrach.

Der Zug rollt dahin, ein voller Waggon dritter Klasse, in dem sich der herbe Geruch schwitzender Körper und der süße Duft des Geißblatts mischen. Frauen, rauchende oder dösende Männer, Kinder auf dem Schoß ihrer Mütter. Gesichter, die Elisa nichts sagen. Und zwischen all diesen Unbekannten ein kleines Grüppchen: Gilles, die drei Kinder und sie, Gilles' Frau. Wieder geht sie ganz im Augenblick auf. Ach! Sie könnte es nicht erklären... Doch sie erlebt es mit all ihren Sinnen und mit ihrer ganzen Seele. Diese Wunde, die sie im Herzen trägt, dieser stille Schmerz, der ihr Innerstes zusammenzieht, sie sind da, um sie daran zu erinnern, wie trügerisch dieser Augenblick ist. Dabei müßte es doch möglich sein, daß das ganze Leben aus Momenten besteht, so süß und so bedeutungsvoll... Aber könnte das menschliche Herz so viel Glück überhaupt ertragen?

Sie ist so ohne Arg, ohne Stolz oder eine Philosophie und fragt nicht, ob es auf der Welt Platz für ein Herz wie das ihre gibt.

Ihr ganzer Körper und ihre Seele scheinen das Unaussprechliche herbeizurufen. Das Grüppchen aus Gilles, den drei Kindern, Gilles' Frau... Ihre Arme, mit denen sie das Kind an sich drückt, zittern ein wenig, über ihr Gesicht geht ein leichter Schauder – sie gibt sich ihrer Glückseligkeit hin bis zur Selbstauslöschung. Sie lehnt ihren Kopf mit geschlossenen Augen an die Wand des Waggons – man könnte meinen, sie sei eine Frau wie alle anderen, ein wenig müde nach einem langen Tag auf dem Land.

Auf dem überfüllten Bahnsteig ging Elisa hinter Gilles, der die beiden Mädchen an der Hand hielt. Auf einmal schob er die Kinder ein wenig nach vorn und sagte, indem er sich zu Elisa umwandte: »Sie hat sich bestimmt ganz schön gewundert, daß ich mich heute nicht habe blicken lassen... Das ist eine gute Taktik, vielleicht macht sie das eifersüchtig. Sie hat mir gesagt, daß sie diesen Sonntag zu Hause bleibt... Ich hätte Lust, noch vorbeizugehen, um zu sehen, ob das auch stimmt.«

»Nein... Doch nicht jetzt?« sagte sie kaum hörbar mit trauriger Stimme.

»Doch, das machen wir.«

Er faßte die beiden Mädchen wieder an der Hand und ging zielstrebig durch die Menge.

Sie folgte ihm verstört.

Die Eltern hatten Stühle auf den Gehweg gestellt und saßen vor dem Haus, um den milden Abend zu genießen. Victorine trug eine Bluse aus rosarotem Organdi und hatte sich ein schwarzes Samtband ins allzu auffallend gewellte Haar gebunden. Gilles und Elisa erschienen mit ihren Kindern und ihren Blumen, die typischen Ausflügler auf dem Nachhauseweg.

»Nein, Mutter, wir kommen nicht mit hinein. Bleibt sitzen. Wir wollten nur kurz vorbeischauen... Die Kinder sind müde.«

»Das Wetter war heute so schön!« sagte Victorine. »Wenn ihr mir gesagt hättet, daß ihr ins Grüne fahrt, wäre ich mitgekommen.«

»Ist das wahr? Du wärst mitgekommen?« fragte Gilles mit naiver Freude. »Wenn ich das gewußt hätte! Aber... da!« Er suchte die schönsten Blumen aus sei-

nem Strauß und gab sie ihr. »Jetzt ist es ein bißchen, als
wärst du dabeigewesen.«

Elisa beobachtete die Szene, verfolgte mit den Augen
die Blütenstiele, die von einer Hand in die andere wech-
selten.

Blumen für den nächsten Tag, Erinnerung an den
heutigen... So werden ihr all ihre kleinen Freuden
gleich wieder verdorben.

Sie machten sich auf den Heimweg, die Kinder quen-
gelten, weil sie müde waren. Sie hielten sich nicht mehr
in der Küche auf, sondern gingen gleich nach oben in
ihre Zimmer. Den Rucksack legten sie unausgepackt
zusammen mit den Kleidern auf einen Stuhl. Der Rest
des Blumenstraußes kam in den Henkelkrug neben der
Waschschüssel.

Und wie immer kommt wieder der Moment, in dem
die anderen schlafen und Elisa allein ist, ganz frei für
ihren Schmerz. Vom Ausflug haben sie einen Geruch
nach Erde, Holz und angenehmem natürlichem
Schweiß mitgebracht. Aus diesem diffusen Duftge-
misch hebt sich der Geißblattduft deutlich heraus. Sie
haben die Blüten auf dieser unendlich weiten Hochebene gepflückt... Was für ein schöner Tag ist es gewesen, doch die Freude daran ist in einem einzigen Augenblick verflogen... Ein ruhiger Tag, der bis zum Abend
hätte dauern können! Bis zu dem Moment, in dem sich
Elisa auf dem Lager neben dem schlafenden Mann hätte
ausstrecken können, um sich, ohne zu leiden, die einzelnen Augenblicke ins Gedächtnis zurückzurufen!

»Mein Gott, mein Gott, verlaß mich nicht... hab

Mitleid mit mir... ich habe mich heute so sehr nach Glück gesehnt.«

Sie hat ihr Gesicht zur Bettkante gedreht und weint mit kleinen erstickten Schluchzern, ein Taschentuch auf ihren Mund gepreßt, um Gilles nicht zu wecken.

Dreizehn

Wenn man unglücklich ist, vergeht die Zeit wie im Flug, auch wenn im allgemeinen etwas anderes behauptet wird. Es gibt keine markanten Ereignisse, die die verstrichene Zeit gliedern würden, kein Tag unterscheidet sich durch irgendeine Freude von einem anderen. Es gibt nur immer dasselbe Elend.

Jetzt ist es schon Herbst, denkt Elisa. Seit fast einem Jahr lebt sie nun ohne Gilles' Liebe... Sie hat das Gefühl, die zurückliegende Zeit wäre nur ein einziger, endlos langer Tag.

Verwundert blickt sie in den Garten. Die ersten Fröste legen einen weißen Schleier über die nackte Erde, und die Bäume verlieren ihre Blätter. Die schönen nördlichen Nebel hüllen morgens die Landschaft ein, sie verlassen langsam die Erde, um schon bald zurückzukehren und ein abendliches Licht auszugießen. Im Garten gibt es keine Blumen mehr, nur die großen runden, in die Höhe geschossenen Lauchstengel stehen noch vor dem Zaun.

Jetzt ist es schon Herbst! Und sie hat das Gefühl, gar nicht gelebt zu haben. Sie wendet sich vom Fenster ab und geht ein wenig in der Küche herum: der Tisch

und die Stühle, die Treppe zu den Schlafzimmern,
links der Herd und das Büfett – dies bildet den Rahmen
für ihr Leben. Was bedeutet es schon, daß die Jahreszei-
ten kommen und gehen. Heute herrscht nur noch diese
Trübsal, die kein Ende nehmen will... Seit Monaten
wartet sie darauf, daß endlich ein neuer Tag anbricht.

Sie nimmt ihren Gedankengang wieder auf, denkt
ihn zu Ende: Jetzt ist es schon Herbst. Wie langsam die
Stunden verstreichen!

Denn die einzige Zeit, die zählt, ist die Zeit des Herzens.

Elisa war schon lange auf, aber Gilles war immer
noch nicht von der Arbeit zurückgekommen; jetzt blieb
sie morgens nie mehr bis zu seiner Rückkehr im Bett
liegen, wenn er Nachtschicht hatte. Sie ging durch das
kleine Zimmer mit den polierten Möbeln und öffnete
die Eingangstür. Der Nebel war noch zu dicht, als daß
sie Gilles auf der Straße kommen sehen könnte. Sie ging
zurück ins Haus, kam mit einem Besen wieder heraus
und begann das schmale gepflasterte Trottoir zu fegen.
Plötzlich taucht er dicht neben ihr aus dem Nebel auf:
»Ach, Lisa!«

Ohne einen weiteren Gruß ging er ins Haus. Sie
folgte ihm.

»Möchtest du gleich essen?«

»Ja, ich werde mich hinterher waschen.«

Sie goß ihm heißen Kaffee ein, setzte sich ihm gegenüber an den Tisch und aß auch selbst ein wenig. Er
sagte kein Wort. Wegen der Kälte draußen war das Fenster geschlossen, so daß der Geruch des gebratenen
Specks den Raum erfüllte. In diesem ersten Morgen-

licht schien alles leer und trostlos. Elisa hatte das Gefühl zu ersticken.

Um das Schweigen zu brechen, sagte sie: »Wir sollten den Lauch, der noch gut ist, bald holen, sonst schießt der auch noch.«

»Na, dann schießt er eben.«

Es war besser, nicht weiter darauf zu beharren, der Tag fing schlecht an. Gestern abend war Gilles recht ruhig gewesen – aber wahrscheinlich hatten ihn bei der Arbeit in der Nacht wieder schlimme Gedanken gequält, und nun mußte sie so lange darunter leiden, bis sie wieder verschwanden oder bis Victorine ihm wieder ein freundliches Wort oder eine Geste gönnte. Sie war fast schon so weit zu hoffen, daß diese Geste oder diese freundlichen Worte nicht lange auf sich warten ließen. Doch diesen Gedanken wischte sie eine Sekunde später wieder weg – beschämt, überhaupt auf eine solche Idee gekommen zu sein. Aber immer diese schlechte Laune, diese Wutanfälle, dieses lastende Schweigen, das sie erstickte und das man nicht einfach ganz unbeschwert brechen durfte.

Denn in der letzten Zeit bedeutete es für Gilles keine Erleichterung mehr, sich bei Elisa auszusprechen. Victorine hatte diese kleine Verbesserung schnell wieder zunichte gemacht. So wie es ihr eines Tages in den Sinn gekommen war, Gilles' Begierde zu wecken, hatte sie es sich nun in den Kopf gesetzt, mit jemand anderem etwas anzufangen.

Lucien Maréchal hatte ein Tabak- und Zigarrengeschäft in der Stadt. Sie würde Lucien heiraten und mit gepflegten Händen, die mit einem goldenen Reif und einem silbernen Perlenring geschmückt wären, ihren Kunden die kleinen Zedernkistchen offerieren.

»Wünschen Sie Claro, Cogetama oder Voltigeur?« Es war ihr einfach so in den Kopf geschossen. Und es war nicht besonders schwierig: wozu hat man denn seine Weiblichkeit, wenn man nichts damit anfängt?

Und warum auch nicht? Nur keine Hemmungen, du kleines verdorbenes Biest. Für dich ist das Leben ohne Gefahren. Du hast nichts zu verlieren und nichts zu gewinnen. Nichts könnte dich je erheben oder zu Boden werfen. Du bist eine Frau, die weder den Himmel noch die Hölle kennt, eine Frau ohne Seele, ohne Herz, ohne Geist – und eigentlich nicht einmal aus Fleisch und Blut, denn die ungeheure Triebhaftigkeit, die dich auffrißt, bereitet dir weder Leiden noch Genuß.

Es hängt auch mit deiner tragischen Unschuld zusammen, daß du dich trotz allem weiterhin mit Gilles triffst. »Elisas Mann ist ja schließlich ein ganz ansehnlicher Bursche.« Du zwingst dich zu dem Vergnügen, am Arm des schönen blonden Arbeiters durch die Straßen zu gehen. Der Gequälte fragt dich naiv: »Sag, Victorine – liebst du mich?« Und du ziehst in dieser für dich typischen Weise die Augenbrauen hoch und antwortest: »Aber natürlich! Warum denn nicht?«

Dein Körper ist wunderbar gebaut, deine Beine sind lang und weiß, deine Haut ist zarter als die der Arbeiterfrauen. Keine allzu schweren Sorgen, keine allzu heftigen Freuden haben auf deinem Gesicht Spuren hinterlassen – und über deinen Bauch ziehen sich keine

Schwangerschaftsstreifen. Dieser nackte Körper, den Gilles neben dem seinen sieht, übertrifft seine kühnsten Träume, sie ist für ihn ein Geschöpf aus einer anderen Welt. Und du, Victorine, kannst die Liebe ja auch täuschend echt spielen. Doch deine Lider schließen sich nicht und schlagen auch nicht schneller – und deine blicklosen Augen treiben den Mann zur Verzweiflung, auch wenn er gar nicht weiß, warum, und verfolgen ihn, sobald er dich verlassen hat. Ihm fehlen noch die Beweise – und selbst wenn er sie hätte, würde er sie nicht gelten lassen –, doch er empfindet nicht mehr die Befriedigung, die ein Jäger angesichts seiner Beute fühlt.

In der sauberen, traurigen Küche ist das Leben kaum mehr wahrnehmbar. Gilles hat den Speck und die Eier aufgegessen; er bleibt mit gequälten Augen am Tisch sitzen. Deine Schwester Elisa steht am Fenster, ihr Blick verliert sich im nördlichen Nebel, der nach und nach den schwarzen Horizont preisgibt. Sie kann nichts für dich tun – auch nichts gegen dich. Niemand kann etwas für oder gegen dich tun. Durch ihre viel zu große Liebe gelähmt, wartet Elisa. Sie wartet darauf, daß Gilles wieder gesund wird. Sie weiß, daß man sich von Victorine nicht durch einen Kraftakt lösen kann, sondern nur durch Abscheu.

Elisa ging nach oben, um die Mädchen zu holen und in der Küche zu waschen und anzuziehen, damit Gilles, wenn er sich entschließen sollte, ins Bett zu gehen, seine Ruhe hatte. Das Baby würde frühestens in einer Stunde aufwachen.

Als sie wieder nach unten kam, hatte Gilles sich vom Tisch erhoben. Er zog langsam die Schuhe aus und sagte, indem er sie neben den Ofen schleuderte: »Ich gehe nach oben und versuche zu schlafen! Bis nachher.«

Kaum war er aus der Küche, als eins der Zwillingsmädchen das andere mit dem Ellbogen anstieß und sagte: »Er sieht aus, als hätte er heute schlechte Laune.«

Ohne Ankündigung klatschte Elisas Hand auf die Wange des Mädchens. Es fing nicht sofort an zu weinen. Einen Augenblick sahen sich alle drei schweigend an. Elisa war starr vor Schreck über ihr eigenes Verhalten. Dann nahm sie das Kind in die Arme, um es zu trösten: »Weine nicht, mein Liebes – habe ich dir weh getan? Aber du darfst auch nicht so über deinen Vater sprechen...«

Es war Zeit, in die Schule zu gehen. Der Nebel hatte sich völlig aufgelöst, die weiße Oktobersonne beschien die Straße. Die kleinen Mädchen gingen schweigend neben Elisa her, eine Hand in der ihrer Mutter, mit der anderen hielten sie ihre Mappen aus braunem Tuch. Es spielten sich merkwürdige Dinge ab, sie wußten nicht, was, doch sie spürten, daß sie selbst mit alldem so gut wie nichts zu tun hatten.

Auf dem Rückweg ging Elisa in den Lebensmittelladen. Sie hatte es eilig, deshalb bediente man sie als erste; ihr schien es, als sähen die Leute sie merkwürdig an. Als sie mit ihren Einkäufen hinausging, begann eine der Frauen im Laden etwas zu früh zu sprechen, so daß sie sie noch sagen hörte: »Das ist doch wirklich unerhört... Und ganz bestimmt weiß sie davon. Das sieht man ihrem Gesicht an...«

Die Leute wußten Bescheid. Es mußte ja so kommen: es genügte schon, daß jemand sah, wie sie sich auf der Straße ein wenig zu lange verabschiedeten, und die Neugier war geweckt. Vielleicht hatte auch jemand die beiden im Wald gesehen oder hinter einer schmalen Hecke. Im Schutz der Regale, mit denen das Schaufenster dekoriert war, blieb Elisa einen Moment lang stehen – die andere Frau antwortete: »Ich sage nur, wenn sie so etwas mitmacht, dann verdient sie es nicht besser.«

Etwas vornübergebeugt unter der Last der schweren Einkäufe hatte Elisa das große schwarze Tuch fest über der Brust zusammengezogen. Ihr Herz raste, während sie sich langsam an den Hecken, den niedrigen Gartenzäunen und schmalen Backsteinhäusern vorbeischleppte. In ihrem Gesicht war plötzlich etwas erloschen. Sie schob die Küchentür auf, setzte sich breitbeinig auf den nächstbesten Stuhl und ließ die Einkäufe einfach zu Boden gleiten. Sie starrte ins Leere. Schließlich hob sie nacheinander die Einkaufstaschen auf und stellte sie auf den Tisch. Während sie ihr Tuch abnahm, zuckte sie leicht mit den Schultern: verglichen mit all dem anderen war das nun wirklich nicht der Rede wert.

Gegen elf Uhr kam Gilles herunter. Da er nur Socken an den Füßen hatte, hörte Elisa ihn nicht. Erschrocken blieb sie mit dem Geschirrtuch in der Hand stehen und sah ihn an. Er ging etwas in die Knie, um sich in dem kleinen Spiegel zu sehen, der an der Wand hing, und fuhr sich mit der Hand durchs Haar. Er setzte sich, zog die Schuhe an und sagte schließlich: »Es hat keinen Sinn, ich kann einfach nicht schlafen. Ich gehe in die Stadt hinunter. Könnte ja sein, daß sie auf die Idee kommt, um die Mittagszeit bei Maréchal vorbeizugehen...«

Sie suchte krampfhaft nach einem Grund, um ihn zurückzuhalten. Da sie unter der Tür stand, legte sie instinktiv ihre Hände auf den Türrahmen und versperrte ihm so mit ihren ausgestreckten Armen den Weg.

»Aber Gilles... Du mußt dich doch ausruhen! Überleg doch, wie du dich fühlen wirst, wenn du heute abend arbeiten gehst!«

»Ich kann sowieso nicht schlafen! Mir ist eingefallen, daß sie ihn heute mittag besuchen könnte. Wenn ich mich nicht selbst davon überzeuge, werde ich verrückt...«

Sie ließ ihre Arme herunterfallen und spürte, wie sein großer Körper sie streifte, als er an ihr vorbeiging, ohne anzuhalten.

Zwei Stunden später kam er nach Hause.

»Ich habe mich die ganze Zeit in der Nähe von Maréchals Laden aufgehalten«, sagte er, »und als ich sicher war, daß sie nicht mehr kommen würde, bin ich gegangen. Ich hätte sie auch direkt in ihrem Laden abholen können, dann hätte ich sie wohl gesehen. Aber ich hätte nicht gewußt, was sie vorhat. Und jetzt kann ich wenigstens einmal sicher sein, daß sie nicht lügt, wenn sie mir morgen sagt, sie sei heute mittag nicht bei Maréchal gewesen.«

Elisa war blaß geworden. Ach, warum hatte er Victorine nicht in den Laden gehen sehen... Warum war er nicht noch gequälter nach Hause gekommen, voller Wut, aber bald so weit, daß er von Victorine genug hatte... Nun triumphierte er, war besänftigt, fast liebevoll: »Sag, Lisa, willst du immer noch, daß ich dir den Lauch herausreiße, bevor ich nach oben gehe?«

Und morgen oder in ein paar Tagen würde Victorine, was immer sie auch sonst vorhatte, sich schon wieder die Worte und Gesten einfallen lassen, um Gilles in Atem zu halten, damit er für sie in Reichweite blieb, falls es sie wieder nach ihm gelüstete.

»Laß nur«, antwortete sie nach einer kurzen Pause. »Geh lieber schlafen... Du brauchst deinen Schlaf, du mußt heute nacht arbeiten.«

»Ja, da hast du recht. Jetzt kann ich vielleicht einschlafen.«

Er ging nach oben. Sie wandte sich wieder ihren Pflichten zu.

Sie war am Fenster stehengeblieben, um ein wenig Atem zu schöpfen. Gedankenverloren ließ sie ihren Blick über den Gartenzaun hinaus auf die Wiese schweifen, wo ihre Augen einigen sich bewegenden Flecken folgten, ohne sie wirklich zu sehen. Soldaten, die an einem Manöver teilnahmen, robbten durch das Gras. Einer von ihnen lag ganz in der Nähe des Gartens. Er hatte sich Elisa zugewandt und lächelte ihr zu. Ihre Blicke begegneten sich. Er warf ihr eine Kußhand zu, wahrscheinlich um sich ein wenig die Zeit zu vertreiben. Da sie keinerlei Reaktion zeigte und ihr Gesicht ungerührt blieb, zog er einen vorwurfsvollen Flunsch.

Von weitem konnte man seinen Körper kaum erkennen, denn seine Kleidung hatte beinahe die Farbe der
Erde und des schon rötlich verfärbten Grases; man sah
nur sein junges Gesicht unter dem zurückgeschobenen
Helm. Sie lächelte auch. Dann richtete er sich ein wenig auf, so daß sein zarter Körper, der genauso knaben-
haft wirkte wie sein Gesicht, sich von der Erde abhob.
Seine Ausrüstung aus Stoff und Leder war viel zu
schwer für ihn. Durch Gesten gab er ihr zu verstehen,
er hätte gern, daß sie neben ihm im Gras läge. Er zeigte
mit dem Finger auf sie, wies auf das Gras neben sich,
lachte und deutete eine Umarmung an.

Elisa wandte sich vom Fenster ab. Sie spürte, wie
sich ihre Brüste unter dem Stoff ihres Kleides spannten,
und schlug die Hände vors Gesicht. In ihr hatte nichts
anderes Platz als das Bild des Mannes, der im Zimmer
über ihr schlief.

Leise stieg sie die Treppenstufen hinauf und blieb
vor ihm stehen. Er hatte sich nicht ausgezogen. Der
große, kräftige Körper lag entspannt auf den Decken.
Unter dem blauen Drillich seiner engen Hose zeichnete
sich sein angewinkeltes linkes Bein in seiner ganzen
Länge bis zur Leiste ab. Als sei er mitten in der Bewegung eingeschlafen, hielten seine großen Hände sich am
Hemdkragen fest, wo sich zwischen zwei braunen, fast
schwarzen Aureolen ein Büschel roten Haars zeigte.
Der kräftige Kiefer mit dunklen Schatten von seinem
Eintagesbart entspannte sich manchmal ein wenig, um
sich sofort wieder zu verkrampfen. Das kräftige blonde
Haar war in Strähnen aus der blassen Stirn gestrichen,
auf der sich zarte rote Flecken zeigten.

Elisa hatte ihn noch niemals so eingehend betrachtet, ihn noch nie so geliebt und begehrt wie jetzt, mit einer solch tragischen Leidenschaft, mit solch tiefer Verzweiflung in jeder einzelnen Faser ihres Körpers. Sie lehnte unbeweglich mit dem Rücken an der Wand, ihre Haut war feucht, die Brustwarzen hart.

Schließlich schlich sie geräuschlos auf Zehenspitzen wieder hinunter.

Vom Küchenfenster aus sah sie Männer mit Gewehren in der Hand, die gebückt den Hügel hinaufliefen; sie erreichten den Gipfel und verschwanden auf dem Abhang der anderen Seite. Im Gras neben dem Gartenzaun lag niemand mehr, doch es war niedergedrückt. Der junge Soldat war wieder bei seinen Kameraden. Sie hatten den Kind-Mann gerufen, er war nun nicht mehr von den übrigen zu unterscheiden und hatte mit ihnen das Kriegsspiel wiederaufgenommen.

In der Umgebung war Ruhe eingekehrt. Nur von Zeit zu Zeit durchbrachen mit rauher Stimme gerufene Befehle die nachmittägliche Stille.

Elisa schloß das Fenster, rollte das Wachstuch zusammen, mit dem der Tisch bedeckt war, und begann das Suppengemüse für den Abend zu putzen.

Es war schon lange dunkel. Die Kinder lagen im Bett, und Gilles las nach beendetem Mahl die Abendzeitung. Elisa schmierte seine Brote, belegte drei davon mit Rührei, drei mit rohem Speck. Sie wickelte sie ein und reichte sie ihm. Gilles verließ das Haus. Um Elisa herum erstarb alles.

Sie blieb eine Zeitlang untätig sitzen und ertrug ihre

Einsamkeit. Von Zeit zu Zeit hörte sie auf der Straße die zuerst lauter und dann wieder leiser werdenden Schritte eines Arbeiters auf dem Weg in die Fabrik. Manchmal gingen sie zu zweit oder dritt, und ihre Worte drangen gedämpft zu ihr herein. Auch andere Frauen waren in dieser Nacht ohne ihre Männer. Doch sie hatten noch den Geschmack eines herzlichen Abschiedskusses auf ihren Lippen, spürten auf ihren Brüsten noch die zärtliche, naive Liebkosung – von einer treuen und liebenden, fast freundschaftlichen Hand, die im Moment des Abschieds ihre Bluse streift. Mitten in der Nacht wachten sie vielleicht auf und merkten, daß der Platz an ihrer Seite leer war, doch konnten sie sicher sein, daß sie im Morgengrauen die heimgekehrten Männer wieder in ihre Arme schließen würden, wie sie selbst es früher auch getan hatte.

Ausgehungerte, aber sorglose Körper, die im Licht der ersten Morgensonne ihre Begierde stillen würden.

Elisa schlang die Arme um ihre Brust und senkte den Kopf. Eine einsame Nacht, ein Morgen ohne Hoffnung. Ein einziger langer Tag ohne einen neuen Morgen. »Mir ist eingefallen, daß sie ihn heute mittag besuchen könnte«... »Ich hätte sie auch direkt an ihrem Laden abholen können, dann hätte ich sie wohl gesehen«... »Ich sage nur, wenn sie so etwas mitmacht, dann verdient sie es nicht besser«... »Wenn ich mich nicht selbst davon überzeuge, werde ich noch verrückt.«

Sie hob den Kopf wieder und seufzte. Dann brachte sie die Küche ein wenig in Ordnung, löschte die Lampe und stieg die Treppe hinauf.

Vor dem Schlafzimmerfenster blieb sie lange stehen. In der Dunkelheit sah sie undeutlich die hügelige Wiesenlandschaft und in der Ferne ein großes Viereck leerer Nacht. Weiter hinten leuchteten verschwommene Lichter, und die Hochöfen ließen den Himmel rötlich schimmern. Die Fabriksirene heulte, um einer Schicht den Feierabend anzukündigen: Gilles begann jetzt mit der Arbeit.

Vierzehn

Als es am nächsten Morgen sieben Uhr schlug, war Gilles noch immer nicht zu Hause. Elisa sorgte sich schon seit längerem. Sie begann, die Kinder anzuziehen, und sah beim kleinsten Geräusch, das sie draußen hörte, aus dem Fenster. Es war sehr unwahrscheinlich, daß Gilles Victorine in dieser frühen Morgenstunde schon getroffen hatte. Sie fürchtete einen Unfall. Außer sich sah sie Gilles schon von einem Stahlklumpen erschlagen oder im Räderwerk einer monströsen Maschine zermalmt. Vor einem solchen Unglück kann man sich nicht schützen! Während sie ihre Arbeit verrichtete, betete sie insgeheim, daß Victorine der Grund für seine Verspätung sein möge.

Es wäre schon längst Zeit gewesen, die Kinder zur Schule zu bringen, doch Elisa konnte sich nicht entschließen, das Haus zu verlassen. Endlich raffte sie sich auf. Nachdem sie sich vergewissert hatte, daß das Baby ruhig schlief, begleitete sie die Mädchen ein Stück weit auf ihrem Schulweg, dann ermahnte sie sie, brav auf dem Gehweg zu bleiben, und ließ sie allein weitergehen. Sie beschattete die Augen mit der Hand und sah ihnen eine Weile nach, bis sie den Platz überquert hatten. Wenn Gilles bei ihrer Rückkehr noch nicht zu Hause wäre, würde sie in die Fabrik laufen... Als sie sich umblickte, entdeckte sie ihn plötzlich. Er war gerade aus der Straßenbahn gestiegen und kam auf sie zu.

»Ach Gilles, ich habe mir schon solche Sorgen gemacht.«

Er sah müde aus. Obwohl es nicht sehr warm war, rann ihm der Schweiß über das Gesicht und vermischte sich mit dem Staub der vergangenen Nacht.

»Ich mußte sie unbedingt sehen, ich habe sie auf dem Weg zu ihrem Laden abgepaßt. Sie trug eine Halskette, die ich noch nie an ihr gesehen hatte, und benahm sich ganz komisch.«

Sie erwiderte ihm nichts. Endlich war er da und ging neben ihr. Für einen Moment gab sie sich ihrer tiefen Freude hin, die auf diese große Unruhe folgte.

Sie hob den Kopf und sah ihn an, indem sie ihn am Arm berührte: »Und du bist so in die Stadt gegangen, so schmutzig?«

Sie starrte wieder auf die Straße und fuhr etwas leiser fort: »Gilles, du verhältst dich sehr ungeschickt... Du wirst ihr bestimmt irgendwann lästig, wenn du ihr so nachstellst... Es sieht ja aus, als würdest du ihr hinterherlaufen, was soll sie denn von dir denken.«

»Aber das ist doch ganz normal«, antwortete er lebhaft. »Sie muß doch wissen, daß sie nach allem, was zwischen uns war, mir gehört, ganz egal, was sie tut!«

»Laß sie ein bißchen in Ruhe, mach dich rar«, sagte

sie sanft. »Wenn du den Gleichgültigen spielst, wenn
du so tust, als würdest du sie fallenlassen, wird sie
schnell merken, daß sie einen Fehler gemacht hat, und
von selbst zu dir zurückkommen.«

Sie wußte, daß sie ein gefährliches Spiel spielte,
doch sie hatte das Gefühl, es sei der richtige Moment,
um es zu wagen. Wenn Gilles einige Tage von Victorine getrennt war, konnte das sein Bedürfnis nach ihrer Nähe noch verstärken, aber Victorine könnte auch
an diese gespielte Gleichgültigkeit glauben. Wenn sie
das Spiel für verloren hielt, würde sie sich Gilles nicht
mehr an den Hals werfen und sich ganz jemand anderem zuwenden. Vielleicht würde Gilles dann endlich
begreifen, welcher Art die Gefühle des Mädchens
waren.

Gilles hatte ihr nicht gleich geantwortet, aber er ließ
sich Elisas Sätze langsam durch den Kopf gehen, er
brauchte Zeit, um eine Idee zu prüfen.

Sie waren schon längst zu Hause, als er ohne Einlei-
tung sagte: »Vielleicht hast du ja recht.«

Ohne ein weiteres Wort aß er auf seine derbe Art weiter, ergriff das Brot mit seiner großen Hand und saß
mit angewinkelten Armen weit vom Tisch entfernt.
Schließlich brachte er seinen Gedanken zu Ende: »Ja,
genau... Ich mache mich ein paar Tage rar... Dann
werden wir ja sehen, was sie macht... Aber so gar nicht
von ihr zu hören, ich glaube, das kann ich nie durch-
halten.«

Elisa fürchtete, er könnte womöglich ihren Rat doch
nicht befolgen, und bemühte sich deshalb besonders
selbstsicher zu wirken, als sie ihm mit etwas gepreßter

Stimme antwortete und ihm dabei fest in die Augen sah: »Versuche es. Und wenn du es wirklich nicht ohne sie aushältst, gehen wir am Sonntag zu den Eltern, dann kannst du sie sehen, ohne daß ihr miteinander allein seid. Versuche geduldig zu sein, nimm dich zusammen.« Und sie fügte, so unaufdringlich sie nur konnte, hinzu: »Ich helfe dir beim Warten.«

Er nickt zustimmend, er ist einverstanden! Sie sieht ihn prüfend an. Er hat nicht mehr die Kraft, etwas zu sagen, er ist völlig zerschlagen... Aber auch dieser Marsch quer durch die Stadt direkt nach der Arbeit... Statt nach Hause zu kommen und sich auszuruhen... Wenn ein Mann so hart arbeitet wie Gilles, braucht er ein geregeltes Leben: arbeiten, nach Hause gehen, essen, schlafen, wieder zur Arbeit gehen. Sonst hält der Körper nicht durch. Und jetzt ist es so, als würde er trotz einer schweren Erkrankung immer weiterarbeiten. Aber ich werde ihn wieder gesund machen... Ich werde ihn bestimmt gesund machen, denkt sie, während sie mit sorgenvoller Stimme sagt: »Du müßtest schon längst im Bett liegen, Gilles. Geh jetzt nach oben... lege dich schlafen.«

Einige Tage vergingen völlig ruhig.

Am Sonntag nachmittag rasierte sich Gilles und machte sich besonders fein.

»Nun, was ist, gehen wir?« fragte er, indem er seine Jacke anzog und seine Mütze aufsetzte, lange bevor Elisa fertig war.

Mit den Kindern kam man nur langsam vorwärts. »Zu Fuß dauert es zu lang«, sagte er. »Ich spendiere eine Fahrt mit der Straßenbahn, das Geld werde ich am Tabak wieder einsparen.«

Victorine kam spät nach Hause, Gilles fragte sie nicht, woher sie kam, er sagte überhaupt wenig zu ihr und sah sie kaum an. Er schien sehr stolz auf sich zu sein und blinzelte Elisa verschwörerisch zu.

Als sie aufbrechen wollten, erinnerte ihre Mutter, die Elisa beim Haushalt behilflich sein wollte, sie daran, ihr die Wäsche zum Waschen zu bringen. Victorine unterbrach sie: »Ich gehe Mittwoch oder Donnerstag vorbei und hole sie ab.«

»Mach dir keine Umstände, ich bringe sie schon selbst vorbei«, antwortete Elisa, als sie sah, daß Gilles nicht zuhörte.

»Aber nein, hör mal, ich kann sie doch abholen.«

Da Gilles sich näherte, ging Elisa auf diesen letzten Satz nicht weiter ein.

Bereits am Dienstag hatte sie die Befürchtung, Victorine könnte kommen, und beschloß deshalb am Nachmittag, zu ihrer Mutter zu gehen, damit das Mädchen keinen Vorwand mehr hätte, zu ihr zu kommen. Hastig packte sie die Wäsche in ein Tischtuch, das sie an den Enden zusammenknotete, vertraute die Kinder der Nachbarin an und ging, ohne Gilles' Rückkehr abzuwarten.

»Aber, mein Kind, du hättest dich doch nicht bemühen müssen! Victorine hat gesagt, sie will heute bei dir vorbeigehen, weil sie sowieso für ihr Geschäft etwas erledigen muß... Sie müßte jetzt schon dort sein.« Es gibt unglückliche Zufälle, die einen überrumpeln: man kann sich nicht sofort damit abfinden, daß sie wirklich geschehen sind.

Doch Elisa hatte sich schnell wieder gefaßt.

»Mutter, ich hab's eilig... Es ist wegen der Kinder, weißt du. Ich kann nicht bleiben.«

Sie rannte bis zur Straßenbahnhaltestelle.

Fünfzehn

»Du Nutte! Schlampe! Du dreckige Hure! Ich packe
deine Visage und schlage dir den Kopf auf den Küchenboden... Ich warte ein bißchen, um zu sehen, wie du
dann aus der Wäsche schaust... Ah! Dein frecher Gesichtsausdruck vorhin. Warum du ihn denn nicht heiraten solltest! Warum du ihn nicht h... Gott verdammt,
verdammt noch mal.« Und dann fange ich noch mal an
zu schlagen, diesmal mit den Fäusten, auf deine Stirn,
deine Augen, deinen Mund... Du blutest, deine Lippen werden aufgehen wie eine rote Blüte, und dann
fließt das Blut dir langsam über die Zähne... Deine
hübschen Zähne, die sich in meine Fäuste graben wollen... Sie verletzen mich auch nicht mehr, als mich ein
kleines Katzenmäulchen verletzen würde... Du
brauchst nicht zu versuchen zu schreien, zwischen uns
und den Nachbarhäusern sind Gärten... »Schnauze!
Die Türen sind verschlossen!« Meine Knie pressen
deine Schenkel auf den Boden, mit den Ellbogen halte
ich deine Arme fest, und meine Hände schließen sich
um deinen Hals... Wie gefesselt liegst du auf dem Boden... ich könnte dich nehmen, wie es mir paßt, ohne
daß du dich wehren könntest. »Mit dir schlafen? Das

gefällt mir besser...« Ich spucke dir ins Gesicht... ein kleiner warmer Schaum, in dem meine ganze Wut steckt... Versuche nicht, es abzuwischen... es lohnt sich nicht. Ich mach's gleich noch mal... Jetzt bist du mit Sternen übersät, angebetetes Miststück. »Du bist nur ein Stück Dreck, hörst du, ein Dreckstück!« Ich fletsche die Zähne, ich leide, ich keuche, du hast Angst vor mir. »Aber du wirst ihn nicht heiraten, vorher bringe ich dich um!« Du folgst meinem Blick, der einen Augenblick auf dem Feuerhaken an der Herdstange ruht... Kralle dich nur in meinen Kleidern fest, das nutzt dir gar nichts, ich schaffe es schon... Ich schleife dich auf dem Boden mit hinüber... Aber es wird eine Weile dauern, denn ich will nicht, daß du dich befreist... mir wegläufst... Ich will dich noch mehr schlagen... Diesmal war es ein satter Fausthieb... Mein Daumennagel ist auf deiner Stirn ausgerutscht und hat einen kleinen Hautstreifen abgekratzt... Wehre dich, weine, schreie, blute... Wenn du wüßtest, was für eine Freude es mir bereitet, auf dich einzuschlagen, während du dich so unter mir windest... Ich schlage dich, ich verdresche dich, ich ohrfeige dich, ich verletze dich, ich kratze dich, ich ersticke dich, ich haue dich kurz und klein.

»Dreckstück, elende Hure!« hörte Elisa ihn gerade noch schreien, als sie unter dem Küchenfenster vorbeiging. Mit drei Sätzen hatte sie die Stufen der Ziegeltreppe genommen.

Sie stieß die Tür auf und sah Gilles, der sich wie ein riesiges Ungeheuer über die kleine Gestalt Victorines beugte, die unter ihm auf dem Boden lag. Elisa packte ihn an den Schultern und zog ihn heftig zurück. Sie half Victorine beim Aufstehen.

»Wo tut es dir weh? Ist es sehr schlimm?« Sie befühlte den armen, ramponierten Körper Victorines, die von ihrer plötzlichen Befreiung überrascht war.

Gilles stand vor ihnen, ohne sich zu rühren – er stammelte in seiner Wut fast mechanisch immer noch Beschimpfungen vor sich hin.

Elisa war ganz blaß geworden – unter der braunen Haut schien ihre Blässe wie ein fahler Schimmer. Sie schob Gilles zu einem Stuhl: »Hier, setz dich hin, und rühr dich nicht von der Stelle.«

Sie drehte den Schlüssel zweimal im Schloß, steckte ihn in ihre Manteltasche und ging zu Victorine zurück: »Kannst du gehen? Dann komm mit nach oben.«

Sie half ihr, sich auf das Bett zu legen, und zog ihr das Kleid aus. Victorine war mit Blutergüssen übersät, ihre Oberlippe war geschwollen, an der Stirn hatte sie eine tiefe Schürfwunde, aber jedenfalls war es nichts Schlimmeres. Elisa legte ihr feuchte Umschläge auf die schmerzenden Stellen und holte aus dem Waschtisch ein Fläschchen mit Jodtinktur für die Wunde auf der Stirn. Victorine jammerte lauter als nötig.

»So, und jetzt ruh dich ein bißchen aus. Es ist nicht so schlimm, glaube mir. Bleib hier liegen... Beruhige dich... Ich komme nachher noch mal herauf.«

Sie blieb noch ein Weilchen bei ihr, auf das Fußende des Bettes gestützt. Während Victorine laut stöhnte und weinte, wobei sie wie ein kleines Kind die Luft durch die Lippen stieß.

Gilles saß noch immer in der Küche, wie Elisa ihn verlassen hatte. Sie nahm ein Glas und goß ihm den Rest aus einer Flasche mit Wacholderschnaps ein: »Hier, trink das!«

Sonst sagte sie nichts. Sie ging im Zimmer hin und her und tat so, als konzentrierte sie sich ganz auf ihre Hausarbeit. Einmal drehte sie sich zu ihm um, und ihre Augen füllten sich mit Tränen – es war die Entspannung, ein körperliches Bedürfnis zu weinen. Sie atmete tief durch und hatte sich gleich wieder in der Gewalt.

Dann ging sie zu Victorine hinauf. Das Mädchen fühlte sich schon besser und konnte aufstehen, um nach Hause zu gehen. Sie saß auf dem Bettrand und zog ihre Strümpfe an, indem sie sorgfältig die Seide über ihre hübschen Beine streifte.

»Also wirklich«, sagte sie, »was für ein brutaler Kerl! Und das nur, weil ich ihm erzählt habe, daß ich Maréchal heiraten will! Ich verstehe überhaupt nicht, was auf einmal über ihn gekommen ist.«

»Ich verstehe es schon«, sagte Elisa leise.

Victorine hob den Kopf und sah Elisa erstaunt an, tat so, als wüßte sie nicht, was ihre Schwester damit sagen wollte. Sie ging zum Spiegel, um ihr Haar zu ordnen. Als sie ihre Lippen und ihre Stirn sah, wiederholte sie: »Was für ein brutaler Kerl!«

Während Victorine sich fertig anzog, ging Elisa wieder nach unten. Sie reichte Gilles den Schlüssel und bat ihn, die Kinder holen zu gehen: »Sie sind bei Marthe. Bleib eine Weile dort.«

»Ja«, sagte er dumpf.

Sie ging wieder nach oben, um nach Victorine zu sehen, und brachte sie zu der Tür hinaus, die direkt auf die Straße führte.

»Ich habe Angst, daß du es allein nicht schaffst. Ich gehe lieber noch ein Stückchen mit dir mit... Sag Mutter, du seist auf der Treppe gestürzt.«

Das Mädchen antwortete nicht. Elisa begleitete sie bis zur Straßenbahnhaltestelle.

Als sie wieder nach Hause kam, erwarteten sie Gilles, die Zwillinge und Marthe mit dem Baby auf dem Arm in der Küche.

»Ich habe den Kleinen lieber selbst herübergebracht. Gilles hat derartig gezittert... Man könnte meinen, er hat getrunken!« sagte Marthe lachend.

Da ihr darauf niemand eine Antwort gab, ging sie nach Hause.

Die Mädchen setzten sich zum Essen an den Tisch – jede laute Bewegung, jedes Wort, das sie sprachen, wirkten unangebracht.

Jetzt sind Elisa und Gilles allein.

»Aber Gilles, du hast ja gar nichts gegessen.«

Geht das Leben jetzt einfach so weiter? Er legt seine beiden Hände mit den Handflächen nach oben auf den Tisch – er beweint, was er verloren hat, ohne dabei sein Gesicht zu bedecken. Wie viele Männer zieht er eine häßliche Grimasse, um seine Tränen herauszupressen.

Elisa sitzt ihm gegenüber und schiebt ihre Hand über den Tisch auf Gilles' Hand zu. Endlich kann sie sich gehenlassen, und ihre Tränen mischen sich mit denen dieses Elenden.

Sechzehn

Am nächsten Morgen besuchte Elisa ihre Mutter. Victorine saß noch am Frühstückstisch. Da es ihr noch nicht gutging, hatte sie sich den Tag freigenommen. Ihre Mutter stand neben ihr. Als Elisa eintrat, wandte sie ihr den Kopf zu: »Ah, da bist du ja!«

Elisa war von ihrem Tonfall überrascht. Zögernd sagte sie: »Geht's Victorine besser? Es tut mir leid, daß dieser...«

Die Mutter unterbrach sie mit bissiger Stimme: »Er hat sie ja schön zugerichtet, dein Mann!«

Elisa sah Victorine verwirrt an. Was hat sie ihr gesagt? Hat sie die volle Wahrheit erzählt? Ohne den Kopf zu heben, bestreicht das Mädchen langsam seine Brotscheibe mit Butter.

Ihre Mutter weiß zwar, was am vorigen Tag geschehen ist, doch die wahren Gründe für diese Szene kennt sie nicht, denn sie fährt im selben Ton fort: »Wie kann man nur so brutal sein! Was hat er denn gegen Maréchal? Überhaupt nichts! Er will nur ständig seine Nase in unsere Familienangelegenheiten stecken... Ob diese Heirat passend ist oder nicht, das entscheiden immer noch dein Vater und ich... Jetzt hat er wohl völlig den Verstand verloren, völlig übergeschnappt, dein Gilles! Deine Kinder tun mir leid, daß sie so einen zum Vater haben! Wenn du selbst es mit ihm aushältst, ist dir auch nicht mehr zu helfen... Aber er soll sich hüten, noch einmal einen Fuß in mein Haus zu setzen!

Und du, hättest du sie gestern abend nicht wenigstens nach Hause bringen können? Nein? Wirklich, ihr schämt euch wohl gar nicht, du und dein grober Klotz von einem Ehemann! Ich hätte dich nicht für so herzlos gehalten! Ich begreife das alles nicht.«

Aschfahl und mit zitternden Gliedern läßt Elisa den Zornausbruch ihrer Mutter über sich ergehen. Gesenkten Hauptes und mit verwirrtem Blick erträgt sie widerspruchslos auch jene Beschimpfungen, die auf sie gemünzt sind.

Außer sich vor Wut stürzt die alte Frau aus dem Zimmer. In der beklemmenden Stille, die dann herrscht, beginnt Elisa endlich, mit trauriger, erstickter Stimme zu sprechen. Victorine hat also erzählt, daß Gilles sie geschlagen hat: Schämt sie sich denn nicht?

»Ja... Dir wäre es lieber gewesen, ich hätte ihn da herausgehalten«, sagt Victorine höhnisch lachend, »und hätte deine Geschichte vom Sturz auf der Treppe erzählt... Alles, was recht ist!«

»Mama wäre nicht so außer sich... Wie soll sie denn verstehen, was passiert ist? Und außerdem«, fügt Elisa tonlos hinzu, »wenn man schon überhaupt etwas erzählt, dann wäre es anständiger, die Wahrheit zu sagen...«

»Die Wahrheit? Welche Wahrheit?«

Elisas Atem geht schneller, so als trüge sie die Verantwortung für Victorines Schandtaten, und sie murmelt verzweifelt: »Ich weiß, was zwischen euch war... Ich weiß alles, seit vielen Monaten...«

Victorine sieht sie verblüfft an. Eine ganze Weile schweigen die beiden Frauen. Elisa erwartet irgendeinen Ausdruck von schlechtem Gewissen, eine Geste der Zuneigung... Doch als Victorine schließlich ihr langes Schweigen bricht, dann nur, um ihr ins Gesicht zu schleudern: »Nun, meine Liebe, wenn du gewußt hast, was läuft, hättest du besser auf deinen Mann aufpassen sollen!«

Elisa unterdrückt einen Schrei. Sie will sprechen, ihren ganzen Haß und ihre Verachtung herausschreien. Doch sie sagt kein Wort, läßt nur die Schultern sinken und wendet ihrer Mutter ein erloschenes Gesicht zu, die den Raum wieder betritt und sich neben Victorine setzt, ohne Elisa auch nur eines Blickes zu würdigen.

Elisa sieht die beiden nebeneinandersitzenden Frauen an. Mit der einen Hand hält Victorine ihr Haar hoch und zeigt ihre violett verfärbte Wunde auf ihrer Stirn.

»Iß, mein Mädchen... Du brauchst das jetzt, nach alldem«, sagt die Mutter und schiebt ihr fürsorglich das Brot und die Butter hin. Und es ist gut so. Elisa versteht es. Alles ist logisch, normal, schmerzlich und unabänderlich. Es gibt nichts mehr zu sagen, nichts zu erklären.

Soll sie Victorine bloßstellen? Könnte sie dieser Mutter die Augen über die Herzlosigkeit ihres Kindes öffnen? Sich verteidigen, erklären, was in ihr selbst vorging? Über ihre Liebe reden... Aber mit welchen

Worten? Wer sie begreifen wollte, müßte durch einen Blick in ihre liebevollen Augen ihr weites Herz erforschen, diesen liebenden Körper durchleuchten, um in jeder seiner Fasern ein Stückchen des wunderbaren Geheimnisses zu entdecken.

Aber sie sitzt hier, auf der anderen Seite des Tisches, den Blick noch immer auf die beiden dicht nebeneinander sitzenden Frauen gerichtet. Es gibt für sie nichts mehr zu sagen... Sie hat hier nichts mehr verloren. Ihr Platz ist woanders, bei Gilles. Wie wird sie ihm jetzt helfen, ihn stützen müssen!

Sie erhebt sich, sieht ihre Mutter an, die ihr keine Beachtung mehr schenkt. Sie schließt einen Moment die Augen, findet in ihrem Innern die Berührung dieser trockenen Hand, die sich in ihrer Kindheit immer auf ihre Stirn gelegt hatte, wenn sie fieberte.

Schnell geht sie die Straße entlang, fest in ihr großes, schwarzes, wehendes Schultertuch eingehüllt und den etwas verstörten Blick starr geradeaus gerichtet.

Siebzehn

Noch am selben Abend erzählte Elisa Gilles, was sich am Morgen ereignet hatte. Er ließ sie sprechen, ohne sie zu unterbrechen. In seinem Gesicht lag ein gleichbleibender Ausdruck der Verzweiflung, so als hörte er sie gar nicht. Schließlich sagte er: »Das einzige, was ich seit gestern begriffen habe, ist, daß sie mich nicht liebt... Sonst weiß ich nicht, was passieren wird...«

Elisa bekam Angst und sagte brüsk: »Du darfst nicht mehr zu ihr gehen! Weder um sie wiederzubekommen, noch um sie zu strafen... Hörst du mich, Gilles?« Sie schüttelte ihn, versuchte, dieses verbohrte Gehirn zu erreichen. »Es ist, als wärst du verloren... Du mußt warten, bis dein Schmerz sich legt. Du darfst jetzt nichts anderes tun.«

Etwas leiser fügte sie hinzu: »Du bist sehr unglücklich... Aber du bist nicht ganz allein. Ich möchte, daß du weißt...«

Sie schien sich zu sammeln und sagte dann ganz bescheiden, so als könnte sie ihm nur einen kleinen, billigen Trost anbieten: »Ich liebe dich, Gilles. Ich liebe dich über alles... Wie ich dich immer geliebt habe, als wäre ich nur dazu auf der Welt.«

Er sah sie mit verschwommenem Blick an, ohne daß sich an seiner Niedergeschlagenheit das geringste änderte. Langsam stieg aus den Tiefen seiner Erinnerung ein Bild auf – warum ausgerechnet dieses? An einem Samstagnachmittag nach der Arbeit sitzt er mit drei Freunden in einem Straßencafé. Die jungen Arbeiter zwinkern einander zu: »Da kommt die schöne Lisa!« Sie bewegt sich im Gedränge der belebten Straße auf die Gruppe zu, eine große, sanfte Erscheinung, und geht dicht an ihnen vorbei, dabei hat sie nur Augen für ihn. Tagelang brennt dieser Blick in seinem Herzen. Und als würde er sich zum erstenmal seit Monaten wieder dieser Frau bewußt, die an seiner Seite lebte, sagte er: »Ja, Elisa, du liebst mich, ich weiß es. Und ich habe mich dir gegenüber wie ein Schwein verhalten.«

»Wenn du das selbst sagst, dann tust du es jetzt schon viel weniger«, antwortete sie mit einem gezwungenen Lächeln.

Sie erwartete, daß sich nun auf seinem Gesicht ein zärtlicher Ausdruck zeigte, doch er breitete nur die Arme aus in einer Geste, die bedeuten sollte: »Das alles ändert doch überhaupt nichts.«

Er sagte den ganzen Abend kein Wort mehr.

Die folgenden Tage brachten Kälte und starke Regenfälle. Kleine Sturzbäche zerfurchten die abschüssigen Gartenwege. Durch die Nässe verfaulten die letzten Herbstblumen, noch bevor sie Zeit hatten zu welken. Die durchgetretene Backsteintreppe hatte keine Zeit zu trocknen, der Regen füllte die Kuhlen immer wieder auf, tropfte auf die niedrige Schwelle und drang unter der Tür hindurch. Elisa verstopfte den Spalt mit einem zusammengefalteten alten Sack. Dieser Regen hört so schnell nicht wieder auf, sagte sie sich. Es verdroß sie, daß die Kinder sich die ganze Zeit in der Küche aufhalten mußten und dabei Gilles durch ihre Worte und Spiele störten. Am Abend drangen heftige Windstöße in den Schornstein und drückten den Rauch herunter, so daß er in dicken Schwaden unter den Herdplatten herausdrang. Sobald man das Fenster öffnete, war das Zimmer von einer eisigen Kälte erfüllt. Gilles und Elisa saßen sich in der verbrauchten Stubenluft gegenüber. Elisa legte ihre Hände auf die von Gilles. Er teilte ihr seine traurigen Gedanken mit.

Sie sprach nicht mehr über sich und ihre Liebe. Sie hörte seine langen Klagen an, unterbrach nur mit einem Wort des Zuspruchs oder einer tröstenden Geste. Doch ihr ganzes Wesen strahlte Zärtlichkeit aus. Ihre wachsamen Augen boten ihm lebendigen Halt... Das pulsierende Fleisch hielt Hilfe und Trost für ihn bereit... Elisas Gedanken kreisten ausschließlich um Gilles, und Gilles' Gedanken kreisten ausschließlich um ihn selbst. Dabei sagte sie sich beständig, daß sie ihm mit der nicht nachlassenden Fürsorge, mit der sie ihn unaufdringlich umgab, bestimmt helfen würde. Sie half ihm tatsächlich.

Gilles ging es besser.

Der Regen hatte aufgehört, und es wurde noch einmal warm. Es gab noch einige Gewitter, mit schwerem, heftigem Donnergrollen. Am Abend tauchte die Sonne den verhangenen Himmel in feuerrotes Licht – das letzte Zeichen eins Herbstes, der in Schönheit vergeht.

Die Geranien waren noch einmal erblüht. Am Gartenzaun hatte sich noch eine verspätete Rose geöffnet. Elisa pflückte sie. Ihre Blumenvasen waren zu groß für diese einzelne Blume, also nahm sie statt dessen ein Glas, das sie vor Gilles' Heimkehr auf den Tisch stellte.

Nach der Arbeit setzte er sich manchmal auf eine der Betonstufen. Elisa ließ sich neben ihm nieder, und sie verharrten eine ganze Weile Seite an Seite im verlöschenden Abendlicht. Es kam vor, daß Gilles auf die verwelkten Rabatten zeigte und sagte: »Nächstes Frühjahr säen wir hier Reseda.«

»Ja, sie sind zwar ein wenig farblos, aber sie riechen so gut!« antwortete Elisa, die Stimme schwer von verhaltener Freude.

Doch dann brach unvermittelt das Unglück mit seiner ganzen Wucht über ihn herein. Eines Tages hatte er auf dem Heimweg von der Fabrik Victorine getroffen. Er hatte sie nicht angesprochen, sondern war ihr nur mit den Augen gefolgt, ohne sich von der Stelle zu rühren, verletzt durch ihre immer noch makellose Schönheit, ihre offensichtliche Sorglosigkeit. Am Abend hatte er lange geweint, ohne daß Elisa diesem neu erwachten Schmerz etwas entgegensetzen konnte. Sie hörte sein trockenes, stoßweises Schluchzen, sah wieder seine verstörten Augen, das todtraurige Gesicht, fühlte, daß sein Herz durch ein einziges Bild verwüstet worden war. Wie war es möglich, daß ein so großer, robuster Körper so unendlich schwach war ...

Dieser Zustand völliger Verzweiflung hielt einige Tage an.

Eines Nachts wachte sie auf und beugte sich über ihn. Sie konnte seine Gestalt unter den weißen Laken kaum erkennen. Es würde seine Zeit brauchen, bis Gilles geheilt wäre... Viel Zeit. Sie warf sich vor, sich zu früh gefreut zu haben. Bestimmt fand er diese vorübergehende Ruhe wieder, die auch in den letzten Wochen eingekehrt war, und vielleicht verlor er sie dann von neuem, um wie jetzt wieder in tiefem Schmerz zu versinken... Es würde immer so weitergehen, noch monatelang... Und wenn er nie darüber hinwegkäme? Wenn er diese abwesenden Augen, dieses leidende Gesicht bis zum Ende behielte... Bis zu welchem Ende? Sie bekam Angst, warf den Kopf wieder aufs Kissen zurück, strich sich mit der Hand über die schweißbedeckte Stirn. In diesem Zustand der Panik fühlte sie das Beben einer großen zerbrechlichen Welt um sich herum. Sie hob den Kopf ein wenig, riß die Augen weit auf: die Nacht erfüllte das Zimmer, man wußte nicht, ob sie unermeßlich groß und grenzenlos oder ganz klein und in sich abgeschlossen war. Elisa kämpfte mit dieser toten Finsternis, wehrte sich gegen diese Nacht, bot all ihre Kräfte auf, um beruhigende Bilder herbeizurufen... Eine Wiese, die der Frühling erblühen ließ... Eine Straße, auf der pfeifende und singende Arbeiter durch eine Landschaft in einen blauen Tag hineingingen... Ein Fenster, das sich in den strahlenden Sommer öffnete... Das Leben...

Als sein lebendiger Atem ihre Stirn streifte, fand ihr Körper durch eine Welle der Zärtlichkeit seine Ruhe wieder. Sie fühlte, wie diese Hoffnung unvermindert tief in ihrem Innern schlummerte. Sie schlief wieder

ein, ihr Herz auf die Möglichkeit eines neuen Glücks
gerichtet.

Diese neue Phase der Verzweiflung, die Gilles so-
eben durchgemacht hatte, war wie ein letztes Aufbäumen seines Schmerzes. Er fand die melancholische
Ruhe der vorangegangenen Tage wieder, und gegen
Ende des Winters begann wieder eine neue Phase. Er
zeigte nicht etwa mehr Zärtlichkeit für Elisa und schien
auch eigentlich nicht endgültig von Victorine geheilt.
Er litt und klagte weiter, jedoch ohne jemals den Namen des Mädchens zu nennen. Man könnte fast sagen,
es war ein namenloser Schmerz, den er aus Gewohnheit
ertrug, ohne sich noch an den Grund zu erinnern.

Der Winter ging zu Ende, ohne daß Elisas Hoffnung
von irgend etwas getrübt wurde. Manchmal hielt sie
mitten in der Arbeit, mitten in einer Bewegung inne,
erstarrt in einer übermächtigen Freude; einen Moment
lang gab sie sich völlig verklärt der Ekstase eines nahen
Sieges hin.

Achtzehn

Gilles säte die Rabatte mit Reseda ein, und bald kamen dunkelgrüne, fleischige, reizlose Blätter zum Vorschein. Jeden Morgen beugte Elisa sich über die Rabatte, verfolgte den Fortschritt der schwellenden Knospen, die sich noch nicht entfaltet hatten: bald würden sie sich öffnen, unbedeutende, fast farblose Blüten, die ihren unsichtbaren Zauber verströmten.

Bisher hatte sich noch keine einzige Resedablüte geöffnet.

Gilles nutzte die letzten Stunden des Tageslichts, um das Unkraut aus einem Beet mit jungen Salatköpfen zu hacken. Er richtete sich auf, ging langsam den Weg entlang und setzte sich auf die Bank, die an der Hauswand stand. Elisa hatte ihn vom Küchenfenster aus kommen sehen. Sie ging mit dem Kind im Arm die Backsteintreppe hinunter.

»Du kannst gleich einmal sehen, wie gut er schon läuft«, sagte sie. »Man muß ihn nur noch ein wenig am Finger führen.«

Die Zwillinge waren schon müde und setzten sich neben Gilles, eine rechts, eine links an ihren Vater gelehnt. Elisa setzte sich auf eine der Backsteinstufen und zog das Baby an sich. Das Essen war fertig, die Luft war mild, sie würden noch ein wenig warten.

Sie sprachen nicht. Langsam senkte sich die Dämmerung herab. In der lauen, frühlingshaften Luft bewegte sich kein Hauch. Irgendwo am Rand einer Wiese oder in einem Garten sprach ein Kind – eine weit entfernte, kaum wahrnehmbare Stimme, die diesen seltsamen Frieden nicht störte.

Daß sich nur ja niemand bewegte... sich kein Lüftchen regte... Die Stunde ist kostbar. Ende oder zarter Neubeginn? Es schien, als würde etwas geboren oder als stürbe etwas.

Und so geschah es dann.

Als Elisa Anstalten machte, das Licht zu löschen, hielt Gilles sie zurück.

»Warte«, sagte er, »ich muß dir noch etwas sagen.«

Sie wandte sich zu ihm um und wartete, den Ellbogen auf das Kopfkissen gestützt.

»Ich habe sie getroffen«, fuhr er fort. »Victorine.«

Als sie diesen Namen hörte, den er nie mehr ausgesprochen hatte, erschrak Elisa. Gilles lächelte: »Mach dir keine Sorgen.« Und er fügte verächtlich hinzu: »Es hat mich völlig kaltgelassen!«

Jetzt könnte Victorine ruhig versuchen, ihn wieder zu erweichen! Sie könnte tun, was sie wollte, zu ihm zurückkommen, betteln, sich ihm vor die Füße werfen, es würde ihn kaltlassen wie einen Eisblock, bekräftigte er.

Elisa heftete ihre großen, erwartungsvollen Augen auf sein ruhiges, etwas spöttisches Gesicht.

»Ist das auch wirklich wahr, Gilles?«

»Wenn ich's dir sage. Du weißt, daß du mir glauben kannst.«

Sie wußte es... Sie hatten nicht mehr darüber gesprochen, ihr war sehr wohl aufgefallen, daß es Gilles besserging... Dennoch traf sie die Nachricht, Victorines Anblick habe ihn kaltgelassen, jetzt wie ein unerwarteter Schock.

Gilles sprach weiter: Ja, er sei sich sicher, sie nicht mehr zu lieben. Es war ihm noch nie so klargeworden wie vorhin, als er sie sah. Im übrigen dachte er an die ganze Sache fast überhaupt nicht mehr, und wenn er an diesem Abend nochmals davon anfing, dann nur, weil er ihr begegnet war und Elisa mitteilen wollte, was er dabei empfunden hatte. In was für einen Zustand hatte er sich von Victorine bringen lassen! Von diesem verkommenen Ding... Ach! Er sah seinen Irrtum jetzt ein... Er hatte sein ganzes Glück zerstört, seine Liebe zu Elisa... Jetzt gab es nichts mehr, was ihn traurig oder fröhlich machen konnte, er fühlte nur noch eine große Gleichgültigkeit. Er hatte den Eindruck, daß es von nun an immer so sein würde – er würde nie mehr Schmerz und auch nie mehr Freude empfinden. Manchmal war er deshalb ein wenig ratlos, doch er litt eigentlich nicht darunter und wünschte sich auch nicht, daß er sich änderte. Er fand, daß auf diese Weise alles viel einfacher war.

»Ja. Es ist so, als würde um mich überhaupt nichts passieren«, erklärte er, »oder als wenn mein Körper ganz leer wäre.«

Elisas Herzschlag raste. Ein wenig abwesend hörte sie Gilles zu, ohne den Sinn seiner Worte genau zu begreifen. Er verstummte. Als er sich auf die Seite drehte, um einzuschlafen, ließ sie den Kopf aufs Kissen sinken. Nach und nach beruhigte sie sich, bemühte sich, allmählich in die Realität zurückzufinden. Sie rief sich Gilles' Sätze noch einmal in Erinnerung: »Alles, was mit ihr zusammenhängt, läßt mich jetzt so kalt wie einen Eisblock... Sie kann zurückkommen, fortgehen, völlig verschwinden, das ist mir ganz egal.«

Schon hält sie inne, verwirrt und aufgewühlt – Gilles ist geheilt... Der heiß ersehnte Augenblick ist da! Das Heute stirbt endlich... Und jeder Morgen wird von nun an ein neuer Tag sein... Sie ist befreit und kann jetzt endlich wieder anfangen zu leben... Befreit... Leben!

Sie zittert, kann fast nicht atmen. Wie schwer die Freude auf das verwundete Herz drückt... In einem einzigen Gedanken faßt sie die Last ihrer durchlittenen Schmerzen zusammen, und zum erstenmal erscheinen sie ihr zu schwer für ihre schwachen Schultern... Sie ist müde, als sie endlich am Ende ihres Leidenswegs angelangt ist... So müde...

Aber obwohl sie am Ende ihrer Kraft ist, gelingt es ihr, in die Nacht hineinzulächeln. Sie ist befreit... Gilles ist geheilt... Das Leben kann neu beginnen.

Leben... Leben! Schon morgen. Morgen...

Heute nacht hat sie nur ein übermäßiges Schlafbedürfnis. Schlafen... Sie schmiegt sich ganz sacht an den Körper, der friedlich neben ihr liegt – und ihr schwerer Kopf fällt matt auf die Schulter des Geliebten. Schlafen, tagelang nur schlafen, so wie jetzt, an Gilles' Schulter...

Der Morgen brach an. Ein diffuses Licht drang ins Zimmer, erleuchtete die Fensteröffnung, streifte traurig dieses schöne erschöpfte Gesicht. Gab es Hände, die zärtlich genug waren, diesen schlafenden Körper zu wiegen? Lippen, die verliebt genug waren, um ihn aus diesem kostbaren Schlummer zu holen?

Gilles war schon eine Weile auf und wusch sich unter lautem Wasserplätschern das Gesicht. Elisa wachte auf und wußte sofort, daß sie verschlafen hatte. Eilig bereitete sie das Frühstück, mit den gewohnten unbewußten Bewegungen, der Kopf noch immer benommen von dem schweren Schlaf, der zu früh unterbrochen wurde.

»Bis heute abend, Lisa!« Er winkte ihr zu und zog die Tür hinter sich ins Schloß.

Die Zwillinge gingen in die Schule. Elisa setzte den kleinen Gilles in den Kinderstuhl und ging ins Schlafzimmer hinauf. Sie hatte noch keine Zeit gehabt, sich zu frisieren. Sie löste die glänzenden schwarzen Zöpfe, die ihr blasses, schmal gewordenes Gesicht umrahmten. Das offene Haar fiel üppig und lang herunter, fast zu schwer für diesen kleinen, entkräfteten Kopf.

Sie erinnert sich wieder an die Nacht, an ihre seltsame Hochstimmung, und empfindet diese Freude auf einmal als etwas Totes. Dabei ist Gilles doch geheilt... Hat sie keinen Grund, sich zu freuen? Hat Gilles nicht gesagt, daß er Victorine nicht mehr liebt, daß ihn alles, was mit ihr zusammenhängt, kaltläßt. Doch – aber sie hat es auf sich beruhen lassen, dabei hatte er noch ganz andere Dinge gesagt... Sätze, die verletzend waren, obwohl sie ihren Sinn noch nicht völlig erfaßt hatte. »Es ist, als spielte sich um mich herum nichts mehr ab...«

Nein – ihre Aufgabe ist noch nicht beendet... Victorines Bild ist aus Gilles' Herz verschwunden... Und jetzt ist es an ihr, dieses leere Herz wieder zu füllen... Die frühere Liebe muß wiederentdeckt werden...

Sie beugt sich hinunter, um einen ihrer Kämme aufzuheben, und als sie sich zu schnell wieder aufrichtet, brennen merkwürdige goldene Sternchen vor ihren Augen. Sie setzt sich und verharrt einen Moment regungslos, die Hände auf ihrem Kleid verschränkt, den Blick geradeaus gerichtet. Gilles – Gilles' Liebe! Elisas Liebe? In ihrem Herzen ist etwas verwelkt.

Sie steht auf, geht langsam durch das Zimmer. Was muß sie heute vormittag alles erledigen? Die Wäsche ausspülen, sie auf dem Speicher zum Trocknen aufhängen... Den Küchenboden wischen... Das Kupfer polieren... Gemüse kaufen... Aber welche Bedeutung haben all diese Tätigkeiten? Um sie herum ist alles tot. Sie geht am Spiegel vorbei, sieht ihr aufgelöstes langes Haar, schlingt es, ohne es zu flechten, zu einem schweren Knoten zusammen, den sie nur lose hochsteckt.

Sie geht die Treppe hinunter, und ihre Hände beginnen mit der nutzlosen Arbeit. Meine Liebe – wo bist du geblieben, meine Liebe? Nirgendwo. Du hast mich erfüllt, ich bestand aus nichts anderem. Meine Liebe? Nichts. Ich bin nichts. Schein, Täuschung, Hoffnung, Wechselspiele des Zufalls... Das Leben geht seinen Gang... Wo bist du, Elisa? Hier... Meine Hände tauchen ins kalte Wasser, ziehen das bläuliche Tuch heraus, wringen es aus ... Und der Berg der schweren, nassen Wäsche wächst in dem geflochtenen Wäschekorb ... Das Leben geht seinen Gang. Aber wer ist Elisa? Ich kenne diese Frau nicht mehr ... Ich bin nichts. Gilles' Frau? Oh, meine Liebe, warum hast du mich verlassen ...

Sie hebt den vollen Korb hoch und stellt ihn sich auf die Hüfte. Das Kind ruft nach ihr, sie wendet sich nicht um, sondern steigt langsam die Stufen hinauf.

Der Speicher hat sich durch die Sonne bereits etwas erwärmt und riecht nach feuchtem Tannenholz. Sie stellt den Weidenkorb ab, bewegt ihren Arm wie zur Probe, um ihn gleich wieder herunterfallen zu lassen.

Die Schachtel mit den hölzernen Wäscheklammern nehmen ... Die Wäschestücke eins nach dem anderen aus dem Weidenkorb holen und auf die langen Leinen hängen ... Und danach? Die nächste Arbeit ... Wozu? Mit welchem Ziel? Sinnlos, es gibt kein Ziel. Und was wird am Ende dieses Tages geschehen? Nichts. Und morgen? Dasselbe wie heute. All diese Wäsche aufhängen, nein, das schafft sie einfach nicht! Lieber warten. Darauf warten, daß irgend etwas geschieht ... Heute abend?

»Guten Tag, Lisa.

Guten Tag, Gilles.

Ist das Abendessen fertig?

Ja, du kannst essen. Liebst du mich, Gilles?

Nein, Elisa. Und du, Elisa, liebst du mich?

Ich weiß es nicht, Gilles.«

Sie bleibt verstört neben dem Wäschekorb stehen. Ihr nachlässig zusammengestecktes Haar löst sich im

Nacken. Oh! Verliere nicht den Mut, Elisa! In dir ist
alles unverändert... Du hast von den anderen so viel
hingenommen, ohne zu hassen, ohne je zu strafen, ohne
einmal zu verzweifeln... Nimm auch bei dir selbst diesen einen Tag der Schwäche hin. Laß deinen erschöpften Körper seine Kräfte wiederfinden... In ein paar
Tagen wirst du verstehen, daß deine Liebe dich nicht
verlassen hat... Du wirst sie unbeschädigt, stark, un-
veränderlich wiederfinden... Warte ein paar Tage...
ein paar Stunden... Vielleicht wirst du schon heute
abend, wenn du diesen stattlichen, muskulösen Körper in seinem Cordanzug im Türrahmen erscheinen
siehst, wieder diese unendliche Liebe fühlen, die dich
bewegungslos an die Messingstange des Küchenherdes
gebannt hat... Und vielleicht wird Gilles sich dir strahlend in seiner wiedergefundenen Liebe nähern und dich
zart auf die Stirn küssen wie am ersten Tag... Und
selbst wenn es hier für dich nur noch tote Dinge gäbe!
Vielleicht bekommst du eine Chance, dein Bedürfnis
nach Liebe und Leben anderswo zu stillen... Mut,
Elisa! das Leben ist überall... Warte... Gib nicht
auf... Warte! Es dauert nicht mehr lange, und das Leben wird neu erwachen...

Doch sie denkt nicht, hört nicht und sieht auch nicht.
Sie fühlt nur diese merkwürdige Leere um sich herum.
Nein, sie kann ohne diese Liebe nicht leben, nicht einen
einzigen Tag.

Sie macht einen Schritt nach vorn, tastet sich mit ausgestreckten Armen durch eine tote Welt, in der sie sich
nicht mehr zurechtfindet. Durch das niedrige Fenster
des Speichers sieht man in der Ferne die Hochöfen, die

lichterloh brennen und deren Schlote aus voller Kraft rauchen. Elisa sieht nicht hinaus. Sie hebt die Hände, klammert sich an den Fensterrahmen und steigt auf das schmale Holzbrett. Sie ist groß, sie muß ein wenig den Kopf einziehen, um nicht an die Deckenbalken zu stoßen. Einen Moment lang legt sie die Wange an die verputzte Wand, ihre Augen sind geschlossen, das Gesicht wirkt ruhig, fast als lächelte sie. Das Fenster ist offen, ein leichter Frühlingswind weht über das Land, verfängt sich in Elisas langem Rock und läßt den Saum in sanften Wellen um ihre Knöchel spielen.

Mit immer noch geschlossenen Augen schiebt sie vorsichtig ihren Kopf zum Rand der Mauer vor und unter dem Fensterrahmen hindurch. Sie neigt sich ein wenig hinaus. Und dann löst sie ihre Hände, mit denen sie sich festgehalten hat, mit einer weit ausholenden, leidenschaftlichen Geste.

Marthe war im Nachbargarten. Sie drehte sich um, als sie das Geräusch des aufschlagenden Körpers hörte, und stieß einen durchdringenden Schrei aus.

Leute rannten herbei, beugten sich über Elisa, ohne daß jemand es wagte, sie zu berühren. Marthe richtete sich auf und klammerte sich an den Arm ihres Sohnes: »Lauf schnell«, sagte sie mit Entsetzen in der Stimme. »Geh und hole Gilles.«

Der junge Mann sah seine Mutter mit stumpfem Blick an, so als verstünde er überhaupt nichts, und murmelte: »Gilles?«

»Ja doch, Gilles… Elisas Mann!« schrie Marthe.

Sie atmete noch, und bei diesen Worten war es, als ginge ein Schauder durch ihre zerbrochenen Glieder. Es waren die letzten Worte, die sie hörte.

Auf der Suche nach Marie

I

»Marie, bist du fertig?«

Ungeduldig stieß Jean die Schlafzimmertür auf. Marie wandte sich brüsk vom Fenster ab und zog geschäftig die Vorhänge zu.

»Ja, ich bin fertig ... es ist besser, wenn die Vorhänge zu sind, bei dieser Hitze.«

»Ich warte schon seit einer halben Stunde auf dich.«

Sie sah Jeans ärgerliches Gesicht und folgte ihm wortlos.

Marie hatte sich nicht einmal mehr gekämmt. Als sie ins Schlafzimmer gekommen war, hatte sie durch das geöffnete Fenster auf das Meer hinausgesehen und ein Boot entdeckt. Sie war zum Fenster gegangen, um es besser sehen zu können, hatte den Kopf an den Fensterrahmen gelehnt und war einfach so stehengeblieben. Mit lautem Knattern war der alte Autobus, der das Dorf anfuhr, vorbeigekommen, ein Motorboot hatte mit ohrenbetäubendem Lärm angelegt, eine Gruppe Kinder war schreiend zum Hafen hinuntergelaufen. Das Schiff, das anfangs Maries Aufmerksamkeit erregt hatte, war inzwischen längst außer Sichtweite, und es war wieder still geworden. Vom Boden her stieg ein leichter harziger Geruch auf.

Außer ihnen war niemand im Treppenhaus. Marie legte liebevoll den Arm um Jeans Schultern.

»Bist du mir böse?«

Im Erdgeschoß blieb sie einen Moment vor dem Spiegel im Flur stehen: »Ist wenigstens meine Frisur in Ordnung?«

Der Knoten war etwas nach unten gerutscht, und die braune Strähne hing ihr, wie schon vorhin, viel zu tief über die rechte Schläfe herab.

»Ja. Du hast zwar lange gebraucht, aber du siehst gut aus.«

Sie sagte nichts darauf. Er hatte sie nicht einmal angesehen ... Wahrscheinlich hatte er es so eilig, aus dem Haus zu kommen, daß er gar nicht richtig hinge-schaut hatte. Aber schließlich hatte sie ihn ja auch eine halbe Stunde warten lassen.

Als sie das Haus verließen, sagte Marie: »Wie schön die Sonne scheint! Besseres Wetter könntest du zum Baden gar nicht haben.«

»Möchtest du denn nicht baden?«

»Ich weiß noch nicht. Ich werd's dir sagen, wenn ich das Wasser gesehen habe.«

»Das sagst du immer, und dann badest du doch nie.«

Die Straße ist weiß, ausgetrocknet, ohne Schatten. Sie gehen, ohne miteinander zu sprechen, in die Hitze hinaus und auf die andere Straßenseite. In der Sonne ist Maries Kleid etwas durchsichtig, so daß sich ihre langen, sanft gerundeten Beine unter dem Stoff abzeichnen. Das Licht bringt alle Farben in ihrem Haar zum Leuchten: Kastanienbraun, Rot, Blond. Ab und zu blinzelt sie mit den Augen oder runzelt die Stirn und hebt schützend ihre großen, schönen Hände vors Gesicht.

Sie kommen zu einem schmalen, von Zypressen gesäumten Weg, der zum Meer hinunterführt. Dicht nebeneinander gehen sie auf der rechten Seite des Wegs im mageren Schatten der jungen Bäume. Maries Haar hat jetzt wieder einen einheitlicheren Farbton, ihr Gesicht entspannt sich, und man kann ihre Augen besser erkennen, den abwesenden Blick, der die Dinge mit Gleichgültigkeit zu betrachten scheint. Auf einmal endet der Weg. Er öffnet sich auf einen Strand, und plötzlich stehen sie wieder im gleißenden Sonnenlicht.

Als sie Seite an Seite im Sand saßen, zog Jean seine Sandalen aus.

»Warte lieber noch ein bißchen, bevor du ins Wasser gehst«, sagte Marie. »Es ist noch zu kurz nach dem Mittagessen.«

Er wandte sich zu seiner Frau um und sah ihren beunruhigten Blick.

»Zwei Stunden sind mehr als genug!« sagte er. »Aber gut, wenn es dir lieber ist, warte ich noch. Ich möchte ja nicht, daß du vor Angst stirbst, wenn ich ins Wasser gehe.«

Marie rückte noch ein wenig näher zu ihm, lehnte den Kopf an seine Schulter und schloß die Augen. »Jean ist ganz nah bei mir. Jean, der einzige Mann auf der ganzen Welt, den ich liebe.« Maries Herz war erfüllt von einer unendlichen Zärtlichkeit, und ihre Phantasie erschuf seltsame Bilder: Sie ging mit Jean in ein intimes Lokal mit vielen eng umschlungenen Schatten, er schob sie sanft auf einen Tisch zu. Seine Hand fuhr über ihren nackten Arm, drückte ihn lange, bevor er sie losließ. »Liebling, möchtest du tanzen?« Er zog sie zu einer kleinen, etwas erhöhten Tanz-fläche, legte die Arme um sie, hob sie dabei fast ein wenig vom Boden ab und trug sie im Rhythmus einer sehnsuchtsvollen, bekannten Melodie davon (Marie zögerte einen Moment: war es eine banale Musik? Ja, die Musik mußte sinnlich und vulgär sein; je banaler, desto besser...). Wie schön sie zusammen tanzten; und wie zärtlich Jean mit seinen Lippen Maries Schläfe berührte!

Auf dem Strand schmiegte Marie sich noch dichter an Jeans Schulter. Sie tanzten eng umschlungen. Jean genoß diese Nähe genauso sehr wie sie selbst, auch er wünschte sich, daß diese Umarmung nie zu Ende ginge.

»Es ist so heiß, Schatz, mußt du so an mir kleben?«

Marie löste sich von ihm, zog die Beine an, legte ihre Stirn auf die Knie und schloß wieder die Augen. Er wünschte sich, daß diese Umarmung nie zu Ende ginge... Sie tanzten immer noch. Als sie schließlich zu

ihrem Tisch zurückkehrten, sah er Marie mit verhei-
ßungsvollem Blick an und fragte: »Gehen wir nach
Hause?«

Marie hebt den Kopf, und ihre Augen blicken, ohne
wirklich etwas wahrzunehmen, auf das Wasser, auf
die Boote, den Sand und die über das Meer flirrenden
Lichter. Sie erinnert sich an Gespräche mit Freundinnen, nutzlose, langweilige Gespräche, die immer
gleich verlaufen und ihr auf die Nerven gehen, an
denen sie sich aber dennoch beteiligt. Sie hört die
Stimme von Luce, die sagt: »Marie, du liebst deinen
Mann aus tiefstem Herzen. Dir ist es gelungen, dich in
deiner Liebe völlig zu verwirklichen. Du bist die einzige von uns, die weiß, was Glück ist.« Marie lächelt
und sagt darauf immer: »Ja, das ist wahr.« Und jetzt,
während sie sich daran erinnert, spielt wieder dieses
sonderbare Lächeln um ihre Lippen. Sie dreht sich
um, streckt sich aus und legt sich auf den Bauch. Das
Lächeln ist aus ihrem Gesicht verschwunden. »Was ist
Glück?« überlegt sie, »was eigentlich bedeutet
Glück?«

»Ob du willst oder nicht, ich gehe jetzt schwimmen!«
ruft Jean, während er schon zum Wasser läuft.
    Sofort springt sie auf, das Gesicht zum Meer ge-
wandt, und sucht Jean mit besorgtem Blick. Er ist ein
schlechter Schwimmer, aber das hält ihn nicht davon
ab, jedesmal weit hinauszuschwimmen. Als Marie ihn

endlich entdeckt, läßt sie ihn nicht mehr aus den Augen. Sie verfolgt jede seiner Bewegungen. Er taucht, und sofort krampft sich in ihr etwas zusammen. Sie hält die Luft an, bis Jeans Kopf ein Stückchen weiter entfernt naß und glänzend wieder zwischen den Wellen auftaucht. Jean nähert sich dem Ufer; jetzt reicht ihm das Wasser nur noch bis zu den Hüften, er winkt Marie zu, stützt die Hände in die Hüften und sieht den anderen Badenden zu.

Marie nutzt diese Atempause. Sie setzt sich wieder und wendet den Kopf nach links. Sie sieht, wie jemand sich auf einem Felsen niederläßt. Soweit sie es von hinten erkennen kann, scheint der Mann sehr jung zu sein. Von anderen Felsen halb verdeckt, zieht er sich zum Baden um. Seine Haare sind schwarz und ein wenig fransig, seine Schultern sind schlank, scheinen jedoch fest und kräftig zu sein. Jetzt geht er mit gesenktem Kopf über die Steine, springt auf den Sand und läuft ein Stückchen auf Marie zu.

Er hebt den Kopf, und ihre Augen begegnen sich.

Sie ist es, die als erste den Blick wieder senkt und den Kopf abwendet: Wo ist Jean? Da ist er, mitten unter den anderen Badenden. Wieder sieht sie nach links. Der junge Mann liegt jetzt ausgestreckt auf dem Sand und hält das Gesicht in die Sonne. Ihr erster Eindruck bestätigt sich: er hat schlanke, kräftige, stark gebräunte Schultern und lange, muskulöse Beine, die noch brauner sind als Maries eigene. Langsam wandern ihre Augen den ausgestreckten Körper entlang, folgen seinen Rundungen und erforschen das junge Fleisch.

Er hebt die Arme und verschränkt die Hände über dem Gesicht, um seine Augen vor der Sonne zu schützen. Wie jung er ist! Welcher Tatendrang, welche Erwartungen, welche Hoffnungen sich wohl hinter diesen geschlossenen Lidern verbergen?

Plötzlich hört Marie Jeans Stimme neben sich: »Ich habe Hunger! Ich zieh' mich jetzt an, und dann gehen wir Kaffee trinken!«

Jean läuft auf die Felsen zu und bleibt genau an der Stelle stehen, wo Marie vorhin den jungen Mann gesehen hatte. Jean steht in demselben Rahmen, macht dieselben Bewegungen. Die Szene ist fast identisch, doch sie sieht sie in einem ganz anderen Licht. Jean bückt sich, richtet sich wieder auf, verharrt einen Moment bewegungslos und streckt der Sonne nochmals seinen nackten Oberkörper entgegen. Marie beobachtet ihn mit gesenktem Kopf, verfolgt jede dieser Gesten, die sie so gut kennt. Eine geordnete Wirklichkeit: umgeben von einer Aura der Zärtlichkeit und Wärme, wie sie nur aus dem Vertrauten, Geliebten erwachsen kann.

Und vorhin? Dieser Unbekannte, der sich zwischen den Felsen unbeobachtet fühlte? Ein anderer Moment, eine andere Aura ... Eine Wirklichkeit, die man erfassen, berühren, sich zu eigen machen kann. Die Welt des Möglichen; das Faszinierende, das Aufregende eines neuen, unbekannten Lebens.

Marie läßt ihren Blick wieder zu dem jungen, noch immer bewegungslosen Körper schweifen, wo er für einen Augenblick verweilt. Das Leben besteht aus vielen Leben, die Welt besteht aus vielen Welten... Ihre Züge leuchten auf, als hätte sie sich plötzlich an etwas erinnert. Sie verschränkt ihre Arme wieder auf dem Boden und vergräbt ihr ganzes Gesicht in ihnen. In der engen Kapelle ihrer auf dem Sand überkreuzten Arme zieht sie ihren eigenen Atem ein: »Marie, bist du da? Ja, ich bin noch da ... ganz allein in meinen eigenen Armen ... Marie!«

Wie jeden Nachmittag setzten Jean und Marie sich in das Café des Hotels, wo man jeden Tag um dieselbe Zeit dieselben Feriengäste vor ihrem Kaffee, Tee oder ihrer eisgekühlten Pfefferminzlimonade sitzen sah. Es war nicht mehr sehr heiß, aber über allem lag die Apathie des späten Nachmittags, in der die Hitze des Tages noch nachwirkte. Etwas Unaussprechliches umgab Marie und erfüllte sie mit einem Glücksgefühl. Jean war bei ihr, goß ihr Kaffee ein und bot ihr eine Zigarette an: traute Zweisamkeit in einem Straßencafé mit Blick auf das Meer.

In dem lichten Schatten, den ein großer Sonnenschirm über den Tisch breitete, konnte sie Jeans Gesicht gut erkennen, seine eher weichen Gesichtszüge, die sich nur manchmal unter Anspannung verhärteten. Hin und wieder fuhr er sich mit seinen breiten Händen, mit den von zartem Flaum bedeckten Fingern durch das blonde Haar, das von der Feriensonne noch heller geworden war. Jean war eine starke Persönlichkeit – besser gesagt, es gab Momente der Stärke. Er konnte klar und deutlich einfordern, was ihm zustand, oder auch mehr als ihm zustand. Die Art und Weise, wie er Entscheidungen traf, wie er trank, aß, sich setzte, seinen Platz einnahm, hatte etwas Egoistisches.

»Du bist ja so still, Marie?«

»Ich sehe dich an.«

Er lächelte, goß sich nochmals Kaffee ein, ließ ein Stück Zucker in die Tasse fallen, hob wieder den Kopf und sah Marie an.

»Liebst du mich?«

»Ich liebe dich...«

Sie hatte ruhig und ernst geantwortet. Sie senkte die Augen, zögerte einen Moment, so als müßte sie überlegen, sah ihn wieder an und wiederholte mit ihrer normalen, kräftigen Stimme: »Ich liebe dich. Ja, ich liebe dich.«

»Außerdem weißt du das ja nun schon eine ganze Weile!« fügte sie lachend hinzu.

»Sechs Jahre. Das ist doch schon ganz schön lange, findest du nicht!«

Er lachte auch und drückte Maries zartes Handgelenk ein wenig zu fest.

Eine Gruppe junger Frauen mit Tennisschlägern unter dem Arm kam auf sie zu. Marie rief aus: »Habt ihr etwa bei dieser Hitze Tennis gespielt?«

»Der Platz liegt im Schatten, und wir machen zwischen jedem Satz eine Pause. Du solltest auch mal mitkommen, Marie. Wie wär's morgen?«

»Wie kannst du bloß auf die Idee kommen, daß Marie mit uns etwas unternehmen will! Spar dir die Mühe: Jean spielt nicht Tennis, und es ist völlig undenkbar, daß die liebevollste und treueste aller Ehefrauen ihren Jean einen ganzen Nachmittag allein lassen könnte!«

Marie lächelte in sich hinein. Sie sah von den jungen Frauen zu Jean hinüber, ließ ihren Blick dann geistesabwesend über das Meer schweifen und fixierte die unendliche Weite des Horizonts.

Jean überschlug sich vor Höflichkeit: »Was wollt ihr trinken? Setzt euch doch zu uns.«

»Nein, wir gehen heim. Bleibt ihr heute abend im Hotel? Wir schauen mal vorbei.«

Jean und Marie blieben allein zurück, in übereinstimmendes Schweigen gehüllt.

Fast unmerklich hatte das Wetter sich geändert. Über dem Meer war der Himmel immer noch wolkenlos, während er sich über dem Dorf verdunkelte. Vom Land her näherten sich drohende Wolken. Man hörte ein schweres, fernes Donnergrollen. Nach einer Weile hallte es schon viel deutlicher von den nahen Bergen wider. Marie sah Jean besorgt an: »Glaubst du, es kommt in unsere Richtung?« fragte sie.

»Das glaube ich nicht, der Wind scheint von . . .«

Jean unterbrach sich und lauschte bewußter auf das

dritte Grollen, dann drehte er sich zu Marie um und schnitt eine Grimasse: »Arme Marie – mach dich auf das Schlimmste gefaßt.«

Sie versuchte zu lachen. Sie sah, wie die Hoteldiener die Tischdecken zusammenfalteten und die Sonnenschirme schlossen; ein kurzer, harter Blitz zuckte auf wie ein Reflex. Mit angstverzerrtem Gesicht sah sie zum Himmel hinauf, ließ den Kopf wieder sinken und kauerte sich zusammen.

»Laß uns nach Hause gehen«, sagte sie. »Du weißt doch, daß ich Angst habe. Ich mag Gewitter nicht.«

Er bat sie, noch zu warten, beschwichtigte sie, es ginge schnell vorüber. Marie versuchte ihr Unbehagen zu überwinden und wartete schweigend.

Nach einigen versprengten Tropfen hörte der Regen wieder auf. Nur einmal hörte man es noch donnern, aber sehr weit entfernt. Maries Gesicht entspannte sich allmählich. Plötzlich kam auch die Sonne wieder zum Vorschein, und Maries gute Laune kehrte zurück. Sie schlug Jean einen Spaziergang zum Hafen vor.

Marie hatte sich bei Jean eingehängt. Seite an Seite genossen sie die milde Wärme der zurückgekehrten Sonne. Sie betrachteten die Boote und die ausgeworfenen Fischernetze. Als Jean einen der Fischer ansprach, wandte sich Marie den Bergen zu, ohne den Arm ihres Mannes loszulassen, und stellte sich das Chaos aus Wasser, Blitz und Donner vor, das man hinter den hohen Gipfeln erahnen konnte. Sie sah sich inmitten des Unwetters allein die steilen Abhänge hinunterlaufen, die Augen auf das aufflammende Licht gerichtet und das Gesicht naß vom Regen. Sie seufzte tief auf und wandte sich wieder dem Hafen zu. Das unruhige Funkeln in ihren Augen verschwand allmählich. Ihren sanften Ausdruck hatten sie jedoch erst wieder gewonnen, als sie schließlich mit zärtlichem Blick auf Jean ruhten.

Am Abend versammelten sich die Freunde im Garten des Hotels. Jean diskutierte lebhaft mit Luce und zwei anderen jungen Frauen.

»Ich gehe ein wenig zur Straße vor«, sagte Marie so leise, daß es von den anderen kaum wahrgenommen wurde.

Kein Windhauch bewegt die Blätter an den Alleebäumen; noch immer verströmen Pinien, die die Sonne während des Tages aufgeheizt hat, ihren in Wolken aufsteigenden Geruch; aber mit der Nacht breitet sich Kühle aus, und die Erde ist wie befreit. Marie erreicht den Weg, den sie am Nachmittag mit Jean gegangen ist, und folgt ihm bis zum Ende.

Man kann kaum erkennen, wo der Strand aufhört und das Meer beginnt. Marie geht immer weiter, bis sie das Wasser an ein Boot schlagen hört. Sie hat noch nie versucht, ein Boot loszubinden und aufs Meer hinauszurudern. Sie weiß gar nicht genau, welche Handgriffe dafür nötig sind. Aber auf einmal wird sie von einer ungewohnten Neugier getrieben.

Von der Kraft ihrer Hände geschoben, gleitet das Boot über den Sand, bis es schließlich im Wasser schwimmt. Marie steigt hinein, setzt sich auf die Bank und ergreift die Ruder. Ungeschickt rührt sie mit ihnen im Wasser herum. Es ist gar nicht so leicht. Wenn Jean jetzt hier wäre, würde er das Boot rasch mit kräftigen Schlägen vorwärtsbringen. Er würde sagen: »Schau, so geht das.« Ein Stück weiter würden sie anlegen und dicht aneinandergeschmiegt im Boot sitzen bleiben. Aber Jean ist jetzt nicht hier. Nicht er ist jetzt wichtig, sondern nur das Meer, dieses Boot und seine Ruder. Und diese Ruder muß man hochdrücken, ja, genau so, und nach hinten schieben, eintauchen, heranholen, wieder hochdrücken und dabei den Oberkörper nach vorne neigen und wieder aufrichten. Sie muß diesen Rhythmus verinnerlichen und ganz in der Bewegung aufgehen.

Marie hat sich schon weit vom Ufer entfernt. Sie hält inne, zieht die Ruder ein und schaut sich um. Wie schön das Meer ist. Es erscheint ihr, als könne sie seit vielen Jahren zum ersten Mal wieder sehen, welche Farbe das Meer bei Nacht hat, und den Geruch einatmen, der von ihm aufsteigt. In diesem Augenblick ist sie ganz mit sich allein. Und vor dem Hintergrund dieser Mischung aus Farbe und Geruch erkennt sie auf einmal mit großer Klarheit eine alte elementare Wahrheit. Sie begreift nun wieder ihren ganzen tiefen Sinn, er erschließt sich ihr wie ein lange gehütetes Geheimnis.

Jetzt überläßt sie sich ganz ohne Furcht der Bewegung des Wassers. Spielt es denn eine Rolle, wohin es sie trägt? Vielleicht wird sie noch weiter hinausgetrieben, aber vielleicht bringen die Wellen sie auch allmählich zum Ufer zurück.

Plötzlich hört sie laute, bekannte Stimmen.

»Marie, wo bist du?«

»Hallo, Marie, antworte doch!«

Sie richtet sich auf, lenkt das Boot zum Strand und sieht einen Felsen, auf den sie zuhält. Sie springt aus dem Boot und bindet es schnell mit dem Tau fest. Die Stimmen rufen noch immer nach ihr. Schließlich antwortet sie und geht auf Jean und die beiden Frauen zu.

»Wo warst du denn bloß? Du bist anscheinend doch nicht auf der Straße geblieben?«

»Wenn wir nicht wüßten, wie sehr dir vor dem Wasser graut, hätten wir gedacht, du seist klammheimlich mit einem Boot oder einem Kanu auf und davon! Aber da brauchen wir uns ja wohl keine Gedanken zu machen, oder?«

»Wir haben dich gesucht, weil wir zusammen zum Hafen gehen wollten. Komm!«

Sie lächelt und läßt sich von den Armen mitziehen, die sich ihr entgegenstrecken.

Im Hafen hatte gerade ein Fischerboot angelegt; alle Leute stürmten dorthin und sahen zu, wie der Fang entladen wurde. Sie packten mit an, reichten die vollen Körbe weiter, stellten sie auf den Bänken ab, die den schmalen Kai des kleinen rechteckigen Hafens säumten. Man umringte die Fischer, befragte sie, beugte sich über die frisch gefangenen Seefische.

Als Jean und die beiden Frauen weitergingen, wollte Marie ihnen folgen. Sie hob den Kopf, blieb dann aber plötzlich wie angewurzelt stehen und rang nach Luft wie nach einer etwas zu kräftigen Umarmung: Er stand vor ihr, mit seinen langen, jungenhaften Armen auf die Lehne einer Bank gestützt. Sie stellte sich die schmalen, sonnengebräunten Schultern unter dem Stoff seines Anzugs vor, seine sehnigen, braunen Beine und seine schlanken Hüften. Ihre Blicke begegneten sich zum zweiten Mal. Wie alt mochte er sein? Neunzehn oder zwanzig? Er hatte ernste Augen; vielleicht war er zweiundzwanzig, aber älter bestimmt nicht. Die kleinen Fältchen unter den Augen waren eher ein Zeichen von Kindlichkeit als ein Merkmal der Reife.

Der Fischer fuhr mit seinen Erklärungen fort, obwohl nur noch zwei schweigende Zuhörer übriggeblieben waren. Bald kam das Gespräch wieder in Gang. Marie musterte den Jungen, während er sich mit dem Mann unterhielt. Und wenn sie redete, ruhten seine Augen auf ihr. Miteinander sprachen sie nicht, sie richteten ihre Fragen und Antworten immer nur abwechselnd an den Fischer.

»Nun, jedenfalls reicht es morgen für ein paar ordentliche Mahlzeiten.«

Sie lachten gleichzeitig über die Äußerung des Mannes – nicht etwa, weil sie diesen Satz so besonders komisch gefunden hätten, ihr Lachen war eher verlegen als fröhlich.

Später liegt Marie im Halbdunkel des Zimmers ausgestreckt auf dem Bett, von Jeans Armen umfangen.

»Jean, Liebster...«

Sie flüstert die Worte mit Schmerz in der Stimme, den Geist auf ein drängendes Ziel gerichtet, das sie erreichen muß... Etwas Schweres, Erdrückendes steigt in ihr auf, nimmt Gestalt an, dehnt sich aus, steigt weiter, birst. Maries grenzenlose Traurigkeit löst sich mit einem Mal auf. Sie ist erschöpft und von einem Glücksgefühl erfüllt, das eher geistigen denn körperlichen Ursprungs ist. Jean, der dem starken Zittern ihres Körpers kaum Beachtung schenkt, bettet sie artig wieder neben sich.

»Und jetzt schlaf schnell, Marie.«

Er wendet sich von ihr ab, dreht sich um und schläft ein. Marie wäre am liebsten tot. Wenden sich alle Männer gleich nach der Liebe ab und schlafen ein? Wahrscheinlich ist es so.

Sie wälzt sich auf die andere Seite des Bettes, auf die kalte Stelle, auf ihren Platz, und vergräbt ihr tränennasses Gesicht in dem klammen Kopfkissen. Sie ist allein mit ihrer neu erwachten, animalischen Begierde.

»Jean, vergiß dein Sonnenöl nicht.«

»Und was ist mit dir? Du kannst dich wohl immer noch nicht entschließen, auch davon zu nehmen.«

»Nein, ich werde auch ohne Sonnenöl braun und ohne mich in die pralle Sonne zu legen.«

Marie streckte ein Bein aus und zeigte Jean ihre mattbraune Haut, auf der Steine und Brombeerranken kleine dunkle Kratzer hinterlassen hatten.

»Bleibst du hier im Garten? Ich habe Lust, ein wenig fotografieren zu gehen.«

Marie war schon auf dem Sprung, doch sie kam noch einmal zurück und sagte: »Aber wirklich, Jean, du mußt dich gut einreiben. Du hast so empfindliche Haut ... ich kann dir den Rücken einreiben.«

Während Marie das Öl auf Jeans Rücken verteilte, trat ein zärtlicher Blick in ihre Augen.

»So, nun kann dir nichts mehr passieren! Jetzt kannst du dich in die pralle Sonne legen!«

Sie lachte und wischte ihre Hand am Gras einer Rabatte ab.

Marie ist weit gelaufen. Sie ist der Straße gefolgt, die wie immer weiß, ausgetrocknet und schattenlos war.

Sie hat einige Wege ausprobiert, die immer in Oliven-
feldern endeten, und ist schließlich wieder zum Hafen
zurückgekehrt. Sie hat sich aufmerksam umgesehen
und ist dann wieder zur Straße zurückgegangen, um
einen anderen Weg einzuschlagen, der von einem
niedrigen Mäuerchen gesäumt war. Dieser Weg en-
dete nach einer Weile am Strand und gab den Blick auf
eine winzig kleine Insel frei.

Hier kann sie jetzt bleiben, denn er ist da. Wenige
Meter von ihr entfernt sitzt er auf einem kleinen Fel-
senhügel.

Das leichte Zittern, das sein Anblick in ihr auslöst,
hat sie schnell wieder unter Kontrolle und setzt ihren
Weg fort.

Sie geht an ihm vorbei und bleibt auf den Felsen
stehen, den Fotoapparat in der Hand, das Objektiv auf
die Insel gerichtet.

»Wenn Sie die Insel fotografieren wollen, sollten Sie
ein paar Schritte zurückgehen. Da haben Sie einen
besseren Blick.«

Unwillkürlich tritt Marie ein paar Schritte zurück,
als sie diese Stimme hört; sie lebt nur noch in einem
kleinen Teil ihres Körpers, dem Handgelenk, das von
einer fremden Hand umfaßt wird. Aber gleich ist sie
wieder frei. Sie hebt die Kamera vors Gesicht, stellt ein
und drückt auf den Auslöser.

»Zeiss Ikon? So eine habe ich auch.«

»Ja, das sind gute Kameras.«

Er ist von den Felsen in den Sand gesprungen und

streckt die Hand aus, um Marie zu helfen. Sie aber hat schon Schwung genommen, in der Annahme, er wolle ein wenig zur Seite gehen, um ihr Platz zu machen. Doch er rührt sich nicht von der Stelle, fängt Marie auf und hält sie für einige Sekunden fest.

Sie setzen sich in den Sand. Sie könnten sich unterhalten; über die Hügel, die man in der Ferne zum Meer hin abfallen sieht, über eine weiße, von Zypressen umgebene Villa. Aber wozu? Sie wissen, daß es nichts zu sagen gibt. Sie nehmen die Stille hin, die zwischen ihnen herrscht, die Intensität, die Aufrichtigkeit dieses besonderen Schweigens. Sie wissen auch, daß sie in diesem Moment alles auf dieselbe Weise wahrnehmen, daß sie beide das rote Segel mit grausamer Schärfe aus dem Meer herausstechen sehen, als sei es ein Abbild dessen, was sie in sich spüren.

Sie gingen zum Weg zurück; er wies auf einen Pfad, den Marie noch nicht entdeckt hatte und sagte: »Das dürfte eine Abkürzung sein.«

»Aber sind Sie auch sicher, daß dieser Weg zum Dorf führt?«

Er zuckte leicht mit den Schultern.

»Haben Sie was für Abenteuer übrig?«

Marie lächelte und bog vor ihm in den Weg ein.

Sie ging schnell und ohne Rücksicht auf ihre nackten Füße in den Sandalen, die sie sich an den spitzen Steinen auf dem Weg aufschürfte. Ihr Gang war erhaben und federnd, sie beschleunigte den Schritt trotz der Hitze und obgleich der Weg immer steiniger und steiler wurde. Er ging dicht hinter ihr. Obwohl sie mit gleichbleibendem festen Schritt über die Steine schritt, streckte er den Arm aus, um ihr zu helfen, und faßte sie leicht am Ellbogen. Sie wußten nicht, wie lange der Anstieg noch dauern würde, die Schatten waren kurz, sie waren schweißgebadet. Als sie schließlich beide völlig erschöpft nach Luft rangen, sagte er: »Sie gehen ziemlich schnell ... können wir nicht einen Moment Pause machen?«

Doch Marie machte keine Anstalten, das Höllentempo zu drosseln, und tat so, als hätte sie nicht gehört, was er sagte. Aber er streckte seine Arme aus, hielt sie an den Ellbogen fest, schob sie an den rechten Wegrand und zwang sie, sich im Schatten einiger Olivenbäume niederzulassen.

Marie fühlt seinen Körper dicht neben ihrem, beinahe auf ihr, während ihr Blick sich in dem Gewirr der Äste verliert, das sich vor dem Himmel abzeichnet. Seine starken, entschlossenen Hände entblößen ihre Schultern, ihre Brust, streicheln die von der Hitze feuchte Haut.

»Ist dir so heiß?«

Marie wehrt sich, kämpft; mit einer einfachen Bewegung ihrer langen, sehnigen Schenkel stößt sie seinen Körper von sich, doch er nähert sich erneut, zieht sich zurück, versucht es noch einmal, bis er es schließlich schafft, bewegungslos auf Marie zu liegen, die immer noch viel zuviel anhat.

»Was ist denn? Hast du Angst?«

»Wovor sollte ich Angst haben?«

»Ich weiß nicht, vor nichts.«

Marie antwortet leise, mit erstickter Stimme, die wie ein herzzerreißendes Stöhnen klingt: »Vor nichts ... ja, vielleicht vor gar nichts ... bitte, laß mich ...«

Sie hat die süße Last seines Körpers wieder weggestoßen und bleibt nach diesem Sieg reglos liegen. Doch hinter ihren geschlossenen Lidern hat sich ein anderer Kampf abgespielt. Allmählich verblassen die Bilder: Das vertraute, geliebte, ein wenig angestrengte Gesicht erscheint immer wieder in ihren Erinnerungen an sechs lange Jahre.

Langsam gehen sie Seite an Seite zum Weg zurück, schwer lastet auf ihnen die Bürde ihrer vereitelten Leidenschaft.

Er fragt: »Wann reisen Sie ab?«

»In ein paar Tagen.«

»Und dann geht's wieder zurück nach Paris?«

»Ja, und Sie?«

Er holt ein Päckchen Zigaretten heraus, bietet Marie eine an und bedient sich selbst. Dann reißt er ein Stückchen von der Zigarettenschachtel ab, um ein Wort und einige Zahlen daraufzuschreiben.

»Hier, ich verlasse Sie jetzt.«

Marie läßt ihn gehen, kehrt selbst nochmals um und lehnt sich an die niedrige Mauer, die den Weg säumt. Sie fühlt sich einsam und zwischen zwei zerbrochenen

Welten hin und her gerissen. Dann schließt sie ihre glühende Hand fest um das Stückchen Papier mit der Telefonnummer: Wagram, 17-42.

Ein Wohnzimmer, ein Arbeitszimmer, ein Schlafzimmer und eine Küche. Ihre kleine Welt aus Holz,
Metall, Glas, Stoff nimmt sie bereitwillig wieder auf
und spinnt sie mit jedem Schritt mehr in das vertraute
Netz alltäglicher Gewohnheiten ein.

Marie atmet die abgestandene Luft der über einen
Monat lang unbewohnten Räume ein. Sie berührt alle
ihre Küchenutensilien, als würde sie ihre Formen neu
entdecken. Die Kaffeekanne und die Töpfe haben
wieder diesen metallischen Geruch angenommen,
den längere Zeit unbenutzte Gegenstände an sich haben.

»Jean, hast du Lust, heute abend essen zu gehen?«

»Ach nein, das haben wir jetzt die ganze Zeit gemacht!«

Das stimmt. Jean scheint glücklich darüber, wieder
zu Hause zu sein und, kaum hat er die Koffer abge-
stellt, das Paket mit Drucksachen und Prospekten aus
dem überfüllten Briefkasten zu ziehen. Und es wird
ihr sowieso nicht erspart bleiben, das Küchengeschirr
abzuwaschen, ob sie es nun heute tut oder morgen.
Soll sie auf die Putzfrau warten? Nein, das Mädchen
kommt nur zwei Vormittage in der Woche. Sie kann

ihr nicht die ganze Hausarbeit überlassen. Also, an die Arbeit.

Am nächsten Morgen ging Jean ins Büro. Marie packte die Koffer aus, räumte sie weg und begann, Ordnung zu machen.

»Germaine, Sie brauchen die Wäsche nicht ins Schlafzimmer zu bringen. Monsieur ist es lieber, wenn sie im Badezimmer bleibt.«

»Ach ja, das ist wahr, Madame.«

»Monsieur ist es lieber . . . Ja, Madame.« Eine Frau, ein Mann, ein Haushalt, eine Germaine. Unterbrochene und wiederaufgenommene Alltäglichkeit. Auf einmal schien ihr das alles so fremd. Marie hielt mitten in der Bewegung inne und lehnte sich an das Möbelstück, das sie gerade abstaubte. Sie ließ ihren Gedanken freien Lauf; als sie jedoch spürte, daß sie begann, in ein tiefes Loch zu stürzen, ging sie in die Küche und machte sich daran, das Abendessen vorzubereiten.

Später kam sie ins Wohnzimmer zurück, legte eine bunte Stofftischdecke auf den Tisch, arrangierte Blumen in einer Vase und inspizierte jeden Winkel des Zimmers. Jean würde bald heimkommen. Marie malte sich aus, wie sie gemeinsam zu Mittag essen würden, in einer trauten Zweisamkeit, über die Marie wachte und für die sie sich verantwortlich fühlte. Sie hegte und pflegte diese Beziehung seit Jahren, und jetzt . . .

Das Leben ging weiter, langsam und unschlüssig.

Dann war wieder Donnerstag, der Tag, an dem ihr

Schüler kam. Marie machte dieser Unterricht Spaß, außerdem konnte sie dadurch zum Haushaltsgeld beitragen.

Sie führt das Kind herein, einen trägen Jungen von fünfzehn Jahren, der durch die Nachhilfestunden wieder den Anschluß an seine Klasse finden soll.

»Wo waren wir stehengeblieben?«

»Bei Vers dreißig.«

»Gut, dann bitte weiter.«

Er spricht mit einer etwas krächzenden, noch unausgebildeten Stimme, die sich manchmal zu einer tiefen, männlichen Tonlage senkt, doch plötzlich wieder nach oben ausreißt und kindlich wird. Marie lauscht dieser Stimme »im Umbruch«:

»Einzig... *Arcades*, die Arkadier... *cantare periti*, haben das Geschick zu singen. *O mihi tum quam molliter ossa quiescant...*«

Marie liest den Text in dem Buch mit, das sie selbst als Schülerin benutzt hatte. Beim Umblättern entdeckt sie auf dem Rand eine Bleistiftanmerkung, in einer etwas kindlichen, kaum mehr leserlichen Schrift. Sie beugt sich tiefer über das Buch und entziffert den Satz: »Die Aufrichtigkeit meiner Freude, Nathanael, ist mir der wichtigste Leitstern.« Dies steht natürlich neben dem 38. Vers! Sie lächelt und sieht sich als Mädchen im Schottenkleid, das rötliche Haar im Nakken mit einem schwarzen Band zusammengebunden. Sie erinnert sich auch an die Marie im grauen Kostüm, die mit leuchtenden Augen einen Hörsaal der Sor-

bonne verläßt und nach einem Blick auf ihre Arm-
banduhr in Richtung Centrale stürmt. Sie erinnert
sich, wie verliebt sie in Jean war, der sie so kräftig
umarmte, daß ihre zarten Knochen schmerzten... Sie
liebte ihn... Und dann verblaßt diese Marie mehr und
mehr, sie verschwindet und wird zu einer anderen. Sie
beginnt die Augen vor der Welt zu verschließen. Ihr
ganzes Universum sind jetzt diese beiden lebhaften,
wachen Augen, diese blonden, borstigen Haare, die
breiten Schultern und kräftigen Hände; dies allein ist
ihr heilig. Marie verzehrt sich und leidet, sie baut auf,
gestaltet, bewahrt.

»Mecum inter salices lenta sub vite jaceret.«

Die Stimme des Schülers verstummt plötzlich. Er
hat bemerkt, daß Marie nicht bei der Sache ist, und
betrachtet die Hände, Arme und Schultern der jungen
Frau. Sein Blick bleibt auf ihrem Kleid liegen, an der
Stelle, wo die Brüste sich unter dem Stoff abzeichnen.
Marie fängt diesen Blick auf und bemüht sich gleich,
wieder eine sachliche Atmosphäre zu schaffen: sie
fordert den Schüler zum Übersetzen auf. Da sie aber
den Text nicht mehr mitverfolgt hatte, greift sie die
zuletzt gelesenen Worte auf, die sie noch im Ohr hat:
»Also weiter! Was ist das Subjekt von *jaceret*?«

Verwirrt schweigt der Junge.

»Nun? Was liegt wohl unter der biegsamen Rebe?«

»Der Gegenstand meiner Liebe«, antwortet der
Schüler errötend.

Auf dem Weg vom Jungen zum Mann fallen nach

und nach die Schleier und legen das Leben frei. Alle Wege stehen offen. Marie betrachtet gerührt dieses Kind. Am liebsten würde sie die Hand nach ihm ausstrecken und ihm irgend etwas sagen; zum Beispiel: »Hüte dich vor deinem Herzen.«

Aber die heisere Stimme des Jungen fährt fort, einmal tief, dann wieder schrill: *»Serta mihi Phyllis legeret.«*

Als die Stunde um ist, gibt Marie ihm noch eine Hausaufgabe: »Diesen Aufsatz, den deine Klassenkameraden während deiner Abwesenheit schreiben mußten, den schreibst du bitte für mich. Bringe ihn am nächsten Donnerstag mit.«

»Ja«, antwortet der Junge widerstrebend. Diese Arbeit wird ihm die ganze nächste Woche verderben.

»Was war noch mal das Thema?«

Er murmelt den Satz mit einem so angewiderten Gesichtsausdruck, daß Marie lachen muß. Sie betrachtet die breiten Schultern, die schon die eines Mannes sind, das junge, blasse Gesicht, die tintenbeschmierten Finger, seine ungelenke Haltung, die ihn immer noch kindlich wirken läßt. Wieder sieht sie die Marie im Schottenkleid, und auf einmal ist sie ihr ganz nah.

»Sag mal, hast du denn überhaupt keine Lust, diesen Aufsatz zu schreiben?«

»Nein, gar keine«, antwortet der Junge geradeheraus.

»Und Vergil interessiert dich auch nicht?«

»Doch, Vergil interessiert mich schon.«

»Also gut, dann lassen wir diesen Aufsatz. Ich werde mir ein anderes Thema für dich überlegen... Aber bis zum nächsten Mal übersetzt du die nächsten zwanzig Verse vom zehnten Gedicht der Bucolica.«

Der Schüler hat die Wohnung verlassen; Marie beugt sich ein wenig über das Treppengeländer und sieht ihm nach. Er hüpft hinunter, indem er bei jedem Schritt übermütig gegen die Stufen tritt, wie ein ausgelassenes Kind. Bald fällt seine Stimme in diesen Rhythmus mit ein, und er trällert: »Klopf, klopf... wer ist da? Hier Moskau... Kein Auf-sa-atz, nu-ur Vergil... So was nenn ich Lehrerin!... eine kla-asse Frau-au! Fra-au Fra-au... Moskau, wie bitte? Most vom Pflaumenbaum.«

Marie geht laut lachend in die Wohnung zurück. Sie lacht über das sonderbare Lied, die Freude des Kindes, über das *jaceret*, sich selbst – einfach über alles.

Als sie ins Wohnzimmer zurückkommt, klingelt das Telefon. Sie nimmt ab, hört zu, antwortet, und als sie den Hörer auflegt, ist ihr die Freude verdorben: Jean wird heute nicht zum Abendessen nach Hause kommen. Vor ihr liegt ein trauriger, unerfreulicher Abend. Sie wird müde und angespannt in ihrem Sessel kauern und warten, daß er endlich nach Hause kommt. Oft weint sie an solchen Abenden, weil Jean ihr fehlt, weil er nicht bei ihr ist, sie sein Gesicht nicht ansehen und die Wärme seines Körpers nicht mit ihren Händen spüren kann. Sie weint auch manchmal, wenn

Jean einen ganzen Abend mit irgendeiner koketten, eitlen Simone oder Alice verbringt. Es sind die bitteren Tränen einer erschöpften Frau, die sich langsam von einem Symbol aufzehren läßt.

Ein langer, einsamer Abend liegt vor ihr. Dabei ist sie doch eigentlich gerne allein, warum also ist sie darüber so traurig? Sie wird in der Küche zu Abend essen, die Füße auf den Küchenhocker gestützt, die Knie bis zum Kinn hochgezogen. Ein einziger Teller genügt, ein Stück Brot, von dem sie sich wie die Bauarbeiter am Straßenrand kleine Brocken abschneidet. Sie wird sich einen heißen Kaffee kochen und lange lesen, ohne daß irgend etwas sie von ihrem Buch ablenkt. Sie wird den wunderschönen langen Abend ganz für sich allein genießen.

Sie schaut sich in der Wohnung um, in Jeans und Maries Wohnung, läßt ihren Blick über die Möbel und ihre persönlichen Sachen schweifen. Alles scheint ihr auf einmal fremd; haben sich denn die Dinge verändert? Nein. Die Möbel und ihre Sachen sind ihr nicht weniger vertraut und wertvoll als früher, sie haben eine Ausstrahlung, die nur ein Herz ihnen geben kann, und Maries Liebe ist unverändert das, was sie immer war. Weder die Dinge noch ihre Gefühle haben sich geändert. Doch jetzt stehen sie einander gegenüber.

Marie stützt die Stirn in ihre Hände und schließt die Augen. Es war so heiß. Wie schön der Berg war und der Geruch der Minze, als ihre Körper sie zusammendrückten. Die leidenschaftliche Sehnsucht, die sie empfand, war stark, beglückend und wohltuend.

Marie hatte ihre Hausarbeit unterbrochen, als ihr
Schüler kam. Jetzt füllte sie das Spülbecken mit heißem
Wasser und machte sich an den Abwasch.

Noch vor wenigen Tagen saß eine junge Frau im
Leinenkleid auf einem sonnigen Strand. Heute taucht
sie ihre immer noch gebräunten Hände in das Abwaschwasser, holt Kohlen aus dem Keller, bohnert das
Parkett, putzt Gemüse. Marie denkt an die anderen
Frauen, die sie kennt, und lächelt, als sie sich vorstellt,
wie erstaunt sie wohl wären, wenn sie sie jetzt sehen
könnten. Was dachten diese Frauen eigentlich von ihr?
Warum empfindet sie sich als anders, und warum ist es
ihr nie wirklich gelungen, sich mit ihnen anzufreunden? Vielleicht haben sie es in ihrer Welt einfacher als
sie, denn ihr Leben dreht sich vor allem um das Aussuchen der passenden Tapeten oder Sofadecken, um ihr
luxuriöses Heim, Dienstmädchen, perfekt organisierte
Einladungen, Nachmittagstees mit Freundinnen, bei
denen man ein wenig über die neuesten Bücher plaudert. Wenn sie ein Kind haben, lieben sie es nicht wie
einen Teil ihrer selbst, sondern weil es ihrem Leben
endlich ein Ziel gibt. Sie wirken glücklich, oder, wenn
sie es nicht sind, sprechen sie zumindest vom Glück wie
von einem Gegenstand mit einer exakt beschreibbaren
Form, wie von etwas, das sich nie abnutzt und das man
nur hervorzuholen und in der Wohnung aufzuhängen
braucht wie einen Mistelzweig.

Wenn Marie ein Kind hätte, würde sie es mit ihrem ganzen Leib und ihrer ganzen Seele lieben, doch sie ist weder traurig noch glücklich darüber, daß sie keines hat. Sie sehnt sich nicht nach einem Kind, wie man nach einem Ideal strebt, sie liebt weder den Luxus noch Einladungen, sie hat kaum Freundinnen und sucht auch nicht gerne Tapeten aus – und sie glaubt auch nicht an das Glück. Bedeutet das, daß sie nichts liebt, keine Erwartungen hat?

Sie hat ihre Hausarbeit getan, aber sie trödelt noch ein wenig in der Küche herum, bevor sie in ein anderes Zimmer geht, um sich bei einem Buch auszuruhen. Sie setzt sich an den Küchentisch, stützt den Kopf in die Hände und lauscht dem Geräusch ihres Blutes, den lebhaften, kräftigen, raschen Schlägen, die in ihren Schläfen pochen. Sie kann sogar, wenn sie die Arme ausstreckt, durch dieses Gefühl in den Schläfen ihren Pulsschlag beeinflussen. Diese dumpfen, rhythmischen Stöße werden von einem merkwürdigen anderen Geräusch begleitet, das wie ein Echo oder ein Brummen klingt. Sie vergleicht es mit dem zarten, weichen Geräusch von Insektenflügeln.

Wie war sie eigentlich als Mädchen? Sehr hoch aufgeschossen, schlank, mit rotblondem Haar, das im Nacken zu einem weichen Knoten eingerollt und von einem schwarzen Band zusammengehalten war, mit zwei wohlgeformten Brüsten, die sich unter dem Stoff ihres Kleides abzeichneten. So war sie mit sechzehn oder siebzehn Jahren, ein schönes, sanftes Mädchen,

dessen ganzes Wesen Gesundheit und Freude ausstrahlte. Das Leben war wie ein Rausch, und das Herz
floß ihr über.

»Marie, bist du da? Wenn sie doch immer bei mir
sein könnte. Sie ist da, ist mir ganz nah. Ich kann ihren
Herzschlag hören. Sie läßt mich nicht mehr los, es ist,
als warte sie nur darauf, zu neuem Leben zu erwachen.«

Wenn ihre Freundinnen jetzt hier wären und sie
fragen würden: »Marie, woran denkst du gerade?«
könnte sie ihnen wohl kaum antworten: »Ich verglei-
che das Rauschen meines Blutes mit dem Geräusch
von Insektenflügeln.« Sie würde wahrscheinlich nur
lächeln und sagen: »Ach, laßt mich ... ich döse nur ein
wenig.« Sie würde träge und gleichgültig wirken.
Dann würde sie sich abwenden und wieder dem uner-
müdlichen Pochen ihres Blutes lauschen.

Stimmt es denn, daß Marie nichts liebt, nichts erwartet?

Maries Herz vergeht vor Liebe. Und Marie erwartet
Marie.

»Madame, fährt Monsieur diesen Monat nicht nach Maubeuge?«

»Doch, Germaine, wie immer.«

»Könnten wir nicht die Zeit nutzen, um in den Schränken einmal Ordnung zu machen? Sie könnten sie ausräumen, ich würde sie auswaschen und neues Schrankpapier hineinlegen.«

»Ach nein, Germaine, nein. Lassen wir doch die Schränke.«

Marie packte wie immer Jeans Koffer und stand früh auf, um das Frühstück für ihn zu machen. Und wie immer weinte sie beim Abschied an seiner Schulter, weil sie nun drei lange Tage getrennt sein würden. Sie ging mit ihm die Treppe hinunter und begleitete ihn zum Taxi, das schon auf ihn wartete.

»Auf Wiedersehen, Liebes.«

»Auf Wiedersehen, Jean, bis übermorgen. Ich werde dich am Bahnhof abholen.«

Mit hängenden Schultern und gesenktem Kopf geht sie in die Wohnung zurück. Der Ausdruck auf ihrem Gesicht könnte ebenso Kummer wie Tapferkeit bedeuten.

Sie steht auf und geht ins Schlafzimmer. Als sie kurze Zeit später wieder herauskommt, trägt sie ein Herbstkostüm und ist dezent geschminkt. Ihre weichen Locken quellen unter einer Baskenmütze hervor.

Im Herbst ist Paris besonders schön. Marie liebte die Straßen, die Plätze und Häuser zu dieser Jahreszeit noch mehr als sonst. Ein eigentümlicher Zauber lag über der ganzen Stadt. Sie ging zu Fuß, suchte instinktiv die Orte auf, die sie kaum kannte. Sie verzichtete auf das Mittagessen, erst gegen vier Uhr, als sie ein wenig hungrig wurde, setzte sie sich in ein Straßencafé und bestellte einen Kaffee und eine Brioche.

Hin und wieder rief ein Zeitungsverkäufer »*Paris-Soir*«. Sollte sie eine Zeitung kaufen? Um zu lesen, daß irgendein regionaler Konflikt sich über ganz Europa auszubreiten drohte, anschließend stundenlang vor Angst wie betäubt zu sein, um am nächsten Morgen zu erfahren, daß nach Ansicht der *Times* die internationale Situation wesentlich stabiler sei als noch vor einigen Monaten, und dann am Abend wieder in Angst zu versinken, weil irgendein deutsches Schiff... Und so verstreicht das Leben und rinnt einem zwischen den Fingern hindurch. Kämpfe im Süden, Streitigkeiten im Osten, irgendwann wird auch hier gekämpft werden. Man setzt all seine Hoffnungen auf Rußland und stellt dann enttäuscht fest, daß auch dort der Konformismus herrscht. Ganze Völker verfallen dem Faschismus, Menschen bekriegen sich, Tausende von

Arbeitslosen verhungern. Und was folgt daraus? Mitleid, Mitleid mit den Leidtragenden? Marie spürt einen wilden Egoismus in sich aufsteigen, der sie wachsen läßt. Sie denkt: Die Gesellschaft ist mir gleichgültig, mich interessiert nur der einzelne. Und schließlich ist jeder für sein eigenes Leben verantwortlich.

Jetzt ist sie wieder hungrig. Sie bestellt ein belegtes Brötchen, hält es mit der ganzen Hand fest und beißt mit Appetit hinein. Niemand sieht sie an, niemand kümmert sich um sie, sie ist glücklich. Inmitten des lebendigen Treibens der Großstadt mit all ihren Geräuschen fühlt sie sich allein, wunderbar allein. Ein Blumenverkäufer geht vorbei und streckt Marie ein Sträußchen hin. O nein, keine Veilchen!

Lange bleibt sie so sitzen. Um sie herum wird es langsam dunkel, die Lichter gehen allmählich an, werfen ihre Neonstreifen aus. Marie betrachtet ihre Hände, ihre Arme, ihre unter dem Rock übereinandergeschlagenen Beine. Sie fühlt sich jung, gesund, stark, ihr lebendiges, leidenschaftliches Blut pocht in ihren Schläfen. Wie das Geräusch von Insektenflügeln.

Sie steht auf, geht in das Café hinein und bittet die Kassiererin um eine Telefonmünze.

»Das Telefon ist am Ende des Gangs, Mademoiselle.«

»Mademoiselle!« Marie lächelt und schließt die Tür der Kabine hinter sich. WAG eins, sieben, vier, zwei...

Sie ging wieder zu ihrem Tisch zurück, bezahlte und machte einen ziellosen Spaziergang auf den Boulevards. An diesem milden Septemberabend lag Freude in der Luft. Sie verzichtete auf das Abendessen, ging später nochmals in ein Café, wo sie am Tresen einen Kaffee trank und den Männern zuhörte, die sich neben ihr unterhielten. Sie bestellte noch einen Kaffee, sah auf die Uhr und brachte ihre Frisur in Ordnung.

Draußen orientierte sie sich erst einmal, bevor sie sich wieder auf den Weg machte. Dann ging sie langsam, mit sicherem Schritt und hoch erhobenem Kopf davon.

Schon von weitem sah sie das Café, das direkt an einer Straßenecke lag, und vergewisserte sich, daß es auch das richtige Schild trug. Sie ging hinein, sah ihn sofort, trat auf ihn zu und streckte ihm die Hand entgegen. Es waren sein Gesicht, seine Augen, seine Schultern: die Wirklichkeit stimmte genau mit ihrer Erinnerung überein.

Ein Kellner kam an ihren Tisch und wartete auf Maries Entscheidung.

»Ein Perrier«, sagte Marie, die sonst nie Wasser bestellte.

War sie aufgeregt, verlor sie ihren kühlen Kopf, war es nur Schüchternheit? Es gab ganz einfach Dinge, die wichtig, und andere, die unwichtig waren. Und in diesem Moment war es ihr ziemlich gleichgültig, ob man ihr Tee, Wasser oder Wermut servierte. Sie schob das Glas beiseite und rührte es nicht mehr an. Bis jetzt hatten sie noch kein Wort miteinander gesprochen. Schließlich sagte sie ganz einfach: »Ich hätte auch darauf warten können, daß wir uns durch Zufall über den Weg laufen, aber wenn ich schon an Wunder glaube, möchte ich meinen Teil dazu beitragen.«

»Ich habe auf Ihren Anruf gewartet...«

Sie zündete sich ihre Zigarette selbst an, ohne ihn um Feuer zu bitten. Sie sah lange auf seine Hand, die er auf den Tisch gelegt hatte. Sie dachte an nichts. Sie hörte, roch, sah einfach nur. Sie nahm das kleinste Geräusch um sich herum wahr, roch den zartesten Geruch in der Luft, ihr Blick schweifte scheinbar ziellos im Raum umher, doch er kehrte immer wieder zu ihrem Gegenüber zurück. Diesem jungen Gesicht galt ihr eigentliches Interesse.

Er stand auf und trat zurück, um Marie vorbeizulassen.

»Möchten Sie zu Fuß gehen, oder sollen wir lieber ein Taxi nehmen?«

»Gehen wir lieber zu Fuß«, sagte sie.

In den dunklen Straßen begegneten sie kaum anderen Leuten. Sie sprachen kein Wort. Worte hätten die Wirklichkeit verschleiert, hätten zu einem »Geständnis« gezwungen. Sie waren stark genug, der Wirklichkeit ins Auge zu sehen, und ihre Begierde war stark genug, um diese Offenheit auszuhalten. Sie genossen es, sich in dieser schweigenden Übereinkunft auf ihr Ziel zuzubewegen. Es war eine schöne Nacht, Freude lag in der Luft, und dieser Freude gingen sie entgegen.

Vor einer geöffneten Tür mit erleuchtetem Flur blieb er stehen, berührte Marie leicht an der Schulter und sagte: »Hier hinein.«

In dem engen Aufzug war gerade Platz für zwei Menschen, die sich gegenüberstanden. Junge Mädchen in gestärkten Schürzen mit Organdyschleifen im Haar, karmesinroten Lippen und verschlossenen Gesichtern schwebten fast körperlos über die Flure, diskret bemüht, die Anonymität, das Geheimnis der Liebenden zu wahren. Mit der Würde von Vestalinnen falteten sie die Steppdecken. Gedämpfte Geräusche, mit leiser Stimme gemurmelte Anweisungen, geheimnisvoll klingende Wörter, geräuschlos geschlossene Türen: der Ort hatte etwas vom friedlichen Schutz eines Tempels und zugleich vom rührenden Charme einer Pension.

Marie hielt die Luft an und verharrte reglos. Er zog ihren Kopf zu sich heran, und so blieben sie einen Moment lang stehen, gleichsam andächtig. Er hob sie hoch, trug sie zum Bett und zog sie langsam aus, wie ein kleines Mädchen. Sie ließ es geschehen und half ihm nur, indem sie die Arme, das eine Knie und dann das andere hob. Bald sah sie nur noch seine Augen dicht vor ihren eigenen. Und Marie weinte vor Glück – ihr Glück war so groß, daß sie es kaum ertragen konnte.

Vollkommen nackt steht Marie noch einmal auf und zieht die Samtvorhänge zu. Da die Vorhänge nicht zusammenhalten, streckt sie ihre Hand zum Kaminsims aus und tastet nach ihrer Brosche, mit der sie die beiden Stoffenden zusammensteckt. Es soll bei diesem Kampf mit der Natur, dem Marie sich ganz ohne Scham hingibt, keine Zeugen geben. Wird sie als Siegerin oder als Besiegte daraus hervorgehen? Sie legt sich wieder neben den Mann, der sie erwartet. Er ist nicht eingeschlafen. Frau, möge deine Freude andauern.

Zärtliche Momente, in denen Marie bewundernd sein Gesicht betrachtet, seine Stirn, seine Augen, die zugleich strahlend und sanft sind, viel zu schöne Augen, bei deren Anblick Marie nicht ruhig bleiben kann. Schlanke, gebräunte Schultern, lange, sehnige Arme, zarte Handgelenke, schmale, kindliche Hände. Er ist fast noch ein Junge – und dieser große Körper, dessen schneller Herzschlag Marie rührt und mit Stolz erfüllt. Marie spielt mit einer Strähne seines weichen schwarzen Haars, legt sie über das Gesicht, läßt sie wieder los und lacht, weil sie sich von selbst wieder einkringelt, wie eine kleine elastische Schlange. Sie liebkost seine kurzen Locken, streichelt sie, breitet sie wie einen Fächer über das Kopfkissen aus oder zieht sie wie einen Vorhang vor ihr Gesicht, bis sie fast nichts mehr sieht.

»Durch deine Haare kann ich das ganze Universum sehen.« Und dann liebkost er sie, streichelt ihre Schultern, ihre Arme und ihre Hüften, entdeckt lauter reizvolle Eigenheiten an ihr und sagt mit einem Blick auf ihr Haar: »Du hast wunderschöne Haare.«

Und Marie verzieht den Mund wie ein schüchternes kleines Mädchen: »Aber nicht doch – du bist der Schöne von uns beiden.«

Er zieht die Augenbrauen hoch und sagt mit einem Gesichtsausdruck, als sei dies sein sicheres Verderben: »Ich liebe diese Haarfarbe.«

Dann sieht Marie, wie sich sein Gesicht verändert und auch seine Bewegungen. Sie spürt, wie zwischen ihnen wieder diese unstillbare Begierde erwacht.

Im Morgenlicht ist das Licht der Lampen im Zimmer längst verblaßt, ohne daß einer von ihnen ein Auge zugetan hätte. Erst als die milde Herbstsonne die Fenster erleuchtet, fallen sie eng umschlungen in einen sanften Schlummer.

Marie wachte als erste auf. Er hatte sich während des Schlafes nicht bewegt. Beim Aufwachen lag sie immer noch in diesen Armen, die verläßlich ihre Pflicht erfüllten. Daß sie noch immer Körper an Körper lagen, Maries Kopf in der Mulde seiner männlichen Schulter, genau dort, wo er ihn hingelegt hatte, war für sie wie ein Wunder. Ihre Freude hielt noch immer an.

Ohne sich aus seiner Umarmung zu lösen, hob Marie ein wenig den Kopf, um ihn anzusehen. Frauen betrachten gerne einen schlafenden Mann, weil sie dann ihrer Zärtlichkeit freien Lauf lassen können.

Er öffnete die Augen, schloß seine Arme um Maries Schultern und sagte zärtlich: »Du bist da.«

Sie hatte ihren Kopf wieder an ihn geschmiegt, und

so blieben sie eine Weile liegen, ohne sich zu bewegen. Die Lampen im Zimmer brannten noch immer, doch ihr schwaches Licht war jetzt kaum mehr zu sehen. Die lebhaften Geräusche der Großstadt drangen nur vereinzelt in diese ruhige Straße. In ihnen und um sie herum herrschte eine friedliche Stille.

Nachdem sie das Gebäude verlassen hatten, gingen sie stumm nebeneinanderher. Es war seltsam, einander plötzlich nicht mehr nahe zu sein, aber zu wissen, daß sie dieselben Gedanken hatten.

»Soll ich Sie zur Métro oder zum Bus bringen?«

»Ach, ich gehe ganz gerne allein.«

An der nächsten Kreuzung gaben sie einander die Hand. Es wirkte fast brutal, wie sie sich ohne weitere Umstände trennten.

5

Marie ging nicht gleich nach Hause. Sie ließ sich noch ein wenig durch die Straßen von Paris treiben. Ihr Kopf und ihr Herz waren leer. Sie lebte nur im Augenblick, dachte an nichts anderes als an das, was sie auf den Straßen und Boulevards wahrnahm. Auf dem Faubourg du Temple gießt sich ein Mann Petroleum in den Mund, zündet ein Streichholz an und spuckt riesige Flammen aus. Einige Schritte weiter singt ein Pärchen im Duett ein unendlich trauriges, nostalgisches Lied. Ein Mann in einem abgetragenen Trenchcoat mit Baskenmütze auf dem Kopf geht an ihr vorbei. Er schiebt einen Kinderwagen, in dem ein Kind schläft. An seiner Seite gehen noch zwei Kinder, jedes hält sich an einem seiner Arme fest. Marie geht lange hinter ihm her. Dann setzt sie sich auf einen kleinen Platz und unterhält sich mit drei Mädchen, die Ball spielen. Vor der Oper lehnt sie sich gegen die Balustrade, die den Métroausgang umgibt, und schaut einem hübschen Dragoner nach, der vorüberreitet. Sie geht die Stufen hinunter, steigt in einen Zug und verläßt ihn wieder an einer Station, deren Name ihr gefällt.

Die Zeit verging schnell. Hinter den Fensterscheiben der Lokale sah sie Leute, die sich zum Abendessen an die Tische setzten. Marie betrat eines der Lokale. Es war das erste Mal, daß sie abends allein in einem Restaurant aß. Sie bestellte ein Menü und roten Burgunder. Ihre Wangen bekamen Farbe, eine angenehme Wärme breitete sich in ihr aus. Sie lächelte versonnen. Das Herz ging ihr auf, als sie die vergangene Nacht noch einmal in Gedanken durchlebte. Mit großer Zärtlichkeit dachte sie daran, wie er sie in seinen Armen gehalten hatte. Vor allem ein bestimmter Moment, ein Moment, der für sie vollkommen war, blieb ihr in allen Einzelheiten in Erinnerung: der Augenblick, als er, noch ganz aufgewühlt, seinen Kopf auf sie herabsinken ließ. Da hatte Marie ihn fest in die Arme geschlossen und mit leiser, kaum hörbarer Stimme geflüstert, so als sagte sie etwas Schreckliches, Verbotenes, das sich aus eigener Kraft seinen Weg zwischen den Lippen bahnt: »Ich liebe dich.« Sie wußte nicht, ob er es gehört hatte. Sie erinnerte sich an die Wärme seines jungen Körpers, sah seine liebevollen Augen ganz nah vor den ihren. Eine ihrer Hände lag bewegungslos auf ihrem Rock, die andere auf dem Tischtuch, dennoch schien es ihr, als genügte es, die Hände ein wenig auszustrecken, um die weiche, klare Form seiner zarten Schultern zu spüren. Während sie sich diesen Erinnerungen hingab, betrat sie auf einmal eine ganz neue Welt.

Sie verharrte regungslos, ihre Augen blickten ins Leere. Jetzt sah sie ihn vor sich, kurz bevor er das

Zimmer verlassen hatte. Er hatte etwas vom Ende der Ferien gesagt, von einer Universität in der Provinz, davon, daß er bald abreisen würde. Er hatte ihr eine andere Telefonnummer gegeben. Da hatte sie zögernd diesen Satz gesagt, der verriet, wie unangenehm es ihr war, daß die Zukunft auch jetzt wieder ganz allein in ihren Händen lag. Er hatte mit einem Schulterzucken geantwortet: »Ich bin wohl der unabhängigere von uns beiden.« Bevor sie das Zimmer verließen, hatte er Marie noch einmal an sich gezogen, um sie zu küssen, und hatte sie sanft an seine Brust gedrückt. Dann hatte er die Zimmertür geöffnet. »Gehen wir.« Es war, als würde hinter ihnen ein eiserner Vorhang zugezogen. Kurz darauf hatten sie sich dann so unpersönlich und abrupt an der Kreuzung der Rue de Châteaudun getrennt.

Und jetzt besaß sie wieder einen Namen mit vier Ziffern, den Namen einer Stadt, die fünfhundert Kilometer entfernt war. Sie hatte das Gefühl, er würde sehr bald abreisen, morgen oder sogar heute schon, vielleicht genau in diesem Moment. Sie sah einen Bahnsteig vor sich, winkende Hände, einen Zug, der sich langsam in Bewegung setzt. Es war noch gar nicht lange her, daß sie sich zärtlich von Jean verabschiedet hatte, dann der kurze, unvermittelte Abschied an der Rue de Châteaudun – von diesem Bild gefangen, blieb sie erstarrt sitzen. Ihr Schmerz hatte sich verdreifacht. Sich mehreren Lieben hinzugeben bedeutete auch, daß das Leiden größer wurde. Und möglicherweise auch die Einsamkeit. Schon morgen würde Jean wieder bei ihr sein. Und der junge Körper, mit dem sie in der vergangenen Nacht diese leidenschaftliche Liebe erlebt hatte? In dieser Liebe lag kein Versprechen für die Zukunft.

Ihr Hals schnürte sich zusammen. Sie konnte die Tränen nicht zurückhalten, die ihr plötzlich in die Augen schossen. Sie erhob sich, ging ins Freie und fand den Lärm, die Unruhe, die Farben der Straße wieder. Sie zögerte, sich diesem pulsierenden Leben allein auszusetzen. Sie fing an zu gehen, durchdrang den farbigen Nebel wie eine Schlafwandlerin und ging in dasselbe Lokal, in dem sie schon am Abend zuvor gewesen war. Die Kassiererin mit dem müden Lächeln hinter dem Tresen machte noch die gleichen Bewegungen. Marie trank wieder einen Kaffee, den sie auch diesmal zu bitter fand. Männer und Frauen kamen herein, tranken rasch ein Glas im Stehen und gingen dann wieder, um Platz für andere zu machen – neue Gesichter, in denen Marie ihre eigene Stimmung wiederfand, ein Gefühl der Einsamkeit und Verlassenheit. Sie wäre all diesen Männern und Frauen gerne gefolgt, ohne daß sie es bemerkten, um herauszufinden, ob ihre Freuden und Leiden einander ähnelten. Lange ging sie durch menschenleere Straßen, überquerte belebte Boulevards und bog wieder in dunkle Gassen ein. Ihr weit ausholender, federnder Schritt führte sie schließlich ohne weitere Umwege in ihre Wohnung zurück.

Sie ging sofort ins Schlafzimmer und legte sich, ohne den Wecker zu stellen, in das leere, kalte Bett.

In Gedanken sah sie einen Zug durch die Nacht fahren, der eine weit entfernte Landschaft durchquerte. Ein junger Mann streckte sich auf der hölzernen Sitzbank aus, glücklich darüber, daß seine Jugend einem unbekannten Leben entgegenrollte. Und sie sah einen anderen, etwas älteren Mann in seinem Hotelzimmer in einer Stadt im Norden. Er breitete entspannt beide Arme aus und genoß es, sein Bett ganz für sich allein zu haben.

Marie verspürte einen tiefen Schmerz, dem sie sich mit tränenleeren Augen stellte. Sie begriff, daß er zum Leben gehörte und in allen Dingen seinen Platz hatte. Sie bewegte ihre müden Glieder, streckte sich quer über das ganze Bett aus und empfand die Müdigkeit ihrer Lenden und ihrer Beine, die Schwere ihrer befriedigten Sinne als Wohltat.

Es war spät. Als Marie schließlich einschlief, fiel bereits das erste Morgenlicht ins Zimmer. Mit ihrem klaren Gesicht, ihrem großen Körper, der sich unter dem Laken abzeichnete, sah sie nicht aus wie eine Frau, die gerade noch mit einem Mann zusammen war. Sie erinnerte vielmehr an einen antiken Jüngling, der mit befriedigten Sinnen eingeschlafen ist und in dessen Träumen gewaltige Schlachten toben.

Der Gare du Nord ist ein düsterer, schmutziger, baufälliger Bahnhof. Die ankommenden Menschen tragen die Erinnerung an die trostlosen Landschaften in sich, die sie eben durchquert haben. In den Zügen der dritten Klasse zieht sich die Fahrt von der Grenze bis hierher unerträglich in die Länge. Von Zeit zu Zeit steigt eine Sportlermannschaft oder eine katholische Jugendgruppe aus einem solchen Zug; sie ziehen mit wehenden Fahnen durch den Bahnhof und grüßen Paris mit einer müden, schwerfälligen Version der belgischen Nationalhymne. Die Menschen, die an den Bahnsteigen auf einen abfahrenden oder ankommenden Zug warten, sprechen mit schwerfälligem flandrischem Akzent oder in schleppendem wallonischem Tonfall.

Der Zug aus Maubeuge hatte Verspätung. Marie hatte sich in die Bahnhofsgaststätte gesetzt, von wo aus sie die Gleise im Blick hatte. Sie sah eine rote Signalleuchte, die sich bewegte, aber es war ein anderer Zug. Sie stand auf und ging zur Anzeigentafel, auf der die Verspätungen bekanntgegeben wurden: mittlerweile waren es nochmals fünfzehn Minuten mehr. Sie wartete weiter. Ein Strom von Menschen drängte sich durch die Sperre. Marie war gleich nach vorne gelaufen.

»Jean, bist du nicht sehr müde? Komm, gib mir deinen Koffer.«

Sie ging dicht neben ihm und hakte sich bei ihm unter. Sie war so froh, daß er da war. Wie müde er aussah und wie tief die Falten auf seiner Stirn waren. Zuerst dachte sie, sein Gesicht sei schmutzig, bis sie erkannte, daß seine Bartstoppeln auf Kinn und Wangen so dunkel waren. Obwohl er sich jeden Tag rasierte, hatte er immer schwarze Schatten auf der Haut.

Im Bus standen Marie und Jean einander gegenüber.

»Wie hast du denn deine Abende verbracht, Liebste?«

Sie antwortete, was ihr gerade einfiel: »Ich habe gelesen, meinen Unterricht vorbereitet. Wie war das Wetter dort oben?«

»Regen, wie immer. Ist irgendwelche wichtige Post gekommen?«

»Nein, du wirst es dann schon sehen. Bist du zufrieden mit deiner Reise? Sind die Verkäufe gut?«

»Nicht besonders. Die Krise ist noch nicht vorbei. Eigentlich müßte ich jetzt ständig dort sein.«

Am Anfang ihrer Ehe hatte Jean, der bei einer Firma in seiner Heimatstadt Maubeuge als Ingenieur angestellt war, befürchtet, sie müßten aus Paris wegziehen, wo Marie sich so wohl fühlte und wo er selbst während seines Studiums fünf Jahre lang gelebt hatte. Doch dann hatte sein Arbeitgeber eine Niederlassung in Paris eröffnet. Jean konnte bleiben. Für die technische Seite seiner Arbeit hatte es genügt, hin und wieder für eine kurze Zeit nach Maubeuge zu fahren.

»Das verstehe ich nicht ganz«, sagte Marie. »Wenn die Verkäufe zurückgehen, warum ist dann deine Anwesenheit dort so wichtig?«

»Nun, es wird überlegt, die Pariser Büros zu schließen«, sagte er ruhig.

Marie schwieg. Sie erinnerte sich an die wenigen Tage, die Jean und sie einen Monat nach ihrer Hochzeit in Maubeuge verbracht hatten, an die Familienrunde, die enge, farblose Stadt, das große, düstere Haus hinter der Fabrik.

»Das wäre furchtbar«, dachte sie. Plötzlich sah sie auch, daß die Entfernung sich dadurch noch vergrößern würde: statt fünfhundert wären es siebenhundert Kilometer. »Das wäre furchtbar«, wiederholte sie laut.

»Aber selbst wenn es soweit kommen sollte, wäre das höchstens für einige Monate. Und wenn das für dich unerträglich wäre, könnte ich vielleicht auch allein dorthingehen, und du bleibst hier.«

»Auf gar keinen Fall«, antwortete sie, ohne zu zögern.

»Laß uns nicht mehr daran denken«, sagte er. »Es ist noch nichts entschieden.«

Als sie zu Hause ankamen, setzten sie sich gleich an den gedeckten Tisch. Marie hatte eine Suppe vorbereitet, die auf der Seite des Herdes vor sich hingeköchelt hatte und die sie jetzt auf den Tisch stellte. Sie freute sich, daß er ihre heiße Suppe aß und daß er jetzt mit ihr am Tisch saß, auf seinem Platz neben ihr.

»Ich bin so froh, daß du wieder da bist«, sagte sie.

Sie blickte ihn an und bemerkte wieder den Bartschatten, die Falten auf der Stirn und kleinere Fältchen um die Augen herum.

»Hast du zuviel gearbeitet? Du siehst müde aus.«

»Ich sehe müde aus?«

Er stand auf und schaute in den Spiegel: »Na, ich sehe doch großartig aus!«

Er hatte recht: Er sah aus wie immer. Sein Gesicht wirkte weder müde noch alt; es war eben zweiunddreißig Jahre alt.

»Hast du deine Mutter gesehen?« fragte er.

»Nein, ich bin doch erst letzte Woche einen Nachmittag bei ihr gewesen.«

»Na, aber normalerweise läufst du doch alle zwei Tage zu ihr hin, aus Angst, ihr könnte etwas zugestoßen sein!«

»Ich wollte lieber allein sein.«

Ihre Stimme, ihre Gesten, die Art, wie sie ihren Kopf hielt, strahlten eine große Sicherheit aus. Jean fiel auf, wie strahlend ihr Blick und wie dunkel ihre Augen waren. Er fand sie schön.

»Und was ist mit Claude?« fragte er. »Sie müßte doch seit einigen Tagen aus dem Urlaub zurück sein?«

Claude. Ihre Schwester Claude. Das enge Verhältnis, das die beiden Frauen verband, war eher das von Freundinnen als von Schwestern. Zuletzt hatte sie ihr aus den Ferien geschrieben, drei Tage bevor sie ihn kennengelernt hatte. In den darauffolgenden Tagen hatte sie kaum mehr an sie gedacht. Seit drei Tagen hatte sie Claude völlig vergessen.

Claude war älter als Marie, aber sie war immer die kindlichere von beiden gewesen. Als Kind hatte Claude ihre Hefte mit Tinte und Schokolade verschmiert. Sie war kleiner als Marie, hatte feine Gesichtszüge und dünnes, mittelbraunes Haar. »Meine kleine Braunhaarige und meine große Rothaarige«, hatte ihre Mutter oft scherzhaft gesagt. Marie ärgerte sich immer ein wenig, wenn man ihre Haarfarbe so übertrieb.

Als Jugendliche mochte Claude dieselben Bücher wie Marie, zitierte dieselben Sätze, hatte dieselben Sehnsüchte, begeisterte sich für dasselbe und haßte dasselbe. Und Marie bewunderte Claude, sie war sicher, daß sie ein dramatisches, aufregendes Leben vor sich hatte. Sie wußte damals nicht, daß alles, was sie selbst so tief empfand, für Claude nur oberflächliche Leidenschaften waren, eine spielerische Nachahmung von Gefühlen. Claude konnte gut reden und verblüffte ihre Freundinnen; dabei war sie nur das Sprachrohr der schweigsamen, unergründlichen Marie, die sich niemand anderem anvertraute als ihrer Schwester. Marie glaubte, Claude sei der einzige Mensch, der sie verstehen könne – sie sprach mit ihr, ohne zu bemerken, daß sie sich nur mit ihrem eigenen Ebenbild unterhielt.

Claude hatte sich mit achtzehn dem erstbesten Studenten hingegeben, weil er der erste war, der ihr den Hof machte. Nach dem Besuch bei einem wohlwollenden Arzt hatte sie sich völlig außer sich in die Arme ihrer Schwester geflüchtet. Marie sieht noch das gemeinsame Mädchenzimmer vor sich, wie sie die Lampe verhängten, damit nicht auffiel, daß sie die ganze Nacht brannte, Claudes kindliches Entsetzen, das sie immer wieder beschwichtigen mußte. Etwas grob hielt Marie ihr die Hand vor den Mund, damit sie nicht nach ihrer Mutter rief, und sie versteckte auch die blutbefleckte Wäsche.

Claude hat diese Episode schnell wieder vergessen und fängt ihr leichtsinniges Spiel von vorne an, überläßt aus purer Trägheit wieder alles dem Zufall.

Claude weiß nicht, was Liebe ist. Sie hat weder ihre Freuden noch ihre Leiden erlebt, aber sie spricht darüber mit hochtrabenden, bedeutungsvollen Worten, die aus ihrem Munde leer und hohl klingen. Claude, die mit dreiundzwanzig einen vierzigjährigen Mann heiratet, weil »sowieso alles egal ist«, ihr »alles zum Halse heraushängt« und sie frei sein will. Aber was um Himmels willen will sie mit dieser Freiheit anfangen? »Alles ist egal, alles hängt ihr zum Halse heraus«: Marie verabscheut diese Worte. Gehörte Claude also zu der Gruppe Menschen, die diese Worte gebrauchten? War sie auch eine dieser Armseligen, Mutlosen, die alles sinnlos fanden? Marie leidet darunter. Wie gerne würde sie Claude helfen!

Claude reist viel, meistens ohne ihren Mann. Nächte ohne Liebe, ohne Freude und ohne Risiko: sie läßt es bei stürmischen Zärtlichkeiten, mit denen sie keine Verpflichtung eingeht. »Das macht es wesentlich einfacher«, meint sie. Sie erzählt Marie alles und weiß nicht, ob sie über ihr eigenes Verhalten lachen oder weinen soll. Als abschließende Erklärung deklamiert sie lachend und mit theatralischer Geste: »Ich habe Angst zu sterben, wenn ich allein schlafe.«

Marie bewunderte Claude schon lange nicht mehr, das änderte jedoch nichts daran, daß sie sie immer noch innig, fast schmerzlich liebte. Sie sprach nach wie vor sehr offen mit ihr und erzählte ihr alles, was sie erlebte. Dabei hatte sie eigentlich gar nicht das Bedürfnis nach solcher Vertraulichkeit. Sie tat es im Grunde um ihrer alten Liebe und Bewunderung willen, einer Liebe, die sie noch genauso stark empfand wie früher und die trotz allem, was geschehen war, nicht nachließ.

Doch ihre wunderbare neue Liebe, ihr strahlendes Geheimnis, möchte sie Claude auf keinen Fall preisgeben. Zum ersten Mal ist ihr Gefühl für Claude ihr unangenehm.

Marie hatte Jeans Frage nicht beantwortet. Das wunderte ihn jedoch nicht weiter; er wußte, daß Marie von Claude enttäuscht war, und weil sie gleichzeitig darunter litt, war es ihr oft lieber, nicht darüber zu reden.

Sie gingen ins Schlafzimmer. Marie hatte sich als

erste ins Bett gelegt und sah Jean beim Ausziehen zu. Sie stellte sich den leichten Schweißgeruch vor, der von seinem Körper ausging.

»Du solltest dich waschen nach dieser langen Bahnfahrt.«

»Mich waschen?« fragte er gekränkt. »Wie du meinst.«

Aber was Marie befürchtet hatte, geschah nicht. Jean schlief fast sofort ein, nachdem er sich ins Bett gelegt hatte. Dann legte sie, ohne ihn aufzuwecken, die Arme um ihn. Da war wieder seine Wärme, seine Brust, die sich gleichmäßig hob und senkte, die festen, runden Schultern. Sie bedauerte, auf seiner Haut nur den Duft von Wasser und Seife zu riechen. Sie hatte seinen eigenen Geruch gefürchtet, nicht etwa, weil er ihr unangenehm gewesen wäre, sondern weil es Jeans Geruch war. Und jetzt wünschte sie sich diesen Geruch, sie hätte ihn geliebt wie eine Mutter den Geruch ihres Kindes.

»Ja natürlich, Claude...« Marie war beinahe glücklich, als sie am nächsten Morgen bei dem Gedanken an
ihre Schwester eine Gefühlsregung spürte. Sie empfand immer noch Zuneigung für Claude.

Es war der Tag, an dem Germaine kam. Sie würde
ihr bis zum Mittag den Haushalt allein überlassen und
ihre Schwester besuchen.

Sie klingelte und wartete eine ganze Weile, bis sie
Pantoffeln auf die Wohnungstür zuschlurfen hörte.
Dann stand Claude vor ihr. Trotz ihrer Urlaubs-
bräune wirkte sie dünner als sonst.

Claude war gerade erst aufgestanden und fröstelte.
Sie beklagte sich, daß die Heizung im Haus noch nicht
angestellt war. Sie wollte rasch auf dem Rost des Ka-
mins ein Feuer machen und ging in die Küche, um
Holz und eine Schaufel Kohlen zu holen.

Allerdings stellte sie sich dabei so ungeschickt an,
ließ unterwegs Holzscheite fallen, verschüttete Kohlen und hatte keine Geduld zu warten, bis das Holz
Feuer fing, daß sie das Feuer nicht zum Brennen
brachte. Schließlich gab sie auf und setzte sich mit
einem Seufzer hin.

»Ist dir denn wirklich so kalt?« fragte Marie.

»Ja, aber ich habe keine Lust, Feuer zu machen«, antwortete sie aufbrausend wie ein Kind.

»Du hast nur deshalb keine Lust, weil du es nicht kannst«, sagte Marie.

Sie breitete auf dem Boden eine Zeitung aus, schüttete hinein, was auf dem Rost lag, und fing noch einmal von vorne an. Sie dachte im stillen: »Eigentlich kann sie es deshalb nicht, weil sie keine Lust dazu hat.«

Und so war es auch: Claude stellte sich beim Feuermachen ungeschickt an, weil sie das Holz, die Kohlen und den Geruch des zündelnden Feuers verabscheute. Ähnlich verhielt es sich mit allen anderen Tätigkeiten dieser Art. Claude war zu ungeschickt, das Parkett zu bohnern, das Geschirr abzuwaschen oder zu putzen. Marie sagte sich, daß sie selbst kein besonderes Lob dafür verdiente, daß sie solche Aufgaben immer ordentlich erledigte, daß bei ihr die Kohlenschütten immer gefüllt waren und die Gegenstände in ihrem Haushalt glänzten. Es lag einfach daran, daß sie Spaß an diesen Arbeiten hatte. Sie liebte es, das Gewicht der Eimer zu spüren, die mit jedem Absatz schwerer wurden, wenn sie die Kellertreppe hinaufstieg. Sie hatte auch immer eine gewisse Liebe zu den einfachen Dingen gehabt, die alle einen ganz eigenen Geruch, ihre besondere Beschaffenheit oder Form besaßen. Und so kam es, daß sie immer wußte, wie sie mit ihnen umzugehen hatte. Maries Hände griffen ohne zu zögern in einen erloschenen Ofen, tauchten in Seifenlauge, sie entfernten den Rost von Eisengegenständen und fetteten sie ein, rieben Bohnerwachs auf den Boden oder sammelten mit einer zügigen runden Handbewegung die Gemüseabfälle vom Tisch. Zwischen ihren Handflächen und den Dingen, die sie berührten, gab es so etwas wie ein harmonisches Einverständnis. Marie dachte, daß ein Mensch, so vollkommen er auf anderen Gebieten auch sein mochte, nur ein unvollkommenes Verständnis von der Welt hätte, wenn dieses harmonische Einverständnis zwischen den Händen und den Dingen fehlte. Dieses Einverständnis entschied letztlich darüber, ob Tätigkeiten gelangen.

Marie liebt Hände, die die Besonderheit eines unbelebten Gegenstandes erfassen und die es ebenso verstehen, mit den lebendigen Dingen zu sprechen. Sie liebt Hände, die sich auf eine Schulter legen und sie festhalten, Hände, die durch die Art, wie sie ein Gesicht umschließen, den Reichtum des Herzens weit besser auszudrücken vermögen, als es eine Liebeserklärung je könnte.

Claude hatte zugesehen, wie Marie arbeitete. Als ihre Schwester klingelte, hatte sie ihren Bademantel nicht finden können und sich eine beige Stoffschürze umgelegt, die sie in der Taille mit irgendeinem Band festgebunden hatte. Mit ihrem ungekämmten Haar, den unordentlichen stumpfen, braunen Strähnen, die ihr in Stirn und Schläfen hingen, dem schmalen Gesicht und ihrer gebräunten, ungeschminkten Haut sah sie aus wie eine kränkliche Bäuerin.

Sie erzählte von ihrem mißglückten Urlaub, gähnte, jammerte. Marie wünschte, sie wäre still: bei jedem Wort wich sie innerlich weiter zurück, mit jedem Wort sah sie ihre Liebe zu Claude in tödlicher Gefahr. Und wenn sie selbst etwas sagte, war kein Satz ohne Lüge. Denn das Neue, Großartige wollte sie wie einen Schatz verstecken, und etwas anderes, das aufrichtig gewesen wäre, wußte sie nicht zu sagen. Am liebsten wäre sie einfach wieder gegangen; aber zugleich hatte sie auch das Bedürfnis, den zierlichen, ungewaschenen Körper in die Arme zu schließen und zu sagen: »Zieh dich rasch an und komm mit nach draußen.« Aber was gab es draußen schon Besonderes? Sie hätte nur antworten können: Straßen, die Seine, die Sonne, Männer, Frauen, Autobusse. Claude hätte diese Antwort sicherlich dumm gefunden.

Als sie ging, umarmte sie ihre Schwester ein bißchen zu fest und versprach ihr, sie bald anzurufen.

Claude wohnte am rechten Seine-Ufer. Der Bus, der Marie in Richtung Zentrum brachte, fuhr durch die Rue de Rennes, überquerte den Boulevard Saint-Germain und hielt dann an. Maries Blick fiel auf eine Uhr, die erst Viertel vor zwölf zeigte. Das Wetter war schön, und so stieg sie aus und setzte sich auf eine der Bänke vor der Kirche. Das angenehme Licht der späten Septembersonne lag über dem Café de Flore und

der breiten Straße und ließ die blaue Fassade einer
Buchhandlung noch heller erstrahlen. Marie mußte
daran denken, wie sie Claude zurückgelassen hatte,
das magere Gesicht, die Pantoffeln, ihre Geschirr-
tuchschürze. Wahrscheinlich irrte sie in ihrer Wohnung umher, ohne irgend etwas zu tun. Vielleicht war
sie auch wieder ins Bett gegangen, nachdem ihre
Schwester fort war. Maries Herz wurde schwer. Sie
hätte sie zwingen sollen, mit ihr zu kommen, hätte sie
überreden sollen, ihren Mann anzurufen, damit sie
beide zu ihr zum Essen kämen. Dann wäre Claude
jetzt bei ihr, sie könnten sich unterhalten, und Marie
wäre nicht mehr allein: sie würde in diesem Augenblick nicht den Bussen nachschauen, die in der Sonne
aufleuchteten, um gleich darauf im Schatten der Rue
Bonaparte zu verschwinden.

Bei dieser Vorstellung verflog ihr Bedauern schnell,
und sie dachte etwas schuldbewußt: »Ich bin in einer
egoistischen Phase; das geht auch wieder vorbei.« Ja,
es war Egoismus; aber von einer merkwürdigen Art.
Ihr schien es, als habe sie im Lauf der letzten Jahre ein
ganzes Bündel von Zügeln in der Hand gehalten, alle
an Menschen gebunden, die in Maries Leben eine
Rolle spielten. »Jean, wir werden uns immer lieben...« – »Wissen Sie, es ist sehr selten, daß zwei
Menschen sich so sehr lieben wie Marie und ich...« –
»Jean, unsere Liebe...« – »Ja, mein Liebling, unsere
Liebe...« – »Jean, du wirst doch nicht allein zu dieser
Veranstaltung gehen, ohne mich...« – »Aber nein,

Kleines, es wäre mir nicht im Traum eingefallen, ohne dich dorthin zu gehen...« – »Claude, ich habe vorhin ein kurzes Gedicht von Louise Labé entdeckt, als ich in der Buchhandlung einen teuren Band durchgeblättert habe. Ich hab's auswendig gelernt, es ist wunderschön, hör zu...« – »Wunderschön...« – »Und ich habe sofort gedacht, ich muß dir davon erzählen. Soll ich's dir diktieren?...« – »Ja, diktiere es mir...«

So vergingen viele Minuten, Stunden, Jahre. Sie waren alle erfüllt, schön und auf ihre Art vollkommen – doch sie waren im Grunde künstlich, denn ohne Marie hätten diese Momente nie existiert. Sie sind allein ihr Werk, sie sind ihrem Herzen, ihrem Fleisch und ihren Sehnsüchten entsprungen. Maries Glaube hatte eine so große Ausstrahlung, daß er wie Zügel wirkte, deren Enden sie in den Händen hielt. Doch eines Sommermorgens wandte Marie den Kopf und blickte zurück. Sie ließ die Zügel los, ihre Hände waren jetzt frei und begannen in der Vergangenheit nach etwas zu suchen.

Von ihrer Bank vor der Kirche Saint-Germain-des-Prés aus starrte Marie blicklos auf die Ecke, an der sich die Rue de Rennes und die Rue de l'Abbaye trafen. Ein neues Bild schob sich vor ihr inneres Auge: das große rothaarige Mädchen, das abends in ihrem Zimmer den Lampenschirm verhängte, damit das Licht die schlafende Claude nicht störte. Dann setzte sie sich an den Tisch, legte die Hände an die Schläfen und las mit stark und gleichmäßig klopfendem Herzen *Jenseits von Gut und Böse*.

Sie erinnerte sich an den Kragen aus gestärktem Baumwollrips, den sie manchmal auf ihr Kleid heftete. Am Hals war er mit einem schmalen Leinenstreifen versäubert, der ständig herausrutschte, so daß man ihn immer wieder mit dem Daumen- oder Zeigefingernagel an den Rips drücken mußte. Sie spürte in ihren Fingern noch immer diese lästige Bewegung, und dieser Erinnerungssplitter machte sie so glücklich, als hätte sie einen großen Sieg errungen.

Marie begann, die Dinge um sich herum wieder wahrzunehmen, die Geräusche, den Ort, an dem sie sich befand, und sie bemerkte im gegenüberliegenden Straßencafé einen Mann, der den Kopf umwandte, sie entdeckte und ihr zuwinkte. Sie erkannte Marius Denis, rührte sich aber nicht. Er rief ihr etwas zu und stand schließlich auf, um zu ihr herüberzukommen.

»Marie, was machen Sie denn hier auf dieser Bank?«

»Ich beeile mich, nach Hause zu kommen«, antwortete sie lachend.

»Da wüßte ich etwas Besseres. Trinken Sie einen Portwein mit mir?«

»Hier ist es doch genauso schön wie im Café.«

Verblüfft und etwas aus der Fassung gebracht, setzte er sich neben sie auf die Bank.

Marius Denis hatte Marie begehrt, wie er alle Frauen begehrte. Vielleicht hatte dieses spontane und oberflächliche Begehren damit zu tun, daß er als guter Psychologe für jede Frau stets den richtigen Satz wußte, mit dem er sie herumbekommen konnte. Immer, wenn er zu Marie etwas Entsprechendes sagte, hörte sie ihm mit wohlwollender und abwartender Miene zu. Doch wartete er stets vergeblich auf eine Reaktion. Als intelligenter Mensch hatte er inzwischen begriffen, daß Marie ihm gar nicht wirklich zuhörte. Sie blieb für ihn unerreichbar, so als sei sie von etwas Undefinierbarem umgeben. Sie antwortete nur selten auf das, was er sagte, und nie mit einem vollständigen Satz. Manchmal rüttelte eines seiner Worte sie wach. Dann richtete sie ihren scharfen Blick auf ihn, so als verfolge sie eine Spur, bis ihr Blick wieder abwesend, ruhig und zufrieden wurde und in die Ferne schweifte. Diese kurzen wachen Blicke Maries brachten ihn noch mehr aus der Fassung als ihre langen entrückten Phasen: wenn ihre Augen schläfrig dämmerten, bestand vielleicht die Chance, daß sie nachgab, waren sie jedoch klar und wach, bedeutete dies Verweigerung. Eine Frau, die absolut treu war und sich keinem anderen Mann hingab, war ziemlich selten. Aber eine Frau, die sich ihm nicht hingab, war ihm schlicht unvorstellbar. Natürlich begehrte er Marie deswegen um so heftiger, doch er unterhielt sich mit ihr nur über allgemeine, unverfängliche Themen.

Sie hatten zusammen an der Sorbonne studiert, und da Marius Denis sich intensiv mit Literatur beschäftigte, gab es einige Themen, über die sie sich austauschen konnten. Von Zeit zu Zeit schob er ihr, nicht ganz ohne Bitterkeit, einen etwas zweideutigen Satz unter, so als wolle er ihr zu verstehen geben, daß er zwar aufgegeben hatte, aber nach wie vor alles nur von ihr abhinge.

»Hatten Sie einen schönen Urlaub?« fragte er platt.

»Ja, war ganz schön.«

Und nach einer Weile fügte sie hinzu, als fiele ihr auf, daß sie etwas vergessen hatte: »Und wie war's bei Ihnen, Denis?«

Sie nannte ihn Denis. Einmal hatte sie zu ihm gesagt: »Ich rede Leute normalerweise nicht gerne mit ihrem Familiennamen an. Sie sind eine Ausnahme: Ihr Vorname ist etwas lächerlich, aber Ihr Nachname wäre ein hübscher Vorname.« Diesen Satz hatte er sich gemerkt. Das war allerdings keine Kunst gewesen, denn es gab nicht viele Sätze von Marie, die man sich hätte merken müssen. Es war eines der seltenen Male, daß sie über etwas gesprochen hatte, das direkt mit ihm zusammenhing.

Er antwortete: »Nicht genug Geld da für eine große Reise... Ich bin einfach in die Touraine gefahren. Seit drei Wochen bin ich schon wieder in Paris und arbeite an meiner neuen Zeitschrift.«

Nach einer kurzen Pause fügte er hinzu: »Und ich habe oft an Sie gedacht.«

»Wie kann ich Ihnen behilflich sein?« fragte sie ruhig.

Plötzlich überkam ihn die Lust, sie zu ohrfeigen. Er zog es aber vor, darauf zu antworten, als hätte ihre Bemerkung direkt an die vorangehende Äußerung angeknüpft: »Sie könnten mir in bezug auf die Zeitschrift behilflich sein. Ich habe daran gedacht, daß Sie vielleicht mitarbeiten könnten. Allerdings müßten Sie dann einmal ins Büro der Redaktion kommen, damit ich Ihnen erklären kann, worum es sich handelt... Wenn ich Sie bitten würde, bei mir zu Hause vorbeizukommen, würden Sie sowieso wieder ablehnen. Das tun Sie ja immer.«

»Weil Sie mich bisher immer ohne konkreten Grund eingeladen haben und immer ausgerechnet einen Tag, nachdem wir uns zu einem ausführlichen Plausch getroffen hatten. Und wahrscheinlich hatte ich dann auch immer schon etwas anderes vor oder war mit jemand anderem verabredet.«

Um sie herauszufordern, fragte er: »Sie kommen also? Heute um halb drei?«

»Ich werde um halb drei bei Ihnen sein«, antwortete Marie.

Sie erhob sich und gab ihm die Hand. Er sah ihr bewundernd nach, als sie davonging. Ihr Gang war von einer natürlichen Eleganz, und ihr Haar, das von keinem Hut verdeckt und in keiner Frisur gebändigt war, leuchtete in der Sonne.

Er überlegte, daß dieser Tag ihm, wenn alles gutging, nicht nur eine intelligente Mitarbeiterin bescheren würde, sondern auch eine Frau, die er seit langem begehrte.

Unterdessen war Marie in eine Buchhandlung gegangen, wo sie ein Exemplar der Zeitschrift durchblät-

terte. Sie fand sie etwas mondän und ganz auf ein
weibliches Publikum zugeschnitten und fragte sich,
welche Art der Mitarbeit sich Denis wohl für sie vor-
gestellt hatte.

Um halb drei betrat Marie ein Gebäude in der Rue
Marguerin, öffnete eine Bürotür und fragte nach Marius Denis. Während sie wartete, atmete sie genußvoll
den Geruch von Druckerschwärze und frischem Papier ein. Sie stellte sich die Druckerei in den hinteren
Räumen vor und nahm dabei diesen Geruch noch
intensiver wahr. Gerne hätte sie sie besichtigt, doch da
kam Denis herein und sagte: »Gehen wir zu mir hinauf, dort haben wir's bequemer.«

Da sie nicht gleich sein Mißfallen erregen wollte,
behielt sie ihr Bedauern für sich und folgte ihm zum
Aufzug.

Die Wohnung war klein und besaß keinen Flur. Die
Wohnungstür führte direkt in eine Art Studio, dessen
Einrichtung aus Sofas, Sesseln und Regalen voller Bücher bestand. Marie sah mit einem Blick die zugezogenen Gardinen, eine kleine Stehlampe, die gedämpftes
Licht verbreitete, zwei Gläser, eine Cocktailflasche
und einen Teller mit Gebäck auf dem Tisch, und sie
verstand sofort.

Mit großem Unbehagen setzte sie sich auf eines der
Sofas, auf die Stelle, die Denis ihr zuwies. Ihr Unbehagen hatte nichts mit Angst zu tun – Angst hatte sie
bestimmt nicht –, sondern mit Ekel. »Das inszeniert

er, um eine Frau möglichst leicht herumzukriegen«, sagte sie zu sich selbst. Er streute sein Lockmittel aus, und die Frauen gingen ihm auf den Leim: aber nicht etwa, weil sie sich diesem und keinem anderen Mann hingeben wollten, sondern weil sie sich einem Mann hingaben, der vom Halbdunkel des Zimmers völlig ausgelöscht und fast anonym geworden war. In Wirklichkeit verfielen sie gar nicht diesem Mann, sondern einer Stimmung, dem gedämpften Licht, den weichen Kissen, den zugezogenen Gardinen, dem Duft des Portweins; und am nächsten Tag konnten sie ihr Gewissen damit beruhigen, daß sie sich sagten: »Es lag einfach an der Stimmung.«

Marie saß mit zusammengepreßten Knien auf dem Sofa, die Hände nebeneinander, eingeschlossen in eine schützende Hülle aus körperlichem Widerwillen. Denis plauderte über dies und jenes, unter anderem über seine Urlaubserlebnisse. So vergingen einige Minuten, in denen er langsam näher rückte. Er beugte sich über ihre Tasche, so als bewunderte er sie, und ihr war klar, daß er vorhatte, sie zu küssen, wenn er den Kopf wieder hob. Sie sagte nichts, fing nur an zu lachen, ohne daß er es merkte. Sie ließ ihn die Tasche wieder auf ihre Knie legen, ergriff dann aber sofort ihr Glas und führte es an die Lippen. Damit verbarg sie ihr Lächeln und verteidigte zugleich ihren Mund. Nun wußte er nichts mehr zu sagen, hatte die Hand aber noch immer auf Maries Knien.

Sie fühlte sich jetzt nicht mehr unbehaglich, doch es

war ihr auch nicht mehr zum Lachen zumute. Sie fand die ganze Szene nur furchtbar ärgerlich. Trokken fragte sie: »Nun, Denis, was ist denn jetzt mit dieser Zeitschrift?«

Er erklärte, er habe das neue Magazin in erster Linie aus wirtschaftlichen Gründen auf die Beine gestellt. Es sollte ihm erlauben, die ernsthafteren Dinge mit weniger materiellen Sorgen zu betreiben. Aber da »sie jetzt so richtig eingeschlagen hatte«, gedachte er die Zeitschrift auch für ein intellektuelles Publikum interessant zu machen, ohne jedoch ihre Leichtigkeit aufzugeben. Kurz gesagt, einige Artikel über Literatur – darum würde er sich kümmern – und eine philosophische Chronik, die er Marie anvertrauen wollte.

»Damit«, so schloß er, »wären Sie es, die dem Vogel die rechte Würde gibt. Aber verstehen Sie mich richtig: es müßten Artikel sein, die zwar etwas anspruchsvoll wirken, die aber trotzdem auch für das Publikum, das die Zeitschrift kauft, verständlich sein müssen.«

Die ganze verworrene Atmosphäre ging Marie auf die Nerven. Sie merkte, daß sie immer gereizter wurde. Seit sie Denis' Wohnung betreten hatte, hatte sich in ihr eine Wut angestaut, die nun plötzlich aus ihr herausbrach. Sie sagte: »Hören Sie, Denis. Zehn Seiten über die *Kritik der reinen Vernunft*, das ist in Ordnung... Und Ihnen beim Redigieren von Rezepten für Kalbfleisch Marengo, Hühnerfrikassee oder was weiß ich was zu helfen, selbst wenn ich etwas erfinden müßte, auch damit wäre ich einverstanden. Aber zwei Löffelchen Spinoza, ein Löffelchen Plato, drei Gramm Bergson zu vermischen und das Ganze mit einer Verdauungssauce zu übergießen, damit die Mägen dieser Damen und Fräuleins es auch verkraften – das lehne ich ab ... schlicht und ergreifend, weil ich zu einer solchen Arbeit nicht imstande bin.«

Sie fuhr in diesem Ton fort. Er hatte sie noch nie so lange am Stück und mit so lauter, wütender Stimme reden gehört. Er war so gebannt von ihren unbefangenen Gesten, ihren lebhaften Händen und ihren Augen, die endlich einmal mehrere Minuten hintereinander lebendig funkelten – selbst wenn es hier gegen ihn ging –, daß er völlig vergaß, ihr zu antworten.

Als sie schließlich verstummte, war er wie betäubt. Er wußte ihr nichts zu entgegnen, wollte aber gerne freundlich sein. Er näherte sich dem Tisch, um Maries Glas zu füllen.

»Schmeckt Ihnen der Cocktail?«

»Ein bißchen zu süß. Sie hätten weniger Portwein nehmen sollen und dafür mehr Gin«, sagte sie, und aus ihrer Stimme klang noch immer Wut.

Folgsam goß er die Hälfte des Inhalts ihres Glases weg und füllte es mit Gin auf.

»Sie haben noch gar nichts zu meiner Wohnung gesagt«, sagte er nach kurzem Schweigen. »Ich habe sie erst neu herrichten lassen und würde gerne Ihre Meinung dazu wissen.«

»Wahrscheinlich ist sie sehr schön, aber beim Licht

dieser kleinen funzeligen Lampe kann man die Farben überhaupt nicht erkennen«, antwortete sie.

Indem sie mit dem Kinn auf die geschlossenen Vorhänge deutete, fragte sie: »Ist das Fenster eine Attrappe?«

Er löschte die Lampe und zog die Vorhänge auf. Die Helligkeit, die auf einmal das Zimmer erfüllte, war so stark und ungewohnt, daß sie beide mit den Augen blinzelten.

Sie stand auf und ging in die Mitte des Zimmers.

»Wenn es so gewesen wäre, als ich hereinkam, hätte sich vermutlich alles anders entwickelt. In jeder Beziehung«, sagte sie und sah ihn streng an.

Angesichts der Haltung, die Marie jetzt eingenommen hatte, und nach dem Satz, den sie eben gesagt hatte, gab es nur zwei Möglichkeiten, sich zu verhalten: entweder mußte er sie an den Schultern packen und hinauswerfen oder sie lieben. Sie bemerkte, was in ihm vorging, und ihr war klar, daß sie an dieser Entwicklung selbst schuld war. Unruhig wartete sie Denis' Reaktion ab. Doch er war nicht verärgert, sondern er sah sie an und sagte: »Offenbaren Sie sich immer auf diese Art und Weise, Marie, so aus heiterem Himmel?«

Ihre Wut war mit einem Mal verflogen, sie wurde traurig.

»Mich offenbaren? Habe ich mich offenbart?« fragte sie leise, als redete sie mit sich selbst.

»Sie sollten häufiger so reden, Marie, mehr von sich

preisgeben... Sie müßten mehr mit den anderen reden, das würde allen guttun.«

Sie bemerkte, wie seine Stimme weicher geworden war, fast bittend. Mit einer Mischung aus Zärtlichkeit und Mitleid betrachtete sie seine Hände, seine unentschlossene Stirn, seine Haare, die traurigen, matten Augen dieses Mannes, den sie niemals lieben würde.

Als sie seine Wohnung verlassen hatte, dachte Marie: »Armer Denis, ein richtiger unreifer Junge.« Doch noch immer verspürte sie Wut und Abneigung gegen ihn. Ihr war heiß, weil sie die ganze Zeit über ihren Mantel anbehalten hatte. Der Geschmack des Portweins in ihrem Mund verursachte ihr eine leichte Übelkeit. Sie hatte das Gefühl zu ersticken und sehnte sich nach frischer Luft. Sie ging an der Métrostation Alésia vorbei und folgte zu Fuß der Avenue d'Orléans.

An einer Kreuzung sah sie ein Fest, das im Viertel stattfand, einen kleinen Jahrmarkt, zu dem sie sich hingezogen fühlte. So etwas gab es in Paris nicht oft.

Marie blieb vor einem riesigen Karussell stehen, einer Art Berg-und-Tal-Bahn. Ein großer junger Mann in einem marineblauen Arbeitskittel und einer Schirmmütze, die schräg auf den blonden Haaren saß, überwachte die bunte, sich bewegende Maschinerie. Im Moment hatte er keine Kunden, aber das war ihm völlig egal. Als er so an der Dekoration lehnte, die die Drehachse verbarg, wirkte er wie ein gleichgültiger, aber allmächtiger Meister, wie ein Gott, der seinen

Spaß daran hatte, zuzusehen, wie seine Welt sich drehte, bis er Lust hätte, sie zu bevölkern. Aus Gewohnheit oder Laune hielt er das Karussell nach einer gewissen Zeit an, um es nach einer Pause wieder in Gang zu setzen. Als er bemerkte, daß Marie ihn beobachtete, rief er ihr zu: »Hallo, schönes Kind, komm doch mal her!«

Sie lächelte und sprang auf die Plattform, die bereits leicht bebte, weil sie gleich wieder anfangen würde, sich zu drehen. Der Mann streckte die Hände aus, ergriff Marie gerade noch rechtzeitig und setzte sie auf eines der Pferde.

»Auf das größte... Für den gleichen Preis wie ein kleines!«

Er setzte sich hinter sie auf das Pferd, faßte sie an den Handgelenken und streckte Maries Arme zusammen mit den seinen aus, so daß sie ein doppeltes Kreuz bildeten. Ohne sich an irgend etwas festzuhalten, ließen sie sich immer schneller im Kreis davontragen. Marie spürte die Berg-und-Tal-Fahrt des Karussells. Der Mann drückte seinen Oberkörper und seine Arme gegen Marie, übertrug auf ihren Leib den tiefen, langen Rhythmus des Auf und Ab.

»Wie auf Meereswellen!« sagte er.

»Auf einem aufgewühlten Meer!« rief Marie.

Der Satz gefiel ihm so gut, daß er ihn zu der dumpfen, scheppernden Melodie des Karussells sang. Es drehte sich jetzt auf höchster Geschwindigkeit; bei den Talfahrten flog Maries Haar nach hinten. Der

Mann sang nicht mehr. Er pfiff jetzt wie eine Sirene, schwermütig bei den Aufstiegen, fröhlich, wenn es wieder bergab ging. Auf den ebenen Abschnitten lehnte er sich leicht an Maries Rücken.

Als die Maschine langsamer wurde und der Mann die Hebel arretiert hatte, streckte Marie ihm die dreißig Sous hin, die eine Karussellfahrt kosten sollte. Er zögerte, weil er das Geld eigentlich nicht annehmen wollte, sich dann aber doch nicht traute, es zurückzuweisen. Er fand eine Lösung: er nahm das Geld und sagte: »Wie wär's, wenn wir gegenüber einen Kaffee trinken würden? Von dort hab' ich meinen Laden genauso gut im Blick.«

»Einverstanden!« sagte sie glücklich.

Sie betraten das Lokal. Der Mann war so groß, daß er sich nur in Schräglage mit dem Ellbogen auf den Tresen stützen konnte, wobei seine Hüften einen weichen, eleganten Bogen beschrieben. Er wirkte sehr lässig. Während er Marie ansah, meinte er: »Ein junges Mädchen wie Sie, mit einem schön geschnittenen Mantel, also eigentlich eine elegante Frau, und dann ohne Hut, ganz allein auf einem Rummel, das ist ziemlich selten.«

Marie lächelte und zuckte mit den Schultern, sah auf die Kreuzung hinaus und sagte, als würde sie damit etwas erklären: »Ein Rummel ist doch etwas Schönes.«

»Ja, ist schon nicht schlecht«, meinte er zustimmend.

Sie unterhielten sich eine Weile über dies und das. Als sie ihren Espresso getrunken hatten, verließen sie das Café.

Sie reichten einander die Hand. Er sagte: »Man trifft sich, redet miteinander, freundet sich ein wenig an und trennt sich dann wieder, das ist schon merkwüdig...«

»Ja, das ist merkwürdig«, antwortete sie.

Er ging zu seinem Karussell zurück, während Marie sich auf den Heimweg machte.

Die Maschine begann sich langsam wieder zu bewegen. Der Mann setzte sich im Damensitz auf eines der Pferde, das Gesicht gegen die Drehrichtung, um Marie nachzusehen, als sie sich entfernte. Nach einigen Metern wandte Marie sich zu ihm um und hob die Hand. Er hob seine Mütze, hielt sie zum Gruß am ausgestreckten Arm in die Luft und sah Marie mit ernstem Lächeln an. Sie sah ihn nur wenige Augenblicke, denn die Kreisbewegung trug diesen Gott auf die andere Seite seiner Welt.

Als Marie nach Hause kam, fand sie in ihrer Küche ein Chaos vor. Da sie sofort nach dem Mittagessen das Haus verlassen hatte, war zum Aufräumen keine Zeit mehr gewesen.

»Und all das, um pünktlich in der Rue Marguerin zu sein, bei diesem Idioten Denis.«

Sie setzte Wasser auf, brachte das Zimmer in Ordnung und wartete eine Weile. Sie erinnerte sich an die Melodie, die das Karussell gespielt hatte, und trällerte

sie, genau wie der Mann, mit den Worten, die sie
zusammen erfunden hatten. Das Wasser war heiß,
Marie machte den Abwasch und räumte das Geschirr
weg. Der Herd war vom Kochen des Mittagessens
mit Fett bespritzt. Sie wischte ihn ab, ging kurz mit
Schmirgelpapier darüber, verteilte Graphitpaste darauf und polierte ihn ausgiebig und mit Vergnügen, bis
das Gußeisen glänzte wie ein Spiegel.

Der Oktober war schön. Die Temperatur blieb angenehm, und die Tage wurden von einer blassen Sonne erhellt. In Paris verloren die Bäume allmählich ihre Blätter, und ein friedliches Sterben, das nicht schmerzte, lag in der Luft.

Marie befand sich in einem Zustand, in dem sie weder Begeisterung noch Haß, noch Verzweiflung empfand. Doch sie war auch nicht gleichgültig. Sie hatte vielmehr zu einem wilden Frieden gefunden. Wenn sie überhaupt einen Wunsch verspürte, dann den, aufs Geratewohl als Mann durch das Land zu ziehen, zu schlafen und zu essen, wie es ihr beliebte, sich zum Ausruhen auf einen Steinhaufen zu setzen und das Brot mit einem Taschenmesser zu schneiden. Wenn sie sich über irgend etwas freute, dann darüber, daß sie uneingeschränkt über ihre Zeit verfügen konnte. Manchmal kam ihr aber auch das merkwürdig oder gar lästig vor. Sie ging mit sicherem Schritt und klarem Blick und trug ihren Kopf sehr hoch – viel zu hoch. Das sanfte herbstliche Sterben paßte nicht zu der Jahreszeit in ihrem Herzen, das in der Erinnerung an eine Nacht von einem Wetterleuchten durchzuckt wurde, von einem harten, fast kalten Licht.

Marie hatte Claude nicht sehr häufig gesehen, sie überließ es dem Zufall, und so blieb es bei den seltenen Treffen mit gemeinsamen Freunden. Bei diesen Gelegenheiten unterhielt sie sich kaum mit ihr und vermied es, in die ratlosen und verlassenen Augen zu sehen, mit denen Claude sie anblickte.

Zwischen Jean und Marie hatte sich äußerlich nichts geändert. Bis zu dem Abend, als Jean ins Kino gehen wollte, um einen neuen russischen Film anzusehen, von dem alle sprachen. Marie hatte an diesem Abend keine Lust mitzugehen und sagte das auch. Jean schien diese Absage zunächst zu überraschen und zu ärgern, bis sie hinzufügte: »Aber du kannst doch auch alleine hingehen.«

Zunächst war er erstaunt, dann erfreut. Er beeilte sich mit dem Abendessen, und als er die Treppe hinunterstürzte, hörte Marie ihn fröhlich pfeifen, was er sonst nie tat. Sie sagte sich, daß er bestimmt auch Simone und Alice im Kino treffen und sehr spät nach Hause kommen würde. Sie sah Jeans Teller, auf dem noch die Hälfte des Nachtischs lag, weil er sich nicht einmal die Zeit genommen hatte aufzuessen.

Sie betrachtete das alles ohne Kummer, wie einen nachträglichen Beweis.

Als Jean nach Hause kam, war Marie schon im Bett. Sie öffnete die Augen und sagte ohne jeden Vorwurf: »Du kommst aber spät.«

»Ich habe mich noch mit Alice unterhalten.«

Er war so dicht neben ihr, daß sie den Lippenstift

auf seiner Backe, dicht neben seinem Mund, sehen konnte.

»Wisch dir bitte den Mund ab«, sagte sie.

Er ging zum Spiegel und kam dann wieder zu Marie zurück. Er erwartete, daß sie ihm wie üblich Vorwürfe machen würde oder traurig wäre, und wollte sich über sie beugen, um sie zu küssen und ihr, wie üblich, zu versichern, das seien doch alles nur Kindereien und sie wisse genau, daß nichts ihre Liebe erschüttern könne. Aber dann sah er an Maries Gesicht, daß sie schon wieder eingeschlafen war. Ihre Haut schien blasser als sonst. Ihr schönes Haar umgab ihren Kopf wie ein leuchtender Helm aus lauter Locken, die sich auf dem Kissen kringelten. Der angespannte Zug, der sonst selbst im Schlaf immer um ihren Mund lag, ein Zeichen von Unruhe, war jetzt verschwunden. Ihr Atem ging ruhig und gleichmäßig, kaum wahrnehmbar. Sie lag auf dem Rücken, die Hände züchtig über der Brust gekreuzt – so wie sie schon als fünfzehnjähriges Mädchen geschlafen hatte.

Kam Jean spät nach Hause, bewegte Marie sich gewöhnlich im Schlaf, sobald sie spürte, daß sein Körper sich neben sie legte, gleichgültig, wie fest sie schlief. Instinktiv streckte sie beide Arme aus und schirmte damit Jeans Brust ab, als wollte sie ihn verteidigen. Heute jedoch blieb sie wie tot liegen, in ihrem jungfräulichen Schlaf.

Anfang November fuhr Jean wieder nach Maubeuge. Marie war früh aufgestanden und stieg mit in den Bus, um ihn zum Bahnhof zu bringen. Einige Minuten später stand sie wieder allein auf dem Bahnsteig, während der Zug langsam davonfuhr.

Neun Uhr. An einem kalten Morgen wird Paris allmählich lebendig. Es ist möglich, daß die Wolken sich später am Tag auflösen werden und die Luft sich um die Mittagszeit noch einmal erwärmt. Auf den breiten Straßen in Neuilly, wo die Kälte noch intensiver ist, beschleunigt Marie ihren Schritt.

Zwischen den großen Privatvillen steht ein bescheideneres Haus, durch die Bäume im Nachbargarten fast verdeckt, die sich vor seiner Fassade aneinanderreihen. Es wirkt nicht so, als hätte dieser parkähnliche Garten sich auf fremdes Terrain ausgedehnt, vielmehr scheint es, als hätte das kleinere Haus sich in einen fremden Besitz hineingedrängt.

Eine schmale Gasse, die aussieht wie ein öffentlicher Weg, führt zu dem Haus. Marie geht diesen Weg entlang und zieht das niedrige Tor hinter sich zu, ohne auf sein Quietschen zu achten, das sie schon so oft gehört hat. Der schmale Weg verläuft erst eine ganze Weile zwischen den zwei Hecken und hohen Büschen hindurch, bis er dann nach links in ein Gärtchen mündet, das vor der Hausfassade endet. Hier haben Claude und Marie als Kinder gespielt.

Die Haustür ist selten abgeschlossen. Marie drückt nicht auf den Klingelknopf, sondern klopft nach einem bestimmten Rhythmus ein paarmal hintereinander an das Holz, bevor sie die Klinke herunterdrückt. Ganz gleich, ob man sie hört oder nicht, sie hat es immer so gemacht, um ihr Kommen anzukündigen.

Sie geht schnurstracks über den Flur, weil sie weiß, daß ihre Eltern um diese Zeit immer in der geräumigen Küche mit den großen Fenstern frühstücken. Sie sitzen Seite an Seite (als der Vater ihrer Mutter noch lebte, saß er ihnen gegenüber, Claudes Platz war an dem einen Ende, Maries am anderen), und das Dienstmädchen steht am Herd, wo sie mit irgend etwas beschäftigt ist. Sie verläßt den Raum nicht, weil sie weiß, daß sie nicht stört.

»Marie? Guten Morgen, mein Mädchen.«

»Marie! Du bist ja eine richtige Frühaufsteherin. So zeitig bist du noch nie gekommen.«

»Ich habe Jean zum Zug nach Maubeuge gebracht.«

»Ach so, und jetzt kommst du zu Papa und Maman, um dich trösten zu lassen.«

»Möchtest du eine Tasse heiße Schokolade?«

Es ist Kakao in heißem Wasser, weil Maries Vater keine Milch mag. Sie trinkt das etwas fade schmekkende Getränk mit Genuß. Es schmeckt intensiv nach Erinnerung.

Marie sieht ihre Mutter an, die sich so früh am Morgen noch nicht zurechtgemacht hat. Sie trägt ein Haarnetz über ihrem noch immer braunen Haar, damit ihre Locken beim Schlafen nicht zerdrückt werden. Sie tastet mit der Hand nach der lächerlich aussehenden Kopfbedeckung und entschuldigt sich mit einem unsicheren, fast kindlichen Lächeln dafür. Dieses Lächeln liegt immer auf ihrem Gesicht, wenn sie über sich selbst spricht. Sowohl ihr Mann als auch ihre Tochter haben sich immer darüber amüsiert. Maries Blick trifft den ihres Vaters, sie lachen und wenden sich gleich wieder mit liebevollem Blick der ungekämmten Frau mit dem Haarnetz zu. Und Marie sagt mit herzlicher Stimme: »Ich freue mich, daß ich dich wieder einmal so sehe.«

Maries Vater steht auf. Für ihn ist es Zeit, ins Büro zu gehen. Sie bleibt mit ihrer Mutter allein.

Normalerweise besucht Marie ihre Eltern mindestens alle vierzehn Tage, doch heute scheint es ihr, als sei sie seit Jahren nicht mehr in diesem Haus gewesen. Deswegen sieht sie sich aufmerksam und ein bißchen gerührt im Raum um. Sie begrüßt jeden Gegenstand, jede Geste, jedes Wort, um sie wieder liebzugewinnen und auf eine gewisse Art um Verzeihung zu bitten.

Sie sagt: »Maman, hast du eigentlich in letzter Zeit die Nachbarin, Madame Palafroid, gesehen?«

Maries Mutter hatte immer Schwierigkeiten gehabt,

diesen unmöglichen Namen auszusprechen, deswegen wartet Marie ängstlich die Antwort ab.

»Ja, Madame Palefroid geht's gut.«

Und Marie nimmt das Wort »Palefroid« begierig auf und begrüßt dieses »e« wie ein Kleinod von unermeßlichem Wert.

Sie ist aufgestanden, hat sich auf den Tisch gestützt und sieht aus dem Fenster. Von hier aus kann man den ganzen Garten überblicken, aber der Weg ist verdeckt. Claude und Marie saßen immer an diesem Tisch, die Köpfe über ihre großen, mit grauem Stoff bezogenen Hefte gebeugt. Sie hörten, wenn jemand den Weg entlangkam, sahen sich an und riefen gleichzeitig aus: »Besuch!« Und nach einer Weile mit enttäuschter Stimme: »Es ist nur der Bäcker.«

Marie ruft sich die Geräusche, Gerüche und unterschiedlichen Ansichten des Gartens in Erinnerung und läßt sich von ihren Gedanken treiben.

José, das Dienstmädchen, hat gerade einen ganzen Korb voller Gemüse aus dem Keller heraufgebracht. Sie verläßt den Raum gleich wieder, um die Zimmer aufzuräumen. Maries Mutter schüttet den Gemüsekorb auf dem Küchentisch aus und beginnt, das Gemüse zu putzen. Marie holt aus der Schublade des Küchenbüfetts ein Küchenmesser, um ihrer Mutter zu helfen. Die beiden Frauen reden nicht miteinander. Die friedliche Stille zwischen ihnen wird nur durch das schabende Geräusch unterbrochen, mit dem die beiden Messer über die harten Karotten fahren. Die

Mutter hat ihre Toilette auf später verschoben, um keinen Moment mit ihrer Tochter zu versäumen. Sie hat eine Schürze über ihren Morgenmantel gebunden und trägt noch immer ihr merkwürdiges kleines Haarnetz. Die Gesichter der beiden Frauen sind ruhig und entspannt.

Das Messerschaben hat aufgehört, das ganze Gemüse ist geputzt. Manchmal fällt ein Wassertropfen aus dem Hahn und zerplatzt ohne das geringste Geräusch auf einem kleinen Spüllappen, der an dieser Stelle im Spülbecken liegengeblieben ist. Die Stille ist vollkommen und durch nichts gestört. Da streckt Marie den Arm nach ihrer Mutter aus und faßt sie um die Taille, zieht sie zu sich heran und sagt: »Maman, früher sind wir am Donnerstagmorgen immer zusammen zum Markt gegangen.«

»Ja, und du bist immer gleich in die Ecke gelaufen, wo es am meisten Trödel gab, und wolltest, daß ich dir einen Haufen altes Zeug kaufe.«

Es ist nicht schwierig, bei einer Mutter Erinnerungen zu wecken. Und Maries Mutter fängt an zu reden, erzählt Geschichten, läßt in ihrem Herzen das kleine Mädchen wiedererstehen, das sie einmal war. Während sie die junge Frau ansieht, von der sie noch immer festgehalten wird, redet sie von einer Marie, die sich noch nicht dieser einen Liebe verschrieben hatte, in der noch der ganze Reichtum aller möglichen Lieben war. Marie läßt sie reden. Sie kann ihrer Mutter nicht sagen, daß sie jetzt keine Erinnerungen mehr zu Hilfe

rufen muß. Aber sie lehnt ihren Kopf an die mütterli-
che Schulter und bleibt eine Weile so stehen. Dieser
Augenblick soll ganz allein der alten Frau gehören: ein
langer wunderbarer Moment, in dem Marie sich ihrer
Mutter von neuem schenkt.

Marie hat das Haus ihrer Eltern gerade verlassen. Auf den Straßen ist es nicht mehr so kalt. Es ist zwar noch nicht Mittag, aber je mehr man sich der Stadt nähert, desto wärmer scheint es zu werden. Die Avenue dès Ternes, das Hôpital Beaujon, Saint-Philippe-du-Roule liegen noch im Schatten. Weder an der Madeleine noch an der Oper sieht man die Sonne. Aber als Marie die Boulevards verläßt und in die Rue Laffitte einbiegt, öffnet sich plötzlich der Himmel über Paris, und Notre-Dame-de-Lorette liegt in strahlendem Licht. Es ist gerade halb eins. Die Zeit ist ihr günstig. Sie geht nicht zur Post hinunter, es ist ihr angenehmer, in der Atmosphäre eines Cafés auf ihr Ferngespräch zu warten als in einem öffentlichen Raum.

Aus dem Hörer an Maries Ohr dringt die weit entfernte Stimme einer älteren Frau, die sie fragt, mit wem sie sprechen wolle. Sie nennt einen Namen, Silben, die sie zum ersten Mal ausspricht, und sie hört ihre eigene Stimme, als sei sie ihr völlig fremd. Wahrscheinlich wird sie diesen Namen in einigen Augenblicken noch einmal sagen müssen, um sich der Identität der Person zu versichern, die mit ihr sprechen wird. Sie wird auch ihren eigenen Namen sagen müssen. Davor hat sie eine unerklärliche Angst. Doch aus dem Hörer dringt jetzt wieder ein Geräusch, ein Atmen. Ein einziges Wort, und auf einmal sieht sie ihn deutlich vor sich.

»Hallo?«

»Hallo«, antwortet sie.

Sofort gewinnt die andere Stimme an Sicherheit und spricht weiter: »Wie geht es Ihnen?«

»Mir geht's gut... Ich rufe an, weil...«

Marie ist durcheinander und im Begriff, zuviel zu sagen. Aber die Stimme unterbricht sie und rettet sie auch diesmal.

»Ich kann nach Paris kommen, auch wenn's ein bißchen schwierig ist. Oder möchten Sie lieber für einen Tag hierher kommen? Sie kennen die Stadt ja noch nicht.«

Sie ist selbst gar nicht auf diese andere Möglichkeit gekommen und zögert. Er merkt an ihrer unentschiedenen Reaktion, daß eine so spontan beschlossene Reise ihr angst macht. Deshalb sagt er: »Also gut. Ich nehme den nächsten Zug nach Paris. Warten Sie am Bahnhof auf mich.«

»Ich werde da sein«, antwortet sie.

Da ist die Verbindung auch schon unterbrochen. Marie denkt darüber nach, wie schnell er sich entschieden hat. Sie vergleicht sein Verhalten mit ihrem Zögern und schämt sich dafür.

An der Theke des Cafés fragt sie nach einem Zugfahrplan, um die Ankunftszeiten nachzusehen: in einer knappen Dreiviertelstunde fährt der nächste Zug los.

Draußen leuchtet die Kirche noch immer in der Sonne. Auch die Rue du Faubourg Montmartre, die Rue Pelletier und die Rue de Maubeuge rechts davon liegen jetzt im hellen Licht. Marie scheint es, als verzweigten sich die Straßen um die große Kreuzung an der Rue de Châteaudun wie die Strahlen eines Sternes, der ganz allmählich wieder an Glanz gewinnt.

Marie fand diesen Bahnhof schöner als den anderen. Er wirkte großzügiger, heller, besser geplant. Man ging aus der Bahnhofshalle nicht direkt auf die Straße hinaus, sondern zuerst auf einen großen freien Platz, der den Bahnhof von der Stadt trennte und ihn zu einer Insel für Ankunft und Abfahrt machte. Dieser Platz betonte die Ernsthaftigkeit und Wichtigkeit, die ein Bahnhof nun einmal hatte.

Marie wartete auf dem Bahnsteig. Sie fror und schlug den Kragen ihres Wintermantels hoch. Auf einmal wurde ihr klar, daß sie in der Menge nicht nach dem braungebrannten jungen Mann im grauen Sakko Ausschau halten durfte, den sie aus den Ferien kannte. Aber als er schließlich aus dem Zug stieg und auf sie zukam, achtete sie weder darauf, ob er einen Mantel trug, noch, ob seine Haut diesmal blasser war. Sie sah ihn, er war da, und alles andere war unwichtig.

Sie gaben einander die Hand, ohne ein Wort zu sagen. Seite an Seite verließen sie den Bahnhof, überquerten den Platz und gingen schweigend durch die Straßen.

Schließlich sagte Marie: »Vielleicht sind Sie nach der langen Reise hungrig?«

Sie hatte richtig vermutet. Schließlich war es auch Zeit zum Abendessen, also war es kein Wunder. Aber Marie schien es dennoch seltsam, daß er Hunger hatte und sie sich getraut hatte, ihn danach zu fragen. Sie gingen in ein Restaurant, wo Marie es ihm überließ, das Essen zu bestellen, und ihn dabei beobachtete, wie er mit anderen sprach. Ihr fiel auf, daß er kalte Vorspeisen lieber mochte als Suppe. Zum ersten Mal sah sie ihn essen. Sie betrachtete seinen Anzug, den geschlossenen Kragen seines blauen Popelinehemdes, die dunkle, rotgestreifte Krawatte. Marie kannte bisher nur die Ferientage, die mit der alltäglichen Wirklichkeit nichts zu tun hatten. Von seinem normalen Alltag hatte sie keine Vorstellung. Diesen Alltag hatte er gerade erst hinter sich gelassen, um zu ihr zu kommen, doch er trug noch Spuren davon an sich.

Am Kragen seines Jacketts blinkt das Abzeichen einer Universitätsfakultät. Marie kann es nicht genau erkennen. Sie müßte sich vorbeugen, die Hand ausstrecken und das winzige Ding zu sich heranziehen. Sie wagt es nicht, dieses erste Geheimnis zu berühren. Deshalb läßt sie ihr Herz die bekannten Wege wiederaufnehmen: sie betrachtet das schöne, kantige und etwas knochige Gesicht, in dem ein breites und dennoch ernstes Lächeln feine Muskelstränge spielen läßt. Lange verweilt ihr Blick bei seinem starken Kinn, das sich klar vom Hals abhebt, und bei den schmalen, geschwungenen Lippen. Ihre Finger wissen, wie weich sein schweres Haar sich anfühlt. Und sie kennt das tiefe Leuchten, das seine Augen nie verläßt. Aber Marie entdeckt auch ganz neue Züge in seinem Gesicht. Ihr kommt es so vor, als sei er noch etwas schlanker geworden, oder vielleicht ist er erschöpft von den ersten Tagen seines Studiums oder von der überstürzten Reise. Doch diese Spur von Müdigkeit schadet seinem jungen Gesicht gar nicht.

Sie sprechen wenig und erzählen einander nur unbedeutende Dinge. Sie wechseln kein zärtliches Wort, berühren einander nicht. Beide verschließen das Geheimnis ihres eigentlichen Lebens vor dem andern, wie ein zweites Ich. Denn inzwischen ist einige Zeit vergangen, ihre erste Umarmung ist ein Teil dieses eigentlichen Lebens geworden, hat in ihm eine Spur hinterlassen, von der der andere nichts weiß. Aber wissen sie es denn selbst? Würden sie ernsthafter miteinander reden, so könnten sie einander immerzu Fragen stellen. Sie haben jedoch beide dasselbe leidenschaftliche Bedürfnis zu schweigen.

Sie gehen wieder Seite an Seite durch die Straßen, ihre Schritte verlaufen nebeneinander in einer gemeinsamen Spur, ohne daß etwas sie verraten hätte: keine zärtliche Geste, kein Laut, kein verschwörerischer Blick, aber auch keine Angst oder Gewissensbisse. Trotz des Unbekannten, das vor ihnen liegt, trotz der Betäubung, die plötzlich ihr Denken lähmt, fühlen sie sich ruhig und stark. Sie wissen, sie werden jeder Gefahr, die durch ihr Tun entstehen könnte, mit Mut und Stärke begegnen.

Aber wissen sie auch, daß dieses Große, das sich auf alles übertragen kann, etwas Schicksalhaftes hat? Jeder von uns trägt sein Schicksal in sich wie eine Gnade, und unsere Aufgabe besteht darin, es anzunehmen.

Sie gehen Seite an Seite mit gleichem Schritt durch die Straßen, bis vor ihnen die Place de l'Opéra erstrahlt. Hier machen sie, ohne eigentlich zu wissen, warum, eine Pause und beschließen, in einem kleinen, bunt eingerichteten Lokal, von dem sie sich auf einmal angezogen fühlen, einen Fruchtsaft zu trinken. Und wieder sitzen sie einander wie betäubt gegenüber.

Er sieht Marie an, lächelt ihr zu und fragt: »Wie geht's?«

Sie antwortet mit verhaltener Stimme: »Gut.«

Nach einer Weile sagt sie, wie um all das Unaussprechliche ein wenig zu erklären: »Ein Ort des Übergangs.«

Er antwortet darauf mit derselben Einfachheit: »Ein Ort, an dem Erinnerungen langsam verblassen.«

Nichts ist ausgesprochen, nichts ist erklärt. Ein fremder Ort voll stummer Gegenstände. Seine Spannung liegt darin, daß sich die Dinge um sie herum verändern. Was sie wohl erwartet? Versprechen? Erfüllung? Enttäuschung? Freude? Hier herrscht eine unbekannte Macht, die sie beide fest in ihrer Gewalt hat – es ist ein Ort süßer Verheißung.

Die Rue La Fayette ist lang, sie folgen ihr mit schnellem Schritt. Bald ringen sie ein wenig nach Luft, und da sie nicht miteinander sprechen, hört jeder den schweren Atem des anderen. Die Kirche, die am Morgen in der Sonne leuchtete, ist jetzt nur noch eine dunkle Masse, an der sie seitlich vorübergehen. Dann kommt ein Weg, den sie schon zum zweiten Mal zusammen gehen.

Diese Tür, die sich in einer Septembernacht zu einem erleuchteten Korridor öffnete, bleibt heute verschlossen. Ihr Schritt wird nicht langsamer, nichts in ihren Bewegungen verrät das Erstaunen. Diese rätselhafte Tatsache hätte unangenehm sein können. Marie fällt nur auf, daß er manchmal den Kopf wendet, sie spürt, daß seine Augen nach etwas suchen. Sie sind an der Tür vorübergegangen und setzen ihren Weg fort, wie einen eiligen Spaziergang. Als er ihr nach einer Weile die Hand auf die Schulter legt, versteht sie sofort, was er ihr damit sagen will: er hat seine Wahl getroffen, ihr langer Weg ist zu Ende.

Sie setzten sich ein Stück voneinander entfernt auf das niedrige Bett, doch ihre Hände berührten sich. So blieben sie eine Weile, gefangen von jener Macht, der sie keinen Namen geben konnten. Sie waren überwältigt voneinander und von sich selbst.

Marie wandte ihm den Kopf zu und nahm dieses neue Gesicht in ihre beiden Hände: »Hast du dich verändert?« fragte sie ängstlich. »Ich erkenne dich gar nicht wieder ...«

»Nein, ich habe mich nicht verändert. Vielleicht bin ich reifer geworden.«

Das war die Antwort eines sehr jungen Mannes. Marie mußte unwillkürlich lächeln, aber sie spürte eine tiefe Zärtlichkeit in sich aufsteigen. Sie zog die große glatte Stirn näher zu sich heran und berührte sie beinahe keusch mit ihren Lippen.

Plötzlich fallen sie einander in die Arme, ihre ganze Leidenschaft ist wiedererwacht. Doch die Wogen, die sie an diesem Abend davontragen, bergen nicht mehr die unendliche Glückseligkeit ihrer ersten Nacht. Heute schlagen tobende Wellen über ihnen zusammen, unter denen sie sich aufbäumen, die sie bald zur Seite, bald auf den Rücken werfen. Kein Schrei, kein Stöhnen kommt über ihre Lippen, doch dieses Schweigen macht das lange Ringen ihrer aufgewühlten Körper noch dramatischer. Sie versinken in dunklen Tiefen, bevor eine neue Woge sie erfaßt und an die Oberfläche trägt, ihre Köpfe wild hin und her schleudert. Ihre Hände klammern sich fest an die Schultern des anderen, sie pressen ihre Knöchel gegeneinander, um keinen Preis würden ihre Körper sich voneinander lösen. Zusammen wollen sie sterben oder gerettet auf den gleichen Strand geworfen werden.

Als der Sturm sich schließlich legt, wissen sie nicht gleich, wo sie sind. Sie wissen nur, daß sie gleichzeitig die Augen geöffnet haben und daß die Erde sie wiederhat. Ihre Arme und Beine lösen sich nicht gleich, sondern bleiben ineinander verschlungen, als seien ihre Körper in nassen Tang gewickelt.

Er flüstert Marie einen geheimen Kosenamen zu,

ein einfaches Wort, das vielleicht alle Männer benutzen. Aber er spricht ihn auf ganz besondere Weise aus, er betont ihn so, daß er eindringlicher klingt. Als Antwort wiederholt sie diesen Namen, denn es ist derselbe, den auch sie ihm gibt.

»Was passiert mit uns?«

»Ich weiß es nicht.«

Sanft zieht er die Decke bis zu ihren Schultern hinauf, ohne sie dabei loszulassen. Sie schlafen eng umschlungen ein. Ihr Schlaf ist tief, in ihrer zweiten Nacht. Marie sieht jetzt nicht mehr aus wie eine junge, wilde Kriegerin. Kein Wetterleuchten durchzuckt heute ihre Augen. Im Schlaf zeigen ihre Gesichter Zeichen von Erschöpfung, in ihren Zügen liegt Schmerz, sie sind menschlicher. Ihre zweite Nacht ist wunderschön!

Sie standen spät auf. Es war schon Zeit zum Mittagessen, und ihre jungen Mägen waren so ausgehungert, daß sie sich auf ihr Essen stürzten, ohne an irgend etwas anderes zu denken. Am Nachmittag redeten sie ein wenig mehr miteinander, aber über nichts, was sie selbst betraf.

Bald ergriff diese Betäubung wieder von ihnen Besitz. Jeder glaubte, der andere langweile sich. In diesem Moment hatten sie das traurige Bedürfnis zu fliehen, sich voneinander zu befreien. Der Tee, den sie bestellt hatten, wurde kalt, während sie sich mit hartem Blick unverwandt ansahen.

Aber die Zeit verging, und die Abfahrt des letzten Zuges würde sie – so grausam es schien – bald voneinander befreien. Wieder überquerten sie den großen menschenleeren Platz. Sie waren etwas zu früh da und gingen mit kleinen Schritten am Bahnsteig auf und ab. Sie verabredeten kein Datum, taten nichts, um ein Wiedersehen sicherzustellen.

Da war das Zeichen zur Abfahrt. Von der Trittstufe herab sah er auf Marie und umfing sie mit einem langen Blick. Sie suchte seine Augen, konnte sie aber nur noch für eine Sekunde festhalten: der Zug fuhr an. Er schloß die Waggontür, lehnte sich nicht aus dem Fenster. Unbeweglich folgten Maries Augen diesem großen gesichtslosen Zug, bis er sich ihren Blicken entzog.

Jean brachte aus Maubeuge die gefürchtete Nachricht mit: Im nächsten Monat sollten Marie und er für eine noch unbestimmte Zeit dorthin umziehen.

Ein Schwarm von Freunden brach über den Haushalt herein. Sie wollten die letzten Wochen nutzen, die Jean und Marie in Paris verbrachten, und belegten die beiden an sämtlichen Abenden mit Beschlag. Die Stunden vergingen mit lautstarken, sogenannten intellektuellen Diskussionen, die verkratzten Schallplatten knisterten, unablässig wurden Gläser nachgefüllt – und Marie langweilte sich zu Tode. Gegen Mitternacht oder ein Uhr riefen die anderen, der Abend könne doch nicht einfach so zu Ende gehen. Jean in seinem Vergnügungsrausch zählte die Namen von ein paar weiteren Lokalen auf. Sie schleppten sich mit nachlassender Begeisterung und müden Gesichtern durch die Stadt, hofften auf eine neue Welle des Vergnügens, als ein Freund in der Gruppe mit lautem Lachen der langen Schlange von Lastwagen der Messageries Hachette zuwinkte, die mit rasendem Tempo die Rue du Louvre entlangbrausten. Am Ende landeten sie immer bei den Pariser Markthallen, wo sich prachtvolle Gemüseberge in der eisigen Morgenluft auftürmten, die von allen lautstark bewundert wurden. Die matten Gestalten, die einander viel zu gut kannten, verlangsamten ab und zu ihren Schritt, wandten sich um und warteten auf Marie. Mit der Müdigkeit, die plötzlich alle ergriff, kamen die Melancholie und das Bedauern über ihr verpfuschtes Leben. Marius Denis ergriff Maries Arm: »Wenn Sie mal allein nach Paris kommen, halten Sie Ihre Abende für mich frei, nicht wahr?«

Claude, die in ihrem Abendkleid vor Kälte schlotterte, lehnte ihren Kopf an Maries Schulter und meinte: »Ich weiß jetzt schon, daß du mir nicht oft schreiben wirst. Aber, wenn du es tatsächlich schaffst, deine Unterrichtsstunden zusammenzulegen und dann einmal im Monat nach Paris zu kommen, kannst du bei mir schlafen. Du wirst mich doch nicht ganz mutterseelenallein lassen, oder? Sag doch was...«

Sie ging dicht an Marie gepreßt, ihr zierlicher, zitternder Körper ertrug die Stöße der anderen, weiter ausholenden und langsameren Gangart, die schlecht zu der ihren paßte.

Hände wurden geschüttelt, man winkte Taxis heran und wartete auf dem Bürgersteig in kleinen Grüppchen auf die nächsten Wagen.

»Marie, bald werden Sie weg sein«, sagte der große braungebrannte Junge, der ihre Hand zu lange in der seinen behielt. Sie sah ihn an, als er fortfuhr: »Sagen Sie uns bitte immer Bescheid, wenn Sie wieder herkommen.«

Und Marie spürte diese anderen Hände auf ihren Händen, Denis' Arm auf ihrem Arm und das Gewicht von Claudes geliebtem Kopf, der sich an sie drückte. Die Gegenwart begann sich bereits in ihre Zukunft hineinzudrängen. Sie biß die Zähne zusammen, damit sie ihren aufrichtigen Wunsch, einfach in Ruhe gelassen zu werden, nicht laut hinausschrie: »Bitte, bitte laßt mich!«

Bald darauf lehnte Marie jede weitere Einladung ab, und Jean nahm allein an diesen Freundestreffen teil. Manchmal ging Marie dann selbst auch weg, wanderte ziellos durch die Straßen, in dem Gefühl, die Stadt gehöre ihr allein. Sie kam immer lange vor Jean nach Hause. Dann las sie oder beschäftigte sich, fast ohne nachzudenken, mit den Vorbereitungen ihrer bevorstehenden Abreise. Sie räumte Schubladen auf, packte die ersten Koffer. Die Stunden schlichen dahin. Jean kam nicht nach Hause, und Marie litt, wenn sie sich vorstellte, wie er sich ohne sie amüsierte. Dieses Gefühl, das sie immer sehr unvermittelt überkam, gehörte noch zur egoistischen Seite ihrer Liebe. Manchmal wartete sie auf Jean, ohne sich mit irgend etwas zu beschäftigen. Wenn er dann endlich nach Hause kam, nahm sie das vertraute, erschöpfte Gesicht in ihre Hände und sagte: »Du mußt doch todmüde sein.«

»Bist du mir böse?«

»Aber nein, ich bin nicht böse.«

Jean ging zur Schlafzimmertür: »Marie, willst du nicht auch ins Bett kommen?«

»Nein, noch nicht.«

Und sie blieb wach, bis das bläuliche Morgenlicht durch die Fenster schimmerte. In sich selbst zurückgezogen, ganz allein inmitten einer abgenutzten Vergangenheit, in der sie doch einiges Schöne geschaffen hatte. Jean und Claude … Bindungen, die nicht sterben wollten, die in einem letzten Kampf verzweifelt zusammenhielten, während andere bereits im Begriff waren, ihren Platz einzunehmen.

»Bitte, bitte laßt mich!« Am liebsten würde sie es ihrer gesamten Umgebung zurufen. Wie sehr wünschte sie sich, sie hätte weder Vergangenheit noch Zukunft. Doch während sie sich noch an der Asche des Vergangenen verbrannte, regte sich in ihr bereits dieses Neue, Namenlose, das von ihr Besitz ergriff wie ein warmes wildes Tier.

Eines Abends, als sie in ihrem Arbeitszimmer Papiere sortierte, die sie mitnehmen wollte, fand sie einen alten Brief, den sie vor langer Zeit an Claude geschrieben hatte. Sie erinnerte sich, ihn verfaßt zu haben, als sie einmal einige Ferientage allein bei Freunden ihres Vaters verbracht hatte.

Mit folgenden Worten hatte sie ihre Reise in die Provinz beschrieben: »Und plötzlich das Bedürfnis, allein zu sein. Ich tue alles mögliche, nur um das Zugabteil für mich allein zu haben: ziehe die Tür zum Gang zu, schließe die Vorhänge. Jemand versucht die Tür aufzumachen, probiert es hartnäckig immer wieder. Aber schließlich höre ich durch die geschlossene Tür eine Stimme sagen: ›Ach, gib's auf!‹ Welche Freude, in diesem Zug, der immerhin zu drei Vierteln besetzt ist, allein sein zu können! Bald findet mein Leben irgendwo anders statt, schon morgen, am anderen Ende der Schienen.« Sie berichtete Claude, was sie in den letzten Tagen, weit von ihr entfernt, erlebt hatte, wie sehr sie es genossen hatte, eine unbekannte Stadt zu entdecken: »Das Schöne an der Stadt ist, daß sie so massiv wirkt, ihre Schönheit liegt in ihrer Unerschütterlichkeit, den stillen Straßen, der Regelmäßigkeit der großen Häuser, den ordentlich aufgereihten Lichtern. Die Nacht hat keine Farben und weckt keine Erwartungen. Eine erstarrte Ruhe steigt aus dieser Stadt auf, die ich allmählich liebgewinne, die ich wegen ihrer stillen, gefährlichen Schönheit fast schon zu sehr liebe.«

Sie war noch sehr jung, als sie diesen Brief schrieb, doch Marie mochte ihn sehr, weil sie in ihm ihre ganze Jugend wiederfand. Ihre Sehnsucht nach Einsamkeit, nach einem intensiven Leben und auch die Angst, zu sehr zu lieben. Sie mochte auch diese jugendliche Unbeholfenheit, die doch schon voller Anmut war. Die Beschreibung dieser Provinzstadt ließ sie an eine andere Stadt denken. In Maries Herzen überlagerten sich die Bilder: auf einmal glichen sie einander wie zwei Schwestern.

Sie las die kurzen, bisweilen abgehackten Sätze, die typisch für den Briefstil der beiden Schwestern waren.

Sie wirkten wie zufällig hingeworfen, enthielten jedoch immer subtile Anspielungen auf Dinge, über die Marie und Claude sich unterhalten hatten und die deswegen eine tiefere Bedeutung besaßen: »Das glanzvolle Leben: Patzer sind hier nicht erlaubt. Das Leben ist die Wirklichkeit, sie läßt der Phantasie keinen Platz. Ich muß an ein Buch denken, das ich sehr gerne mag und das mit dem Satz endet: ›Vorsicht vor großen Freitreppen.‹«

Es war ein Buch, über das Claude und sie oft gesprochen hatten, und dieser Satz hatte Marie durch ihre ganze Jugend begleitet. Was hatte sie Claude damit erklären wollen, als sie ihn an jenem Tag zitierte? Sie hatte den Brief nicht zu Ende geschrieben. Verwirrt folgte sie mit den Augen der hastigen Schrift, in der sie diesen letzten Satz hingeworfen hatte. In ihr war noch nicht die Handschrift der erwachsenen Frau zu erkennen. Ach, sie wußte jetzt, wie es war, wenn man sich die Stirn auf der untersten Stufe einer Freitreppe aufschlug, und welch tiefe Wunden man davontragen konnte... Doch ebenso genau wußte sie, daß sie sämtliche Mythen aus ihrem Leben verbannt hatte. Nur was von der Vergangenheit erhalten blieb, war real und mußte anerkannt werden, denn es existierte tatsächlich. Und vor ihr lag ein schönes, ein gefährliches Schicksal: trotz seiner Gefahren mußte sie ihm mit offenem Herzen begegnen: Denn ein Mensch ist nicht, er wird.

Während Marie sich diesen Gedanken hingab, hielt

sie die Blätter, die sie gerade gelesen hatte, noch immer in den Händen und beugte ihr schönes dreißigjähriges Gesicht über diesen Brief, den sie mit siebzehn geschrieben hatte. An diesem Abend war sie erfüllt von einer heiteren Ruhe. Das Bild von einst, das sie jetzt wieder vor Augen hatte, schien im Licht der Gegenwart einen neuen Sinn zu erhalten.

Marie fühlte sich, als stände sie auf der obersten Stufe einer Freitreppe, als hielte sie eine Lampe in der Hand, die ihr den Weg erleuchtete, so daß sie sicher hinuntersteigen konnte.

»Jean, nehmen wir den kleinen Sekretär auch mit?«

»So wenig wie möglich, das weißt du doch. Aber, na gut, von mir aus, nimm ihn mit.«

»Er ist doch so hübsch.«

»Ja, nehmen wir ihn mit. Die Untermieter könnten ihn beschädigen.«

Jean und Marie hatten ihre Wohnung nicht aufgegeben. Der gegenwärtige Stand der Geschäfte hatte sie gezwungen, die günstigste Lösung zu suchen: in Maubeuge würden sie ein Stockwerk im elterlichen Haus bewohnen, und da sie dort nur wenige ihrer eigenen Möbel brauchen würden, konnten sie ihre Wohnung in Paris untervermieten. Marie zog die Schubladen des Sekretärs auf und leerte sie. Sie ergriff das Möbelstück am Rand der Platte und trug es mit ihren kräftigen Armen ins Nebenzimmer, wo sie es zwischen die gefüllten Wäsche- und Geschirrkörbe stellte. Sie schnaufte ein wenig, während sie die fertig gepackten Koffer ansah, die darauf warteten, weggetragen zu werden.

Aus Paris wegzuziehen, um in Maubeuge eingesperrt zu sein... Düstere Tage standen ihr bevor, und es würde kein Entrinnen geben. Marie verließ das

Zimmer, um gleich darauf mit einem Stapel von Büchern wieder zurückzukommen. Sie schichtete sie flach in einen Koffer, der erst zur Hälfte gefüllt war, deckte sie mit einem Handtuch ab, hielt noch einmal inne. Sie mußte einen Weg finden, Maubeuge zu entfliehen, mußte kleine Fluchten planen... Ja, sie könnte tatsächlich ihre Unterrichtsstunden zusammenlegen und regelmäßig nach Paris kommen: mit jedem Schüler alle vierzehn Tage eine Doppelstunde. Die Eltern wären sicherlich damit einverstanden. Wenn sie alles auf den Donnerstag legen würde: einen Schüler am Morgen und zwei am Nachmittag, vielleicht sogar drei. Sie wollte so viele Schüler wie möglich haben.

Sie würde Maubeuge mit dem ersten Zug verlassen und käme am Abend wieder zurück. Selbst wenn sie die Reisekosten abziehen würde, bliebe immer noch genügend Geld übrig, und niemand könnte etwas dagegen haben. Sie könnte außerdem Artikel für die Zeitschrift schreiben; so wäre selbst Denis noch für etwas gut, Pech für ihn. Sie würde Jean fragen, ob sie von dem Geld, das sie verdiente, einen kleinen Teil für sich selbst behalten dürfte. Und so könnte sie einmal im Monat oder wenigstens alle zwei Monate etwas länger in Paris bleiben, als es für den Unterricht unbedingt nötig wäre. Einen Tag, vielleicht auch zwei, wäre sie dann allein in Paris, ohne daß irgend jemand sich um sie kümmerte oder Forderungen an sie stellte. Allein sein, ohne einen anderen Zeugen als sich selbst.

Und dann ... Aber das war ja schon die Zukunft. Sie durfte nicht weiter planen, sich nichts vorstellen. Die Zukunft würde sich ganz von selbst einstellen, von einem Tag zum nächsten.

Sie würde kämpfen, das wußte sie genau. Der morgige Tag konnte schön werden, aber heute war heute. Die Gegenwart forderte von ihr, daß sie diesen Umzug hinter sich brachte und Jean nach Maubeuge folgte, weil ihre Liebe zu ihm so groß und so tief war. Die Zukunft würde schön werden, aber die Gegenwart zählte genauso: Kofferpacken, abreisen und düstere Tage in Maubeuge erleben... Nur Mut, sieh nach vorne, Marie.

Sie kniete noch immer vor dem Weidenkoffer und kontrollierte, ob die Bücher auch alle gut verstaut waren, bevor sie den Deckel zumachte und mit einem Eisenstift verschloß. Als sie sich erhob, stützte sie ihre Hände mit ganzer Kraft auf dem Koffer ab, so daß das Weidengeflecht knarrte.

Sie ging zu Jean, der gerade die Papiere in seinem Schreibtisch sortierte. Als er sah, daß sie sich im Zimmer umschaute, als wolle sie sichergehen, nicht irgend etwas Wichtiges zu übersehen, wies er mit dem Finger in eine Ecke des Zimmers und fragte: »Nehmen wir das auch mit?«

»Natürlich«, sagte sie, »das werden wir brauchen.«

Sie lächelte und trug das Schachspiel aus poliertem Holz vorsichtig vor sich her ins andere Zimmer hinüber. Jean hielt sie fest, als sie an ihm vorbeiging, und

schnitt eine Grimasse: »Wir werden uns zu Tode lang-
weilen, meinst du nicht?«

Marie beugte sich zu ihm hinunter und drückte ihm
einen dicken Kuß auf die Backe: »Aber nein«, antwortete sie, »uns ist doch nie langweilig, wenn wir zusammen sind.«

Jean und Marie verließen Paris mit dem Abendzug.
Mit großer Geschwindigkeit brachte er sie immer weiter von der Stadt weg. Wenn man aus dem Fenster
schaute, sah man nichts. Hin und wieder blitzten
einige Lichter auf und setzten Markierungen in die
unsichtbare Landschaft. Die Entfernung verringerte
sich nicht, sie wuchs. Marie spürte, wie ein Kilometer
zum anderen kam. Die Dinge, die hinter ihr lagen,
wurden winzig klein.

Sie sah den Mann an, der ihr gegenüber saß. Er
beugte den Kopf über eine Zeitung. Marie betrachtete
sein starkes Kinn, sein dichtes, kräftiges Haar. Beim
Lesen hatte er eine Augenbraue hochgezogen und die
Stirn in Falten gelegt. Ihr Mann: sie erwartete nicht
mehr, mit ihm die Freuden oder Leiden der Liebe zu
erleben. Was sie für ihn empfand, war eine Art freund-
schaftlicher Liebe, an der auch ihr Körper Anteil
hatte: Sie wünschte ihm seelisches wie körperliches
Glück. Er war ihr geliebter Bruder. Er war ein Freund,
dessen Gesicht, Arme, Beine, Adern, dessen Blut und
alles, was ihn am Leben erhielt, ihr lieb und teuer
waren – wie sie zugleich auch eine Quelle des Schmer-

zes für sie sein konnten. Ihr Mann – dieses Wort hätte auch bedeuten können: Trunkenheit, Begierde, Liebe – wie unendlich schön erschien ihr diese Vorstellung. Gleichgültigkeit – das wäre einfacher gewesen. Doch weder das eine noch das andere traf zu. Es war etwas ganz anderes – und das war leider nicht zu ändern. Vielleicht war es auch besser so, man konnte es nicht wissen. So war es nun einmal. Unterdessen wuchs die Entfernung immer weiter.

»Jean, ist dir nicht kalt?«

Er hob den Kopf: »Nein, und dir, Liebste?«

»Nein.«

Er beugte sich wieder über seine Zeitung.

Nein, ihr war nicht kalt. Ihre Stirn brannte, und weder ihre Hände noch ihre Schultern, noch ihre Beine waren kalt. Nur in ihrem Herzen herrschte Eiseskälte: ein Eisklumpen in ihrem Inneren, der sie so sehr schmerzte.

Sie lehnte den Kopf an die Abteilwand und schloß die Augen. Lege deine Hände auf mein Herz, mein Liebster. Sage nichts. Du kannst es nicht sagen. Alles ist so weit entfernt. Ein eiserner Vorhang, Stille, Abschied ohne Wiederkehr. Doch dieses warme Tier, das sich in mir regt? Das einen Namen fordert. Sage nichts. Es kann sich nicht bewegen. Der Zug fährt immer weiter ... alles Lebendige, alle Orte sind dort hinten verschwunden, irgendwohin ... Was soll's, »bald findet mein Leben irgendwo anders statt, am anderen Ende der Schienen«. Das Tier soll sich verkriechen und, von der Kälte durchdrungen, in Lethargie versinken. Still. Leer. Ein Herz aus Eis. Aber es ist nicht mein Herz! Das ist ganz bestimmt nicht mein Herz! Sei still. Alles ist so weit entfernt. Und die Entfernung wird immer kleiner: Maubeuge kommt immer näher. Nun gut. Wo ist nur all die Liebe dieser Welt geblieben?

Lautlos sprühte ein feiner Regen seine Tropfen auf die Waggonfenster. Jean hob den Kopf und sagte: »Und schon geht's los. Immer wenn ich von Paris aus diese Strecke fahre, fängt es in dieser Gegend zu regnen an. Ich hab's dir doch gesagt.«

Marie sah hinaus. Die nassen Fenster verbargen nur eine Nacht ohne Lichter. Sie schloß die Augen wieder.

Es regnet in Saint-Quentin, in Maubeuge, in Feignies. Es ist ein trauriger, sanfter Regen, der über Belgien noch etwas dichter fällt und bis zum Ende der Ardennen nicht mehr aufhört. Dort, wo die Erde herb und rötlich ist, wo die Regenwolken aussehen wie Nebel und bis zu den Zweigen der schwarzen Fichten herabsinken. Wenn der Zug doch an Maubeuge vorbeiführe, immer weiter und weiter... Beruhigen sich die Herzen im melancholischen, regnerischen Norden mit seinen verblichenen Farben, den endlosen, einsamen, trostlosen Sumpflandschaften?

Vielleicht geht der Regen auch noch weiter: bis zu dem mächtigen Fluß, dessen kahle, verlassene Felseninseln Namen von Wagnerschen Göttinnen tragen. Inmitten all dieser Resignation, all dieses Scheiterns könnte mein Herz sich vielleicht sogar damit abfinden zu sterben.

»Marie, wach auf, wir sind in Maubeuge. Du hast fast die ganze Fahrt verschlafen! Dieses Räumen und Kofferpacken war viel zu anstrengend für dich.«

»Ach, Jean, das hat mir nichts ausgemacht.«

»Doch natürlich. Aber hier wirst du dich jetzt erholen.«

Marie holt das Gepäck aus dem Gepäcknetz herunter und knöpft ihren Mantel zu. Jean wischt die Fensterscheibe ab, drückt seine Stirn an das Glas und schirmt die Augen mit der Hand ab, um nach irgendeinem Anhaltspunkt Ausschau zu halten.

»Es dauert noch ein paar Minuten.«

Marie setzt sich nochmals, die geöffneten Hände auf ihren Knien, und wartet müde und mit leerem Kopf.

Auf dem Bahnsteig sah Jean sich in der Menschenmenge um. Plötzlich sagte er erfreut: »Vater ist da!«

Marie umarmte Jeans Vater, ließ sich einen Koffer aus der Hand nehmen und sich von ihm fortziehen. Sie gingen am Bahnhofsrestaurant vorüber. Marie wäre gerne hineingegangen, um einen Kaffee zu trinken und eine Zigarette zu rauchen. Aber sie hätte diesen Gedanken nicht aussprechen können, ohne sich lächerlich zu machen. Der Vater sagte: »Es ist nicht weit. Wir können zu Fuß gehen.«

Marie blieb ein wenig hinter ihnen zurück. Mit den Worten: »Auf Kinder! Ihr werdet zu Hause erwartet!« schob der Vater Marie vorwärts. Er und Jean unterhielten sich, tauschten Neuigkeiten über die Entwicklungen in der Fabrik aus. Es war schon spät, sie gingen durch eine Stadt, die in der Nacht öde und verlassen wirkte. An einer Straßenecke erblickte Marie ein kleines Café, dessen Front erleuchtet war. Wieder verspürte sie den seltsamen Drang hineinzugehen, einen Kaffee zu trinken und eine Zigarette zu rauchen. Sie würde von den Gesprächen der Männer an den Nebentischen einzelne Bruchstücke aufschnappen, sie wieder zusammensetzen und sich vorstellen, wie sie wohl lebten.

Vor ihnen tauchte die Fabrik aus der Nacht auf, drei schwarze, stumme Silhouetten hinter einem hohen Eisenzaun. Sie gingen an dem Zaun vorüber, umrundeten einen gewaltigen Haufen von Alteisen oder Koks – in der Dunkelheit konnte man es nicht genau erkennen. Dann folgten sie einer langen, fensterlosen Mauer und erreichten das Haus, das sich an den plumpen, massigen Fabrikbau anlehnte.

Jeans Mutter kam ihnen schon im Eingang entgegen. Die kleine, rundliche Frau lief aufgeregt hin und her und umarmte sie immer wieder mit naiver Freude. Dann mußten sie ins Haus gehen, wo sie ihnen die Mäntel abnahm. Sie sah Marie an und meinte: »Immer, wenn ich dich sehe, kommt es mir vor, als wärst du noch ein Stück gewachsen.«

Marie ließ sich anschauen, ließ sich umarmen. Im Haus herrschte ein unangenehmer, muffiger Geruch. Sie fragte sich, ob er vom Haus selbst kam oder ob es der ölige Maschinengeruch aus der Fabrik war, der bis hierher drang. Die kleine Frau redete weiter auf sie ein: »Und was das Kochen angeht, da werden wir uns schon einigen. Es ist nicht nötig, daß du dir in deiner Wohnung auch noch mal die Arbeit machst. Wir kochen einfach einen großen Eintopf für uns alle. Ist es euch lieber zum Mittagessen oder abends?«

Marie ging auf diese Frage überhaupt nicht ein, sie zwang sich nur zu einem Lächeln und wandte den Kopf ab. Diese Hände würden ihr helfen wollen, diese Augen würden all ihre Gesten verfolgen, dieser Mund würde von morgens bis abends auf sie einreden; dieses Herz würde verlangen, daß sie alle Hausarbeiten gemeinsam verrichteten. Sie empfand Abscheu für diese Frau, die plötzlich als Zeuge in ihr tägliches Leben eindrang. Jean sah sie an, bemerkte, daß sich ihre Gesichtszüge verhärtet hatten, und dachte: »Sie könnte wirklich ein wenig geselliger sein.«

Aber Marie hatte sich schon wieder gefangen. Sie hatte Jeans Blick gesehen und bemerkte jetzt, daß die kleine, grauhaarige Frau ganz verwundert darauf wartete, daß man sich über das freute, was sie eben gesagt hatte. Es gelang ihr, sie etwas freundlicher anzulächeln und zu antworten: »Wie lieb von dir, Mutter, daß du uns so spät noch ein warmes Essen gekocht hast.«

Vor dem Essen brachten Jean und Marie ihre Koffer in den ersten Stock hinauf, wo sich die Zimmer befanden, die sie bewohnen sollten. Ihr Schlafzimmer war alles andere als hübsch. Die ältliche Einrichtung hatte etwas Tristes. Marie sah sich um und fragte sich, wie sie das alles verändern könnte. Jean hatte sich auf den Bettrand gesetzt. Traurig schwieg er, die Stimmung bedrückte ihn, und auf einmal war ihm alles verdorben. Marie ging auf ihn zu: »Hör mal, jetzt laß es dich doch nicht verdrießen«, sagte sie. »Wir werden das schon überstehen ... Es sind bestimmt nur ein paar Monate ... Wir machen das Beste daraus. Und falls es doch länger dauern sollte und du dich hier gar nicht wohl fühlst, können wir uns ja eine Wohnung mieten. Außerdem werde ich einiges verändern. Du wirst sehen, in ein paar Tagen sieht's hier schon viel hübscher aus.«

Er sah sie an und fühlte sich ein wenig getröstet. Sie faßte ihn an den Handgelenken und drückte ihn rückwärts auf das Bett.

»So, Monsieur, jetzt wird gelacht. Ich werde Sie schon zum Lachen bringen. Ein bißchen schwedische Heilgymnastik.«

Sie streckte seine Arme nach oben, nach unten, nach links und nach rechts und führte sie wieder zur Brust zurück. Sie ließ ihn los und fuhr mit ihrer Hand auf dem Stoff seines Hemdes entlang, an den Seiten herunter, kitzelte ihn, packte wieder seine Handgelenke und begann mit dem Spiel von vorne: »Eins, zwei, eins, zwei ...«

Sie gerieten außer Atem. Jean lachte wie ein Kind. Sie kletterte auch auf das Bett, setzte sich neben ihn und bedeckte sein ganzes Gesicht, das Kinn, die Wangen, die Stirn, mit vielen kleinen Küssen. Sie fuhr ihm mit beiden Händen durch das Haar und zerzauste es. Als sie ihn dann ansah, mußte sie lachen. Sie ließ ihren Kopf an seine breiten Schultern sinken. Ihre linke Hand lag noch immer in Jeans Haar, unter ihrer rechten spürte sie seinen regelmäßigen Herzschlag. Sie richtete sich plötzlich auf und sagte mit fester Stimme: »Und was ist mit dem warmen Abendessen deiner Mutter?«

Sie standen auf und mußten wieder über Jeans Wuschelkopf lachen, als sie in den Spiegel sahen.

»Kämm dich rasch, und geh schon runter. Ich komme gleich nach«, sagte Marie.

Nachdem er die Tür hinter sich zugezogen hatte, setzte Marie sich wieder auf das Bett, bedeckte ihr Gesicht mit beiden Händen und schluchzte. Mit tränenerstickter Stimme flüsterte sie in ihre Hände hinein: »Du sollst nicht so weinen... Das ist nicht gut...« Weil sie fürchtete, Jean könnte heraufkommen, um sie zum Essen zu holen, ging sie zur Tür, tastete nach dem Schlüssel und drehte ihn um. So blieb sie stehen, die Stirn an die Arme gedrückt, die sie vor der Tür verschränkt hatte. Jetzt war sie allein. Endlich konnte sie sich diesem Schmerz hingeben, der sie ganz beherrschte.

Noch immer schluchzend ging sie zum Waschbekken, brachte ihr Haar in Ordnung, puderte sich das Gesicht und bemühte sich, eine fröhliche Miene zu machen. Sie schloß die Tür auf und stieß einen tiefen Seufzer aus, so als wollte sie sich eines letzten, tränenlosen Schluchzens entledigen.

Unten hatte man mit dem verspäteten Abendessen auf sie gewartet. Als Marie sich an den Tisch setzte, war ihr Gesicht ruhig und fast heiter, so daß es auch für Jean ein Trost war, wenn er sie ansah.

Am nächsten Morgen brachte ein Lastwagen den Sekretär, einige Koffer und ein oder zwei weitere Möbelstücke. Marie überwachte das Ausladen dieser Dinge und packte trotz der Kälte mit blaugefrorenen Händen an, um sie ins Haus zu schaffen. Sie stellte die Möbel an ihren Platz und sortierte Wäsche, Geschirr und Bücher ein. So verging der Tag. An den folgenden Tagen räumte sie weiter, fegte, hämmerte, hängte Bilder an die Wände. Als Jean die vertrauten Dinge in der Wohnung sah, war er gleich zufriedener, und bald kehrte seine gute Laune zurück. Marie hingegen spürte, daß trotz dieser äußerlichen Veränderungen in der Wohnung in ihrem Inneren alles gleichblieb.

Eines Morgens gegen sechs Uhr wurden Jean und Marie vom Klingeln des Telefons geweckt. Es war ein langes, schepperndes, drängendes Klingeln.

»Wahrscheinlich ein Ferngespräch«, sagte Jean, während er aus dem Bett stieg.

Dieses Wort brachte Marie völlig aus der Fassung. Sie richtete sich auf und wollte zum Telefon laufen, aber Jean hielt sie zurück.

»Laß nur, ich geh' schon. Wenn es für Vater ist, rufe ich herauf, dann holst du ihn bitte.«

Sie hatte nicht den geringsten Grund, so aufgeregt zu sein. Es war ganz unmöglich, daß es *das* war. Doch das Gefühl war stärker als sie, ihr Herzschlag raste. Sie wartete voller Ungeduld. Das Klingeln hörte auf. Marie hörte Jean mit ruhiger, sachlicher Stimme sagen: »Ja, ich höre... Ja... Ja. Ich bin es. Was gibt es denn?«

Dann fuhr die Stimme ungläubig fort: »Hör mal, bist du sicher, daß sie nicht schläft?« Etwas lebhafter und mit besorgtem Ton sagte er schließlich: »Ja... Ja. Dann gibt es wirklich keinen Zweifel... Ja... Was hat sie denn genommen?... Du weißt es nicht? Hat sie vielleicht etwas Verdorbenes gegessen? Ach, das ist eher unwahrscheinlich – du Armer...« Die Stimme klang jetzt wieder etwas entschiedener: »Man kann nur hoffen, daß es wieder wird... Ja, natürlich... Rufe sofort an, wenn sich an ihrem Zustand auch nur das Geringste ändert... Sag ihrer Mutter lieber noch nichts davon... Nein, dem Vater auch nicht. Marie wird entscheiden.«

Nach diesen letzten Worten war Marie auf einmal alles klar. Claude! Sie stürzte die Treppe hinunter, riß Jean den Hörer aus der Hand und rief in wildem Schmerz hinein: »Was hat sie genommen? Durchsuche um Gottes willen ihr Zimmer!«

Doch sie hörte nur noch ein leises Knistern in der Telefonleitung. Claudes Mann hatte eingehängt. Jean sagte: »Er weiß nicht, was sie genommen hat, aber der Arzt wird gleich da sein. Er wird es schnell herausbekommen... Als Armand gestern spätabends nach Hause kam, hat er gedacht, sie schläft. Er ist ins Bett gegangen und hat erst heute morgen gemerkt, daß ihr Schlaf nicht normal war. Er hat einige Minuten damit verloren, daß er versucht hat, sie aufzuwecken. Dann hat er den Arzt angerufen und anschließend gleich uns.«

Marie unterbrach ihn: »Um wieviel Uhr fährt der nächste Zug nach Paris?«

»Um halb, aber den wirst du nicht mehr kriegen, mein armer Liebling. Du mußt den um...«

»Ich werde ihn kriegen.«

Sie ging schnell ins Schlafzimmer zurück, warf den Mantel über ihr Nachthemd und zog sich die Schuhe an. Dann nahm sie einen kleinen Koffer, der noch im Zimmer herumstand, stopfte ihre Wäsche und ein Kleid hinein und sah in ihrer Handtasche nach, ob sie genügend Geld für die Reise hatte.

»Ich rufe dich aus Paris an«, rief sie Jean zu.

Und dann rannte sie den ganzen Weg bis zum Bahnhof.

14

Sie hatte sich einfach auf irgendeinen Platz im erstbesten Wagen gesetzt. Nach und nach kam sie wieder zu Atem.

Heute lagen die Wiesen, Fabriken, Bahnhöfe und Dörfer in hellem Sonnenlicht. Doch Marie sah nicht aus dem Fenster. Dieses plötzliche Bedürfnis nach Aktivität, diese Hast, dieser Lauf zum Bahnhof – wozu das alles? Sie konnte ja doch nichts mehr verhindern. »Sag schon, antworte mir doch!« Marie preßte ihre Stirn an die Scheibe. Sie sah aus dem Fenster, ohne auch nur irgend etwas wahrzunehmen. Sie bemerkte noch nicht einmal, daß ihr Kopf immerzu gegen die Scheibe stieß. Auf einmal verspürte sie ein beinahe schmerzliches Bedürfnis nach dem Geschmack und dem leichten Brennen von inhaliertem Zigarettenrauch. Vor allem jedoch verlangte ihr Blut nach Nikotin. Doch sie hatte keine Zigaretten mitgenommen.

Ihr fiel ein, daß sie Wäsche und ein Kleid eingesteckt hatte. Sie könnte zur Zugtoilette gehen, sich anziehen und die Zähne putzen. Danach würde sie sich bestimmt besser fühlen. Aber sie rührte sich nicht vom Fleck, zog nur die beiden Teile ihres Mantels über ihren zusammengepreßten Knien etwas fester übereinander. Was hatte Claude wohl genommen? Armand hatte keine Ahnung, aber sicherlich hatten sie es inzwischen herausgefunden.

Aber spielt es denn wirklich eine Rolle, was sie genommen hat? Ja, es spielt eine Rolle. Gift, Gas, ins Wasser gehen, das sind die Methoden der Frauen. Nur wenige haben den Mut, zum Revolver zu greifen. Vor allem aber haben nur wenige Frauen den Mut zum Leben...

Marie spürte auf einmal eine dumpfe Wut in sich hochsteigen, die einer tiefen Empörung entsprang. Selbstmord, weil das Leben zu schwierig wird, dachte sie, oder Selbstmord, weil der Schmerz zu groß ist... Verweigerung des Kampfes, Verweigerung der Einsamkeit, Verweigerung des Leidens – Verweigerung auf der ganzen Linie! Wenn Frauen sich in die Enge getrieben fühlen, wenn sie zu sehr leiden, ziehen sie sich stillschweigend aus der Affäre. Sie stehlen sich davon – ins Nichts, in der Hoffnung, Frieden zu finden. Spüren sie denn nichts in sich selbst, das sie zurückhält, das von allem übrigen unabhängig ist, das sie einzigartig macht und sie hindern würde, sich selbst zu vernichten? Etwas so Kostbares, daß sie es vor sich hertragen müßten, wie ein Priester eine Monstranz.

Marie hatte den Kopf wieder zum Waggonfenster gewandt. Die Landschaft raste vorbei und entzog sich den Blicken dieser Frau mit der hohen, klaren Stirn, den weit aufgerissenen, blitzenden Augen. Drängende

Gedanken, präzise wie Befehle, hämmerten mit Entschlossenheit und Wut auf sie ein, traktierten Herz und Seele. »Wir sind schließlich für uns selbst verantwortlich. Der Tod ist unser Feind, man muß gegen ihn kämpfen bis zum letzten Atemzug, so lange, bis er einen mit Gewalt holt und man sich geschlagen geben muß. Sich selbst aufzugeben ist ein Verbrechen. Man darf nicht einfach desertieren. Wir stehen auf der Seite des Lebens.«

Und ausgerechnet Claude hatte aus einem Gefühl des Scheiterns diesen verzweifelten Schritt getan. Sie sah das schmale, unglückliche Gesicht vor sich, das sie so sehr liebte, den zaghaften, zögernden Schritt. Sie erinnerte sich an den schönen, sonnigen Morgen, an dem Claude sich über die Kälte beklagt und Marie für sie Feuer gemacht hatte. Marie dachte nicht weiter nach. So wie sie vorhin aus dem plötzlichen Bedürfnis heraus, bei ihr zu sein, die Treppe hinuntergestürzt und losgefahren war, so hatte sie auch jetzt nur noch einen einzigen Gedanken, ein einziges Bedürfnis. Sie schloß die Lider über ihren Augen, in denen Tränen brannten. Der Zug sollte schnell fahren, noch schneller. Sie wünschte sich, den schmalen, warmen Körper mit ihren Händen zu berühren, wünschte sich, daß noch Leben in dieser kindlichen Brust war.

Eine Tür öffnete sich. Jemand ging durch den großen Waggon, der keinen Korridor hatte, wie es bei den Zügen im Norden üblich war. Es entstand ein wenig Unruhe, ein oder zwei Personen mußten aufstehen.

Der Zug hielt auf halber Strecke an. Auch die Leute, die weiterfuhren, standen auf und vertraten sich die Beine. Sie stellten sich ans Fenster, schoben es auf und sahen auf den Bahnhof hinaus. Marie hielt es nicht länger aus: Sie wandte sich an einen Mitreisenden und bat ihn mit besonderer Höflichkeit um eine Zigarette. Er bot ihr eine an und gab ihr Feuer.

»Allein zu reisen macht keinen Spaß«, sagte er. »Es fehlt die Unterhaltung.«

Doch da er bemerkte, daß Marie sich wieder wortlos in ihre Ecke zurückgezogen hatte und nervös an ihrer Zigarette zog, wagte er nicht, sie nochmals anzusprechen.

Endlich fuhr der Zug weiter.

Als Marie das Schlafzimmer betritt, drehen Armand und der Arzt sich zu ihr um. Sie geht ohne ein Wort zum Fußende des Bettes. Sie hat erwartet, Claude leichenblaß zu sehen, doch nur ihre Stirn ist bleich, die Wangen dagegen sind rot, von einem dunklen, fast violetten Ton. Sie liegt auf dem Rücken und ist halb entkleidet. Sie bewegt sich nicht, doch Marie sieht mit einem Blick, daß sie noch lebt.

»Wir kämpfen schon seit zwei Stunden um sie«, sagt Armand mit Verzweiflung in der Stimme.

»Sie liegt im Koma«, sagt der Arzt, als handele es sich dabei um etwas ganz Natürliches.

Marie sieht die Schüssel mit Wasser, das nasse Handtuch, die aufgebrochenen Ampullen und die mit der Nadel nach oben auf ihrer Schachtel liegende Spritze. Ihr Blick wandert von diesen Gegenständen zu Claude und von Claude zurück zum Arzt. Sie sucht seine Augen, um darin zu lesen. Doch er würdigt die beiden, die da vor ihm stehen, keines Blickes, sondern beugt sich über die Gestalt im Bett. Mit Daumen und Zeigefinger zieht er ihre Lider auseinander. Auf einmal begreift Marie, woher die Röte auf den Wangen rührt: Der Arzt schlägt sie mit immer kräftigeren Schlägen, abwechselnd auf die linke und die rechte Seite, so daß ihr kleiner Kopf zwischen seinen großen Männerhänden hin und her fliegt. Marie preßt die Zähne zusammen, als sie das sieht, und klammert sich mit den Händen an das Fußteil des Bettes. Als er endlich aufhört, öffnet er noch einmal ihre Lider und fühlt am Handgelenk den Puls. Marie sagt noch immer nichts. Sie denkt auch nichts, aber jede seiner Gesten trifft sie mitten ins Herz. Er murmelt, als spräche er zu sich selbst: »Dabei hat sie sich doch vorhin bewegt.«

Noch einmal nimmt er Claudes Handgelenk zwischen seine Finger und hält es lange fest. Er richtet sich wieder auf, macht mit seinen Lippen ein merkwürdiges Geräusch, so als wolle er sich zerstreuen. Doch gleich darauf greift er mit einer abrupten Bewegung zu seinem Rezeptblock und schreibt einige Wörter darauf. Er sieht Marie mit prüfendem Blick an und streckt ihr das Blatt entgegen.

»Gibt es hier in der Nähe eine Apotheke?«

»Etwa zehn Minuten von hier.«

Er hebt die Hand in Maries Richtung; sie spürt, er zögert noch. Man hört ihn laut nachdenken: »Hinweg, Rückweg, die Zeit, bis es angewärmt ist...« Dann zuckt er mit den Schultern.

»Nein, bringen Sie mir lieber lauwarmes Wasser, Kochsalz und die Injektionsspritze.«

Marie geht zuerst ins Badezimmer und läuft dann in die Küche.

Armand erhebt sich aus seinem Stuhl. Er nähert sich dem Bett und fragt: »Stimmt etwas nicht?«

»Doch, doch. Alles in Ordnung.« Was einfach nur bedeutet: »Setzen Sie sich gefälligst wieder hin, und lassen Sie mich in Ruhe.«

Armand hatte Claude nie wirklich verstanden. Vor neun Jahren war sie als junges Mädchen in das Leben des damals Vierzigjährigen eingebrochen; Claudes Lebhaftigkeit und Phantasie hatten ihn begeistert. Er ließ ihr fast all ihre Launen durchgehen, weil sie ihn immer wieder überraschte. Wenn er spürte, daß sie unzufrieden war, oder wenn sie litt, setzte er sich hin, stützte die Hände auf die Knie und sah sie mit angsterfüllten Augen an wie ein hilfloser alter Mann. Armand war bestimmt kein schlechter Kerl. Er war eher zu bedauern. Kaum fünf Minuten, nachdem der Arzt sie losgeschickt hat, kommt Marie mit den verlangten Dingen ins Zimmer zurück.

»Legen Sie das auf den Tisch«, sagt er, indem er auf die Injektionsspritze deutet.

»War sie sauber?«

»Ich habe sie mit kochendem Wasser ausgespült, bevor ich das lauwarme Wasser hineingetan habe.«

Maries Stimme ist ruhig, ihre Bewegungen sind sicher und präzise. Ihr Gesicht ist wie versteinert. Das ungekämmte Haar, das ihr in plattgedrückten Locken in die Stirn hängt, läßt es noch härter, fast brutal erscheinen. Sie wirkt zwar unbeteiligt, ist jedoch von einer erschreckenden Blässe.

Der Arzt bereitet die Kochsalzlösung vor.

»Drücken Sie jetzt den Schlauch fest zusammen«, sagt er zu Marie, während er die Klemme aus Hartgummi abnimmt.

Er hat nur wenige Sekunden gebraucht, um verschiedene Schläuche und eine Nadel zusammenzustecken. Claude liegt entblößt vor ihnen, das Nachthemd ist bis zu den Leisten hochgeschoben. An ihren mageren Beinen stehen die Kniescheiben wie zwei kleine spitze Höcker hervor. Ihre Haut ist noch immer leicht gebräunt. Der weiße Streifen in der Mitte der Schenkel zeigt, wie weit die kurzen Hosen reichten, die Claude noch vor drei Monaten in den Ferien trug.

»Lassen Sie jetzt den Schlauch los und halten Sie die Spritze nach oben.«

Marie gehorcht.

»Ich hätte Sie bitten müssen, einen Nagel und einen Hammer zu holen.«

»Es wird auch so gehen«, antwortet sie. »Ich würde zu lange dafür brauchen.«

Beide haben inzwischen vergessen, daß auch Armand noch im Zimmer ist.

»Halten Sie es etwas höher ... Ja, so ist's gut.«

Das Wasser läuft mit unendlicher Langsamkeit, im Zimmer ist kein Laut zu hören; Maries Arm schläft allmählich ein. Auf Claudes Oberschenkel, rund um die Nadel, die in ihr steckt wie ein kleiner stählerner Pfeil, hebt sich langsam die Haut und schwillt durch

die Flüssigkeit an. Marie hört ihr eigenes Herz schlagen. Während der Arzt an Claudes Handgelenk den
Puls fühlt, zählt sie mechanisch ihren eigenen Herzschlag mit.

Marie hebt ihren linken Arm und legt vorsichtig den
Behälter von der rechten Hand in die linke. Den freien
Arm streckt sie nach unten aus, schüttelt ihn ein wenig, hebt ihn hoch und hält ihre Hand stützend unter
das Gefäß. Wieder fällt ihr Blick auf die kleinen aufgebrochenen Ampullen auf dem Tisch: Es sind vier oder
fünf, die achtlos in einen Metalldeckel geworfen wurden. Sie liegen durcheinander, so daß man nicht auf
Anhieb erkennen kann, was auf den Etiketten steht. In
dem kleinen Häufchen kann man nur hier und da
einen Buchstaben entziffern. Marie setzt daraus das
Wort »Arsen« zusammen. Ein zu gefährliches Gift,
um Claude zu retten. Um zu bekämpfen, was sie
genommen hat. Aber was ist es denn gewesen? Und
jetzt auch noch diese zwei Liter Salzwasser. Das alles
in Claudes Körper.

Claude wollte sich wirklich das Leben nehmen.
Claude wollte sich davonschleichen. Was hat sie nur
genommen, und was war der Grund dafür? Vielleicht
wollte sie sterben, weil ihr klar wurde, daß sie das
Leben, das ihr geschenkt worden war, verschwendet
hatte, weil sie sich dieser Gabe unwürdig empfand.
Maries Gedanken fingen wieder an zu kreisen.

Auf einmal ergreift eine Vorstellung sie wie ein
Schwindel und läßt sie einige Momente wanken. Vor

ihr liegt Claude mit bleichen Wangen. Sie ist tot und wie von einem Heiligenschein umgeben. »Sieh mich an, Marie, und bewundere mich endlich.« Entblößt, geschunden, ins Gesicht geschlagen, mit zwei gegensätzlichen Giften im Leib, das Blut schwer von Wasser und Salz, so liegt sie vor ihr. Man handelt wider ihre Absicht, man verstößt gegen ihren Willen, wenn man sie so ins Leben zurückzerrt. In das Leben, dem sie in all ihrer Schwäche und Unwürdigkeit auf diese Weise ihren Respekt bezeugen wollte. »Marie, meine Freundin, meine Schwester, verteidige mich... Bewahre meine einzige große Geste, zu der ich in meinem Leben in der Lage war.« Maries Herz schlägt schneller. Zum ersten Mal, seit sie dieses Zimmer betreten hat, verliert ihr Gesicht seinen unbeteiligten Ausdruck. Der Arzt sieht zu ihr auf und fragt: »Wieviel ist noch übrig?«

Marie hält den Tropf tiefer und sieht nach.

»Ungefähr ein Liter.«

»Machen wir weiter.«

Er beugt sich erneut über Claude, kontrolliert ihre Augen und den Puls, massiert ein wenig die Schwellung auf ihrem Schenkel. Seine Aufmerksamkeit gilt diesem Körper und den schwachen Lebenszeichen, die er erkennen läßt; er will den Rest von Leben entdecken, um ihn zu erhalten und zu verstärken. Da stellt sich Maries Herz ohne zu zögern auf die Seite dieses Mannes, um den Körper ihrer Schwester zu retten. »In dir ist immer noch Leben, hörst du? Leben.

Ich möchte dich nicht tot sehen, auch wenn dann ein friedlicher Ausdruck auf deinem Gesicht liegt. Und ich möchte dich auch nicht als Tote bewundern, denn der Tod besitzt keinerlei Größe, wenn das Leben vor dem Tode keine Größe besessen hat... Ich möchte dich nicht verteidigen, ich kann dir im Tode nicht beistehen, Claude, meine Freundin, meine Schwester, denn ich stehe auf der Seite des Lebens.«

»Sie müssen den Tropf jetzt ein wenig höher halten, weil die Flüssigkeit leichter geworden ist.«

Marie streckt beide Hände über ihren Kopf. Ihre kalten, steif gewordenen Hände nehmen das Gewicht des Gefäßes nicht mehr wahr. In ihren hoch erhobenen, tauben Armen spürt sie keinen Schmerz mehr. Ihr Herz hat zu seinem regelmäßigen Rhythmus zurückgefunden, und in ihr unbewegtes Gesicht, das heute so blaß scheint, ist der unerschütterliche Willen zurückgekehrt.

Das Wasser tropft mit unendlicher Langsamkeit weiter: vielleicht kommt mit jedem dieser Tropfen allmählich das Leben zurück.

In dieser Jahreszeit wird es früh dunkel. Es war erst drei Uhr, aber draußen dämmerte es bereits. Marie zog die Vorhänge zu und zündete die Lampen an. Der Arzt sagte: »Ich kann hier im Moment nichts weiter tun. Sie wird jetzt langsam zu sich kommen. Ich komme heute abend nochmals vorbei, um nach ihr zu sehen.«

Er hatte seine Instrumente auf dem Tisch eingesammelt und räumte sie in seine Tasche. Da fragte Marie: »Wie haben Sie herausgefunden, was sie genommen hat?«

Er kramte in seiner Tasche und zog zwei Glasröhrchen heraus, die er auf den Tisch warf.

»Das habe ich hinter dem Kaminschirm gefunden, in der Asche. Dort verstecken sie sie immer.«

Im Hinausgehen fügte er noch hinzu: »Und lassen Sie sie auf keinen Fall ruhig daliegen. Sie haben gesehen, was man tun muß, wenn sie wieder in diese völlige Bewegungslosigkeit fällt.«

Marie ging ins Schlafzimmer zurück. Armand hatte eine Hand auf Claudes reglosen Arm gelegt. In der anderen Hand hielt er die beiden Glasröhrchen, die der Arzt dagelassen hatte, und sah sie mit unsicheren Augen an.

»Weißt du, warum sie das getan hat?« fragte er.

»Warum sie das getan hat?« wiederholte Marie mit traurigem Lächeln. »Das« schloß für sie vieles andere mit ein, auch Armand.

Die Sorge und Ratlosigkeit hatten ihn sehr mitgenommen. Marie unterhielt sich ein wenig mit ihm, um ihn zu beruhigen, dann schickte sie ihn ins andere Zimmer, damit er sich hinlegte.

Sie setzte sich auf den Bettrand, um Claude zu beobachten, wie der Arzt es ihr empfohlen hatte. Der Kopf bewegte sich langsam, zuerst ein wenig nach rechts, dann ein wenig nach links, manchmal machte

Claude auch eine fahrige Bewegung mit der Hand und ließ sie dann wieder fallen, hin und wieder ging ein Zittern durch ihren Körper.

Als die Schwester sich zum ersten Mal längere Zeit nicht mehr bewegte, schüttelte Marie sie an den Schultern und rief immer wieder: »Claude! Claude!« Da sie sich daraufhin immer noch nicht rührte, berührte sie mit ihren Händen die roten, glühenden Wangen und gab ihnen einen zaghaften Klaps. Sie sagte mehrmals, so als wollte sie ihre Handlung rechtfertigen: »Du darfst nicht schlafen... Du darfst nicht...« Schließlich überwand sie ihre Scheu und gab ihr einige Minuten lang kräftige Schläge auf die Wangen.

Die Zeit schlich jetzt mit unendlicher Langsamkeit dahin. Draußen war es längst dunkel geworden, und Marie saß noch immer auf ihrem Posten. Claudes Arm holte zu einer größeren Bewegung aus, und das Zittern ihres Körpers ging in richtige Bewegungen über. Manchmal gab sie ein leises Wimmern von sich, einen leisen, kehligen Klageton. Ab und zu hob sich ihre Brust, wie in einem Schluckauf, der sie zu zerreißen schien, und Marie wischte den grünlichen Schleim ab, der ihr über die bleichen Lippen, das Kinn, den Hals und die kindliche Brust lief. Allmählich beruhigten sich ihre Bewegungen – vielleicht beruhigten sie sich sogar zu sehr. Und Marie mußte diesen vernichteten, erschöpften Körper, der sowohl durch die eigene Tat als auch durch die Bemühungen seiner Retter gequält

worden war, noch weiter schütteln, noch weiter quälen. Sie wiederholte immer wieder mit mütterlicher
Stimme: »Claude, Liebste, du darfst jetzt nicht schlafen...«

So war es die ganze Nacht hindurch gegangen.

Am nächsten Morgen öffnete Claude hin und wieder ihre schweren Lider und versuchte Marie anzusehen. Immer noch wurde ihr mit Gift gefüllter Magen von den schmerzhaften Krämpfen geschüttelt. Wenn man zu ihr sprach, zeigten ihre Reaktionen, daß sie verstanden hatte. Aus ihrem geschwollenen Mund kamen einige langsam gestammelte Worte.

Marie legte ihr frische Wäsche bereit, kämmte ihr Haar, brachte eine Schüssel mit lauwarmem Wasser und wusch sie von Kopf bis Fuß. Eine Folge des Schocks für den Organismus oder einfach der normale Lauf der Dinge: das Monatsleiden hatte diesen weiblichen Körper erfaßt; in der Waschschüssel färbten sich die Wasserblasen auf Maries Händen rosa, als sie den Schwamm ausdrückte. Sie hüllte Claude in eine Decke und hielt den schmalen, abgezehrten Körper auf ihrem Schoß, während die Haushälterin die Bettwäsche wechselte. Obwohl Claude mit zweiunddreißig Jahren älter war als Marie, schien sie ihr wie ein viel zu groß geratenes Kind, dessen Füße den Boden berührten. Marie hielt sie mit beiden Armen fest und schob ihre rechte Schulter vor, um dem kraftlosen

Kopf eine Stütze zu geben. Ihre Lippen lagen auf Claudes Stirn an ihrem Haaransatz und bewegten sich fast unmerklich.

Nach einem weiteren Tag folgte Claude mit den Augen jeder von Maries Bewegungen im Zimmer. Sie sprach ein wenig, fast wie sonst. Von Zeit zu Zeit gab Marie ihr etwas zu trinken, strich ihr die Haare zurück, schüttelte das Kopfkissen auf.

Claude ergriff Maries Hand und sagte: »Verstehst du mich? Ich habe mich so allein gefühlt, ich war so unglücklich.

Es gab überhaupt keine Hoffnung mehr, nur noch Angst. Es war wie eine viel zu schwere Müdigkeit. Ich dachte, ich würde endlich für lange Zeit Ruhe finden...«

Marie antwortete nicht. Diese hilflos gestammelten Worte trafen sie bis ins Mark.

»Am Morgen, als dieses ... diese Angst so schrecklich geworden ist ... wenn du in Paris gewesen wärst, hätte ich dich angerufen ... ich hätte dich gefragt, ob wir etwas zusammen unternehmen können. Hätte ich nur irgend jemanden getroffen, dann hätte die Angst vielleicht nachgelassen ... vielleicht wäre dieses große Schlafbedürfnis von allein verschwunden ... ich weiß es nicht ... ich weiß es nicht.«

Sie bewegte den Kopf hin und her und zuckte mit den Schultern. Sie sprach ohne Pathos, ohne Bedauern, so als wollte sie etwas erklären, das sie selbst nicht recht verstehen konnte.

»Ich habe es einfach so gemacht... Glaube nur ja nicht, der Tod ist mir lieber als das Leben... Ich habe dabei weder an den Tod noch an das Leben gedacht... Schlafen wollte ich... Ja, das war es im Grunde, ich wollte mich einfach nur ausruhen.«

Marie befreite ihre Hände und sagte mit einer Stimme, die genauso leise klang wie die Claudes: »Sei still, denke nicht mehr daran. Du mußt diesen Tag jetzt vergessen.«

Sie strich mit der Hand über Claudes Stirn und Wange, eine beruhigende, zärtliche, etwas zu flüchtig geratene Geste. Ihre Augen füllten sich mit Tränen. Sie entfernte sich vom Bett, um zu verbergen, wie bewegt sie war. Es war Claudes unglückliche Stimme, es war Claudes Leiden, die dieses Gefühl in ihr auslösten. Aber es war auch die Trauer über das Verschwinden ihrer letzten Illusion.

An diesem Abend blieb Marie lange am Bett der schlafenden Claude sitzen. Sie beobachtete die Bewegung der schwachen Brust, betrachtete ihre geschlossenen, etwas geschwollenen Lider, auf denen tiefe blaue Schatten lagen, ein Zeichen des vorangegangenen Todeskampfes. Claude retten ... Aber Claude gehörte nicht zu den Menschen, die in sich selbst ihre Bestimmung fanden. Für solche Menschen gab es allenfalls eine scheinbare Rettung.

Marie mußte daran denken, wie Claude immer wieder zu ihr gesagt hatte: »Wenn ich vielleicht ein Kind hätte... oder wenn ich meiner großen Liebe begegnen würde...« Sie stellte sich vor, in welch traurigen Genüssen sich Claude verloren hätte, aufgehend in einem anderen Wesen.

Wenn es wirklich einen Gott gibt... schoß es Marie durch den Kopf. Vor ihrem inneren Auge entstand auf einmal ein merkwürdiges Bild: zwei sehnsüchtige, traurige junge Mädchen in der Einsamkeit eines Klosters... Sie werfen sich in ihren schwarzen Gewändern mit einer Inbrunst zum Gebet nieder, die sich durch nichts in ihnen selbst erklären ließe. Ihre blasse Stirn und die jungen Brüste berühren die eiskalten Steinplatten. Ihre Augen leuchten, sie fassen einander an den Händen, heben die Arme empor, halten einander ganz fest. Sie sind von einer Liebe durchdrungen, die sie verwandelt. Ein Licht erleuchtet und erhebt sie, das ihrem Leben einen Sinn gibt, ein überwältigendes Licht, das aus einer anderen Welt kommt... Denn Gott mit dem unendlichen Mitleid, der unendlichen Liebe des Schöpfers für sein ganzes Werk ruft diese kleinen verlorenen Geschöpfe zu sich. Er sagt zu ihnen dasselbe wie zu allen anderen Wesen: »Ich habe dir Fleisch, Geist und Herz verliehen. Geh nun, verlasse mich. Mögest du den ganzen Wert meines Werkes begreifen.«

Sollte es einen Gott geben, schoß es Marie durch den Kopf, müßte er über die Liebe, mit der er sich den Menschen hingibt, verzweifeln, wenn er sieht wie manche dieses Leben verachten, das er ihnen geschenkt hat. Zeigt sich der eigentliche Triumph eines Schöpfers nicht in denen, die ihn in seinen Werken lieben?

Claudes Zustand hatte sich inzwischen so stabilisiert, daß sie nicht mehr rund um die Uhr betreut werden mußte. In einer langen Genesungsphase würde sich der Körper der Kranken allmählich aus eigener Kraft erholen. Marie hatte auch ihre Mutter benachrichtigt, da es nun möglich war, die wirklichen Hintergründe der Krankheit vor ihr zu verbergen.

Marie konnte zum ersten Mal seit sechs Tagen für einige Stunden Claudes Wohnung verlassen.

Sie ging zunächst einfach ziellos durch die Straßen, überglücklich, wieder an der frischen Luft und mitten im bunten Treiben der Stadt zu sein. Aber sie ging schnell und mit weit ausholenden Schritten, von einem körperlichen Drang nach schneller Bewegung getrieben. Instinktiv steuerte sie auf das rechte Seine-Ufer zu, in den Teil von Paris, den sie am meisten liebte: ein etwas bauchiges, fast herzförmiges Viereck, das ungefähr von den Métrostationen Buttes-Chaumont, Bastille, Opéra und Clichy eingeschlossen wurde. Es war ein Teil von Paris, der all jene, die von außerhalb kamen, nicht sonderlich beeindruckte. Aber für Marie schlug hier das eigentliche Herz der

Stadt, hier waren die Straßen, die Häuser, die Cafés, die Menschen besonders typisch für Paris.

Nach einer Weile bemerkte sie, daß sie sehr hungrig war. Die eiligen Mahlzeiten in Claudes Wohnung, an einer freien Ecke des Tisches im Krankenzimmer mit diesem speziellen Geruch, waren ihr nicht unangenehm gewesen. Marie hatte einen gesunden Appetit und einen stabilen Magen, und sie zählte nicht zu den Naturen, denen von der bloßen Anwesenheit eines kranken Körpers übel wird. Doch jetzt, da sie ihre Freiheit wiederhatte, überkam sie die Lust auf ein üppiges, frisches Essen an einem Ort, der ihr gefiel. Sie ging in ein Restaurant in der Rue des Petits-Champs, bestellte Fleisch, Gemüse, Käse und Cidre. Der Geschmack des säuerlichen, kühlen Apfelmosts machte sie auf eine kindliche Art glücklich.

Nachdem sie gegessen hatte, zündete sie sich eine Zigarette an, die sie langsam rauchte. Erfüllt von einem seltsam wohligen Gefühl, genoß sie ihre wiedergewonnene Freiheit – und die sichere Vorfreude auf ein bevorstehendes Glück. Die Entscheidung hatte sie bereits getroffen, also konnte sie jetzt in aller Ruhe darüber nachdenken, welche Schwierigkeiten zu überwinden waren, um sie in die Tat umzusetzen. Die anderen? Sie würde ihnen sagen, daß sie nach den vergangenen Tagen das Bedürfnis hatte, allein zu sein, einen Tag lang ihre Ruhe zu haben. Sie würde ihnen das mit so fester, sicherer Stimme erklären, daß jede Widerrede überflüssig wäre. Das Geld? Alles, was sie noch hatte, waren hundert Francs. Sie lächelte, als sie daran dachte, daß sie davon noch nicht einmal die Fahrkarte bezahlen konnte. Sie überlegte eine Weile, betrachtete den Ring, den sie an der linken Hand trug, und verließ das Restaurant.

Als sie ein wenig später in die Rue du Cherche-Midi einbog und in Richtung der Rue de Rennes weiterging, spielte noch immer das zufriedene Lächeln um ihre Lippen.

Sie betrat ein Gebäude, in dem eine lange Schlange von Menschen wartete, überwiegend Frauen. Am Schalter wurden Herrenanzüge, gebrauchte Kleidung, Besteck und kleine Fernsprechapparate abgegeben. Während der Angestellte einen Gegenstand schätzte, sagten die Frauen kein Wort, so als hätten sie Angst, sein Mißfallen zu erregen. Ihre Haltung wirkte gleichgültig, beinahe lässig. Doch in ihren Augen, die er nicht sehen konnte, lag ein Flehen. Als er schließlich den Kopf hob und sie ansah, stand die Höhe der Leihsumme fest. Sie akzeptierten immer mit einer Stimme, die zwar sanft klang, die ihre Enttäuschung jedoch nicht verbergen konnte. Wenn jemand einen Gegenstand auf den Tisch legte, drängelten alle ein wenig nach vorne, um ihn besser sehen zu können. Denn zu sehen, was die anderen in ihren Paketen hatten, war das eigentlich Interessante. Während man an dem Schalter wartete, an dem das Geld ausgezahlt wurde, unterhielt man sich wieder miteinander.

Alle, die hierher kamen, waren von Elend und Hunger dazu getrieben worden. War es nicht beschämend für Marie, sich unter diese Menschen zu mischen, sich das Recht anzumaßen, so zu handeln wie sie? Nein, sie schämte sich dafür nicht im geringsten. Sie waren gekommen, um sich ihr Brot zu sichern. Sie dagegen war gekommen, weil sie von einem Herzenswunsch getrieben war, um eine Liebe und ein tiefes Glück zu bewahren. Eines war so wichtig wie das andere.

Nun war Marie an der Reihe. Sie sagte leise, indem sie ihre Hand vorstreckte: »Mein Ring.«

»Das ist am anderen Schalter«, entgegnete der Angestellte.

Die Leute machten etwas Platz, um Marie vorbeigehen zu lassen, und stießen zum Spaß bewundernde Pfiffe aus.

»Gehen Sie rüber in die Schmuckabteilung! Sie Glückspilz!« sagte einer der Männer lachend.

Sie erhielt hundertfünfzig Francs. Das sollte wohl reichen, um die Fahrkarte zu bezahlen. Die hundert Francs, die sie außerdem noch hatte, würden ihr für eventuelle andere Ausgaben während der Reise bleiben. Sie fühlte sich ungewöhnlich reich.

Sie ging an der Post vorbei, wo sie ein Telegramm aufgab, und kehrte dann langsam und ohne Eile zu Claudes Wohnung zurück.

Am nächsten Morgen rief Marie in aller Frühe Jean an, umarmte Claude, zog die Wohnungstür hinter sich ins Schloß und ging in die frische Kälte des Januarmorgens hinaus.

Der Zug fuhr schon seit über einer Stunde. Die Waggons waren so überfüllt, daß Marie im Gang stehen mußte, wo die Soldaten hin und her gingen. Um sich einen anderen Platz zu suchen, bewegte sie sich auf den Speisewagen zu. Er war eng und ebenfalls voller Soldaten. Sie bahnte sich einen Weg zwischen den breiten Schultern hindurch, die einzige Frau, die sich in diese wogende blaue Menge gewagt hatte. Marie trafen zunächst verwunderte Blicke, doch dann bot man ihr Kaffee, saure Bonbons und Zigaretten an, die sie mit denselben Bewegungen rauchte wie die Männer um sie herum. Sie gab ihnen Bier aus, und auf einmal unterhielten sich alle miteinander.

Ein Mann betrat den Waggon; in seinen Armen hielt er einen Hund, den er hoch über die Menge hob, so als wollte er ihn vor dem Ersticken bewahren. Er versuchte, die Theke zu erreichen, um für seinen Hund etwas zu trinken zu holen, doch es gelang ihm nicht. Die Soldaten und Marie ergriffen den Hund und reichten ihn von Hand zu Hand weiter wie einen Ball. Sie lachten darüber, bis ihnen die Tränen kamen. Das niedergeschlagene Gesicht des Hundebesitzers steigerte ihr Vergnügen noch. Der Hund, ein junger Fox-

terrier, bellte, ruderte ein wenig mit den Beinen und
fand sich mit seiner Lage ab, so gut es ging. Ein gutaussehender afrikanischer Soldat in einem roten Mantel
hielt ihm sein Bierglas hin, aus dem das Tier zwei oder
drei gierige Schlucke nahm. Sein Herrchen schrie ent-
setzt auf, was bei Marie und den Soldaten einen neuer-
lichen Lachanfall auslöste.

Schließlich machte sich der Mann mit seinem Hund
davon.

Die Luft in dem engen, dunklen, von dicken Rauch-
schwaden durchzogenen Waggon war zum Ersticken.
Marie stand immer noch eingekeilt zwischen diesen
Schultern; gelegentlich erhielt sie einen Stoß von irgendeinem ledernen oder metallenen Gegenstand, der
zur Ausrüstung der Soldaten gehörte. Sie sog den
Schweißgeruch ein, der aus dem derben Stoff aufstieg.
In dieser Hitze, dem Rauch, inmitten dieses Geruchs
zusammengepferchter junger Männer, ihrem ohren-
betäubend lauten Lachen, der Lieder und lockeren
Witzeleien fühlte Marie sich glücklich. Sie lachte über
alles, was sie sagten. Das Leben war so schön, daß sie
einfach über alles lachen mußte. Die Soldaten waren
ein Teil dieser Lebensfreude, die in Maries Augen
strahlte, beständig wuchs und sich in ihr entfaltete.

Einer der Männer hatte einen freien Hocker entdeckt. Er setzte sich darauf und legte seine Füße auf
die Theke.

»He! Nimm deine Latschen da runter«, rief der
Kellner hinter der Theke.

»Ich find' das aber bequem«, antwortete der Mann.

Er zog aus seiner Tasche eine kleine Mundharmonika und fing an, kurze Melodien zu spielen. Dann und wann erkannten einige der Männer ein Lied und sangen im Chor mit. Der gutaussehende Soldat im roten Mantel hatte seinen Arm auf Maries Schulter gestützt, und seine Hand spielte ohne Hintergedanken ein wenig mit den Locken in ihrem Nacken. Draußen sah man eine schöne Winterlandschaft mit weiten Grasflächen vorbeiziehen, aus denen sich schlanke Bäume in den schweren, grauen Himmel reckten. Die nackten Äste der hoch aufgeschossenen, fast violetten Stämme, die sich gegen den Himmel abzeichneten, waren mit düsteren, runden Büscheln bewachsen. Einer der Soldaten stieß einen anderen mit dem Ellbogen an und sagte: »Pierre, schau mal. Da sind Misteln in den Zweigen … das sieht gar nicht übel aus.«

Über all dem lag eine rätselhafte Stimmung, die schön und melancholisch zugleich war, ohne jedoch bedrückend zu wirken. Sie entstand durch die Stimmen, die Bewegungen, die Gesichter, die Landschaft. Sie entstand aus dem Klirren der Gläser, dem Rattern des Zuges, dem Klang der Lieder und dem Lachen der Männer; vielleicht trugen auch die Farben der Uniformen und die Farbe von Maries Kleid dazu bei. Sie entstand aus vielen kleinen und großen Dingen, sie umgab Marie und breitete sich in ihr aus und nahm ihr den Atem. Sie spürte, daß sie, würde sich diese Stimmung, die sie in diesem Augenblick mit allem verband, nur noch ein wenig steigern, in einen berauschenden Taumel verfallen würde. Sie spürte, daß sie vor Erregung sterben könnte, wenn jetzt jemand das Wort aussprächte, in dem für sie der Ursprung dieser Stimmung lag.

Und am Ende des Weges wartete dieses grenzenlose Licht... Maries Herz schlug ungestüm, mit großen, starken Schlägen, im dumpfen Rhythmus des dahinrasenden Zuges. Und die Entfernung schmolz immer mehr zusammen... Die Bahnhöfe, die der Zug passierte, trugen schöne französische Namen (beinahe zu schöne und zu französische): Lonecourt, Ernoxeville, la Ferté-Grande, Saint-Mérault, Landelin-le-Duc.

Als Marie den Speisewagen verlassen wollte, drückten die Männer ihr die Hand und nannten ihre Namen. Das war zwar zwecklos, aber es machte ihnen Freude und war wie eine Art Freundschaftsbeweis: »Pierre Malionoi... René Binet... Sébastien Rémy... Jules Bottin... Marcel Cabillot...

»Und ich bin Marie.«

»Marie, und wie weiter?«

Sie sah sie an: den kleinen Dunkelhaarigen mit den tiefliegenden Augen, den Rothaarigen mit dem Kindergesicht, den Leutnant, der in seiner schicken Jacke besonders jung aussah, den, der mit Pierre gesprochen hatte und dessen Stimme so schön klang, den Blonden mit der viel zu großen Nase in seinem flachen Gesicht, den großen, etwas ausgehungert wirkenden Dunkelhaarigen, der Mundharmonika gespielt hatte, und den eindrucksvollen afrikanischen Soldaten. Sie lächelte ihnen allen zu, zuckte mit den Schultern und sagte: »Einfach nur Marie.«

Sie verabschiedeten sich noch einmal, indem sie sie mit ihrem Vornamen anredeten und die erste Strophe eines Liedes sangen, dessen erste Zeile lautete: »Adieu, Kameraden. Adieu, wir müssen gehn.«

In dem Abteil, in dem Marie ihr Buch und ihren Mantel abgelegt hatte, war noch immer kein Platz frei. Im Gang saß auf der einen Seite der Abteiltür eine Frau auf einem schwarzen Koffer, auf der anderen Seite kauerte auf einem Bündel ein Mann mit Mütze. Er mußte ihr Ehemann oder vielleicht auch ihr Bruder sein. Zwischen beiden stand ein unglückliches Kind, dem man ansah, wie sehr es sich langweilte. Sie hatten sicherlich noch eine weite Fahrt vor sich und stiegen bestimmt nicht am nächsten größeren Bahnhof aus wie Marie. Als das Kind fragte, wann sie denn an ihrem Zielort ankämen, antwortete die Frau: »Ach, das dauert noch lange.«

Ihre Bewegungen waren sparsam und eckig, gleichgültig, ob sie die beiden Hälften ihres Mantels über den Knien zusammenzog oder sich das Haar feststeckte. Sie hatte ein sorgenvolles Gesicht und ängstliche Augen. Ihre Arme waren fest an ihren Körper gepreßt und die Hände krampfhaft ineinandergeschlungen, so als wollte sie verhindern, daß ihre inneren Qualen nach außen drangen. Aus allem, was sie mit ihrer traurigen Stimme zu dem Kind sagte, klang unsagbares Leid. Und die Traurigkeit der Mutter übertrug sich damit auf ihr Kind.

Marie preßte sich an die Wand des Waggons, um einen Soldaten durchzulassen, der sich in voller Ausrüstung durch den Gang drängte. Er hatte ein Paar derbe, genagelte Schuhe außen an seinen Rucksack gebunden, die im Vorübergehen das Kind am Kopf trafen und ihm ein wenig die Wange aufkratzten.

Das Kind wollte sich nicht beklagen, es wollte sich nur über den Schreck hinwegtrösten. Da fielen ihm das Brot und die Wurst ein, die seine Mutter in ihren Koffer gepackt hatte und auf die es schon seit Stunden Appetit hatte. Es sagte: »Ich habe Hunger.«

Die Frau antwortete: »Es ist noch nicht Zeit zum Essen.«

Der Ton, in dem sie das sagte, machte deutlich, daß dies zwar bedauerlich, aber nicht zu ändern sei. Das Kind spürte die Tränen in sich aufsteigen und ging zu seiner Mutter, weil ohnehin alles so traurig und trostlos war, und zeigte ihr die Kratzer an Stirn und Wange. Sie nahm sein Gesicht in ihre Hände.

»Tut's sehr weh?«

Das Kind hatte wirklich Hunger, und jetzt merkte es auch, daß es Schmerzen hatte. Es senkte den Kopf, ließ sich in die Arme seiner Mutter fallen und weinte verzweifelt in ihren traurigen Schoß hinein. Sie hob das Kind hoch und zog es an sich, drückte seinen Kopf gegen ihre Brust und schloß es fest in ihre Arme. Die tröstenden Worte, die sie mit ihrer unglücklichen Stimme zu ihm sprach, waren weit trauriger als der unbedeutende Kummer des Kindes. Sie hüllte es ein, preßte es an sich, erstickte es beinahe mit dem Kummer, der ihr Wesen bestimmte.

Marie hätte das Kind am liebsten irgendwohin mitgenommen, weit weg von seiner Mutter.

Es weinte noch mehr. Der Mann erwachte aus seinem Halbschlaf und erkundigte sich nach dem Grund. Er sagte: »Komm mal her. Ich zeige dir was.«

»Was?« fragte das Kind.

»Ein Kartenspiel.«

Das Kind war zögernd aufgestanden und, unentschieden zwischen Lachen und Weinen, hielt es die Luft an. Der Mann gab ihm einen kleinen Klaps auf den Kratzer, um ihm zu zeigen, daß er nicht der Rede wert war. Aber es sollte wohl auch begreifen, daß Angst und Kümmernisse etwas ganz Alltägliches waren: Langeweile beim Warten und der Pakt mit dem Unglück. Das Kind entschied sich für das Lachen, setzte sich neben den Mann auf das Bündel und fing an, die Karten auszuteilen, die er aus seiner Tasche gezogen hatte.

Marie lächelte den Mann und das Kind an, dann wandte sie sich dem Waggonfenster zu. Wie der Zug davonjagte . . . Sie näherte sich ihrem Ziel . . . noch eine halbe Stunde. Maries Herz schlug heftig. Sie beruhigte sich langsam wieder, als sie durch die Scheibe die schöne unbekannte Landschaft betrachtete.

Es schneit ein wenig, ein sehr leichter, pulveriger Schnee, der die Wälder kaum bedeckt, braune Feldwege und rötliche Ackerflächen, die im Hintergrund der Landschaft in sanfte gewellte Hügel übergehen. Es gibt kein Dorf, kein Haus, keine andere Farbe, nur ein wenig Schnee auf der rötlichen Fläche. Doch die Unebenheit des Geländes läßt den weiten Pflanzenteppich bald heller, bald dunkler erscheinen. Vor Maries Augen verschmelzen alle Braun- und Rottöne miteinander, um gleich darauf jeder für sich wieder neu aufzuleuchten.

Eine Landschaft endet, eine andere beginnt: ein schnurgerader, flacher Kanal, Häuser, Straßen und Geräusche. Ein Viadukt, auf dem Autos fahren und Leute stehenbleiben, um zuzusehen, wie unter ihnen der große, bereits langsamer werdende Zug hindurchfährt. Und plötzlich erscheint ein Name auf einem Blechschild – die ganze geballte Kraft der Wirklichkeit.

Er geht sehr schnell, aber Marie hält leicht mit ihm
Schritt. Zusammen gehen sie über einen Platz und
durch Straßen, die aussehen wie in der Umgebung
jedes anderen Bahnhofs auch. Erst als das Besondere
dieser Stadt sichtbar wird, verlangsamt er seinen
Schritt, damit Marie Gelegenheit hat, das für sie Neue
aufzunehmen. Es ist zwar schon dunkel, aber noch
nicht Nacht. Das sanfte Zwielicht verleiht den Fassaden eine sonderbar unantastbare Schönheit. Sie stam-
men aus einem anderen Jahrhundert und sind in einem
großartigen, reinen Stil erbaut. Sie reihen sich aneinander, um unendlich breite Straßen zu säumen, oder
stehen zu mehreren in einem Quadrat zusammen und
bilden Plätze von stiller, unnahbarer Schönheit. Marie
läßt sich führen. Sie überqueren halbrunde, von Ko-
lonnaden umgebene Plätze, Palais und Arkaden, passieren bronzene Tore mit schwerer Goldverzierung.
Sie folgen einer breiten Allee und treffen dann auf eine
etwas schmalere, deren Baumkronen einen Lauben-
gang bilden. Die Straßen sind durch Torbogen aufge-
lockert und mit Brunnen geschmückt, so daß sie eher
wie Parks wirken.

Er hat den Rundgang nicht bewußt geplant, will ihr

keine Besonderheiten zeigen: die Stadt ist einfach so. Mit ihrer stummen, starren Schönheit, ihrem Gesicht aus Stein und Gold erinnert sie an eine Große historische Epoche. Für Marie ist sie die schönste Stadt Frankreichs.

Inzwischen ist es vollkommen dunkel geworden. Die Nacht hüllt die Tore, die breiten Straßen und Brunnen ein. In dem Park, durch den sie jetzt gehen, ist nur ein einziger Weg beleuchtet, alles übrige liegt in völligem Dunkel und erscheint riesengroß und geheimnisvoll.

Ihm fällt ein, daß Marie schon am Morgen aus Paris weggefahren ist, und er schlägt vor, irgendwo zu Abend zu essen. Auf der Speisekarte des Restaurants liest Marie lauter unbekannte Namen: jede Provinz hat ihre eigenen Gerichte. Er bestellt Wein aus der Region. Der Weinbau wird hier nicht sehr intensiv betrieben, so daß der Ertrag der wenigen Rebflächen eigentlich nur hier getrunken wird.

Bestimmt ist er schon einmal in diesem Lokal gewesen, und man kennt ihn, vielleicht liegt es aber auch daran, daß sie beide sehr jung aussehen, wie sie einander so gegenübersitzen: jedenfalls wird Marie mit »Mademoiselle« angeredet. Er redet, erzählt ein wenig über die Kurse, die er belegt hat, erklärt, was er studiert, welche Bücher er liest. Marie sieht ihn einfach nur an und streichelt ihn mit ihren Blicken, ohne daß er es bemerkt. Dabei würde sie ihm auch gerne mehr erzählen. Ist es die Intensität dieses Augenblicks, die sie am Sprechen hindert? Ein tief empfundenes Glück läßt sie verstummen. Er ist hier, sie ist hier, man weiß nicht, was daraus entstehen wird: etwas Zartes oder etwas Wildes. Dieses Glück ist so kostbar und zugleich so grausam, wie es nur die kurzen, intensiven Dinge sein können. Doch der Abend hat eben erst begonnen, sie haben auch noch die ganze Nacht. Für sie, die so wenig zusammen sind, ist jede gemeinsam verbrachte Stunde so reich wie ein ganzer Tag.

Aber die Zeit vergeht viel zu schnell, wenn sie so intensiv erlebt wird. Es ist elf Uhr abends, die Stadt schläft. Sie gehen durch ein altes, mit massiven Türmen bewehrtes Stadttor, das in der Nacht sehr schön wirkt. Unter seinen Gewölbebögen hallen ihre Schritte wider. Als sie wieder eine lange, breite Straße entlanggehen, ergreift er Maries Arm, drückt ihn leicht und führt sie, ohne sie loszulassen, zu dem Haus, in dem er wohnt. An der Schwelle zu seinem Zimmer begreift Marie: endlich dringt sie ins Herz dieser schönen, geheimnisvollen Stadt vor.

Das Zimmer ist eng, die Wände sind von einer Tapete mit winzigen, dicht gedrängten stilisierten Blumen bedeckt. Maries Augen wandern von einem Gegenstand zum anderen: Der Tisch ist mit Heften und Büchern übersät. Skier aus hellem Holz lehnen mit den gebogenen Spitzen nach außen am Schrank. Vor einem Waschbecken steht ein Paravent. Ein Päckchen einer ihr unbekannten Zigarettenmarke, ein heller Regenmantel am Haken eines Kleiderständers, die

Reproduktion eines Gemäldes von Rouault: Rosé-
töne, die auf der Stirn eines sehr menschlichen Jesus
aufleuchten und wieder verblassen. Und eins von
Degas, auf dem eine merkwürdig grüne Tänzerin po-
siert. Ein flaches Bett, das mit kräftigem Baumwoll-
stoff bedeckt ist. Links und rechts des Fensters hängen
Vorhänge aus dem gleichen Stoff. Alles in diesem
Zimmer gefällt ihr.

Da sie viel zu früh zu Abend gegessen haben, sind
sie schon wieder hungrig. Er holt Brot, Butter und
Äpfel, die auf einem Brett in seinem Schrank liegen.
Sie setzen sich nebeneinander an den Tisch und essen
zwischen den Stapeln von Büchern und Heften. Marie
spürt auf einmal nicht nur ihr Blut in ihren Adern
fließen, sondern zugleich etwas Uraltes, Archaisches:
Sie empfindet eine Freude darüber, für diesen Mann
Brot zu schneiden und es mit Butter zu bestreichen,
wie nur eine Frau sie empfinden kann.

Sie unterhalten sich noch eine Weile miteinander.
Als Marie aufsteht, um ein Heft, das er ihr gerade
gezeigt hat, auf den Tisch zurückzulegen, schließt er
sie plötzlich in seine Arme. Und sie sprechen miteinander, wie zwei Menschen, die einander erst in diesem
Moment wiedergetroffen haben.

Sie liegen dicht aneinandergedrängt quer über dem
Bett. Marie hat den Kopf zurückgelegt und entdeckt
noch ein weiteres Bild von Degas: kurze Tüllröcke im
Kreis auf einer Bank und Köpfe, die sich zu Satinschu-

hen hinunterbeugen. Ihre Augen wandern wieder im Zimmer umher. Es ist hell und freundlich... Bestimmt sind schon andere Frauen vor ihr hier gewesen – und es werden weitere kommen...

Plötzlich umschließt Marie seine Knie mit ihrem Bein und wirft sich wie ein weibliches Tier über seinen Körper, als wolle sie ihn verteidigen. Eifersüchtiges Weib – wieder dies Archaische in ihrem Blut. Doch schnell verdrängt sie diesen beschämenden Gedanken, der den anderen, den einzig gültigen zu trüben droht: Er ist hier, sie ist hier, jetzt ist jetzt.

Er liegt auf dem Rücken, sie hat sich eng an ihn geschmiegt. Ihre Hände sind unter seinen Armen hindurchgeschlungen und halten sich an seinen Schultern fest. Er hat sie mit seinen Armen umschlossen, seine beiden Hände liegen auf ihren Hüften. Sie spüren die Zärtlichkeit in sich wachsen, lange Zeit bleiben sie in dieser innigen Umarmung liegen.

Viel später, nachdem sie die Lichter im Zimmer gelöscht haben, liegen sie nicht mehr beieinander. Ihre Hände treffen sich in der Mitte der sie trennenden Distanz: die Linke des einen hält die Rechte des anderen. Vielleicht sind sie eingeschlafen. Die Straßenlaternen werfen in langen, goldenen Streifen ihr Licht durch die Jalousien auf die Wände des Zimmers. Es ist vollkommen still. Auch von draußen dringt kein Laut herein. Nur einmal hört man das langgezogene Pfeifen des Schnellzuges, der nach Paris fährt – ohne Marie.

Eine Hand hat sich bewegt, hat die andere Hand ein wenig fester gedrückt und zu verstehen gegeben: Ich schlafe nicht. Maries Augen strahlen in der Dunkelheit. Den Blick in den Lichtmustern des Zimmers verloren, träumt sie, fast schon im Schlummer: Er ist bei mir. Der Mensch, der mir so ähnlich ist. Und dennoch bleibe ich ich selbst. Mehr ich selbst, als ich es je gewesen bin. Die breiten Lichtstreifen, die sich über Wände und Decke gelegt haben, erinnern sie an die Form einer Kapelle. Heilige Maria der Einsamkeit. Unsere Liebe Frau hat ihr Herz wiedergefunden, ihr schönes, hartes Herz, das kein Schwert durchbohren kann. Ihr Herz, das so groß ist, daß man es mit einem mächtigen, goldenen Tor schützen muß, das die Form einer Kapelle hat.

Marie hat die Augen geschlossen. Die Hände der Liebenden haben sich gelöst, und um ihre wiedervereinten Körper schließen sie, unter einem glücklichen Seufzen, ihre Arme in einem doppelten Kreis.

Schließlich schlafen sie ein. Doch als das Licht der Straßenlaterne sich mit den blassen Strahlen des Morgenlichts vereint, lieben sie sich noch einmal, so lange, bis es Zeit ist, aufzustehen und sich für die Abfahrt bereitzumachen.

Marie steht vor dem Fenster und entdeckt, was sie nun schon wieder verlassen muß. Auf der breiten Straße, dem Fenster gegenüber, erhebt sich ein Triumphbogen mit drei Durchgängen. Er ist mit schweren steinernen Verzierungen versehen, in denen

Marie, genau in Blickhöhe, Schilde, Schwerter und starre Standarten entdeckt; seine Hochreliefs zeigen Pferde, die sich zwischen drohend geschwungenen Waffen und mit Helmen bewehrten Kriegern aufbäumen. Die Galerien über den alten Fassaden tragen Wappen mit Waffen, Lilien und Fürstenkronen oder von Amorstatuen gehaltene Vasen, aus denen schweres steinernes Blattwerk quillt. Doch Maries Blick schweift noch weiter in die Ferne, zu den beiden Türmen der Kathedrale, die die Häuser überragen, und zu den sanften, braunen Hügeln, die sich jenseits der Dächer bis zum Horizont erstrecken und die ganze Stadt umgeben.

Marie wendet sich wieder zum Zimmer hin. Er sagt leise: »Sind Sie soweit? Vielleicht haben wir noch Zeit, gemeinsam zu frühstücken, bevor der Zug abfährt.«

Sie geht auf ihn zu, er hält sie an den Schultern fest und sieht sie eine Weile an. Sie sieht am Kragen seiner Jacke dicht vor ihren Augen das kleine metallene Abzeichen blitzen. Sie berührt es mit der Hand, legt ihre Stirn darauf und verbirgt im Stoff, in der Mulde seiner Schulter, das Zucken in ihrem Gesicht. Dann hebt sie gefaßt den Kopf, und sie sehen einander noch einmal an.

»Du hast schöne Augen.«

Fast ein Flüstern von Mund zu Mund, die Stimme war so leise, daß man nicht sagen kann, wer von ihnen gesprochen hat.

Draußen, in der eisigen Luft, gehen sie wie immer

rasch und schweigend nebeneinander durch die Straßen. Ihr Blick ist nach vorne gerichtet, ihre Gesichter sind jetzt wieder verschlossen und verraten keine Regung mehr. Im frühen Morgenlicht wirkt die Stadt noch weißer, noch ruhiger und ausdrucksvoller in ihrer Schönheit. Sie überqueren einen Platz und scheuchen mit ihrem Schritt violette Tauben auf, die davonfliegen. Auf den zu Laubengängen zurechtgestutzten Bäumen liegt noch etwas Schnee. Marie betrachtet diese Bäume: Ihre nackten, ineinander verschlungenen Äste lassen nicht erkennen, ob es Ulmen, Weißbuchen oder Linden sind. Erst wenn sie wieder Blätter haben...

20

Gerade haben sie sich getrennt. Auf dem Bahnsteig herrschte Lärm und Gedränge. Man sah den Menschen an, ob sie zu einer längeren Reise aufbrachen oder nur auf Vorortzüge warteten, man erkannte, ob sie traurig oder fröhlich waren und welchem Beruf sie nachgingen. In den Gesichtern der anderen spiegelte sich ein kleines Stück ihres Lebens. Sie beide jedoch verrieten sich durch keine noch so kleine Geste. Nichts in ihrem Verhalten erinnerte an die vergangenen Stunden. Man hätte denken können, es gäbe für sie keine Zukunft.

Man hörte den Ruf des Schaffners: Der Zug fuhr in den Bahnhof ein. Ihre Hände berührten sich kaum, wenn man sie so sah, hätte man nicht zu sagen gewußt, ob sie sich begrüßten oder trennten. Nachdem sich die Zugtür geschlossen hatte, ging er mit seinem ausholenden, ruhigen Schritt den Bahnsteig zurück. Sein Gesicht war nicht zu sehen, seine Gedanken waren nicht zu erraten. Marie blieb noch eine ganze Weile im dunklen Gang stehen, ganz aufrecht, die Zähne fest zusammengepreßt. Hinter der Scheibe zog jetzt alles in umgekehrter Reihenfolge vorüber: der große Eisenviadukt, die Straße, die an den Bahngleisen entlangführte, die Häuser inmitten von Gärten, der Kanal.

Marie sitzt in einem Abteil dritter Klasse. Die Minuten verrinnen unaufhaltsam. Landschaften und Dörfer addieren sich unaufhörlich und reihen sich im unerbittlichen Rhythmus der Räder aneinander wie Glieder einer mathematischen Gleichung. Schon schneit es auf die rötlichen Felder. Die schöne Stadt liegt dort hinten in der Ferne, einmal ein wenig nach rechts, dann wieder nach links verschoben, von weichen Hügeln eingeschlossen, eine Insel der Wirklichkeit in der wirklichen Welt.

Auf der Sitzbank ihr gegenüber reibt sich ein Kind, das zu früh wach geworden ist, die Augen und wimmert leise vor sich hin. Eine Frau wühlt ununterbrochen in ihrer großen Ledertasche. Ein Soldat döst mit weit ausgestreckten Beinen; mit einer schon nicht mehr kontrollierten Geste stützt seine Hand den Kopf, rutscht weg und hebt sich erneut. Ein junges Mädchen ißt eine Orange. Marie sitzt in der Ecke am Fenster; sie hat die Hände übereinandergelegt und den Kopf an die Holzverkleidung des Waggons gelehnt. In ihren Kleidern und auf ihrem ganzen Körper ahnt sie noch den Geruch der Liebe.

21

»O nein, bloß keine Milch! Ich kann keine Milch mehr sehen! Ich möchte lieber Orangensaft.«

Marie stellte die warme Milch, die sie eben hereingebracht hatte, auf dem Tisch ab und fing an, Orangen auszupressen.

Claude war noch sehr blaß im Gesicht, aber ihre Augen waren schon viel klarer.

»Wieviel Zucker: ein Stück, zwei Stück, zehn Stück, fünfzig Stück!«

Sie lachte laut und antwortete: »Null Stück, ich habe viel zu großen Durst.«

Sie trank gierig wie ein durstiges Kind und streckte dann Marie das leere Glas hin.

»Ach, das war gut ... Ich bin so froh, daß du wieder da bist.«

Sie richtete sich auf ihrem Kopfkissen ein wenig auf, schlug mit der flachen Hand auf die Bettkante und bat: »Setz dich doch ein bißchen zu mir.«

Sie hatte Marie an den Händen gefaßt, wie sie es immer tat, und sah sie an.

»Irgend etwas ist in deinen Augen. Was ist es?« fragte sie.

»Was meinst du damit?«

Sie wurde unruhig, fast traurig und versuchte zu erklären: »Nun, so ein Leuchten … ich weiß nicht genau … Und es ist auch etwas in deinem Gang und in all deinen Bewegungen. So, als wärst du auf einmal aufgeblüht … dabei siehst du nicht älter aus, ganz im Gegenteil …«

Ein ruhiges, sanftes Lächeln ließ Maries Gesicht erstrahlen.

Claude wiederholte dumpf: »Ich weiß nicht genau …«

Sie neigte sich noch näher zu Marie, streckte ihre Hände noch weiter aus, bis sie fast auf Maries Schultern lagen.

»Was hast du gemacht? Wo bist du gewesen? Sag es mir!«

Marie lächelte noch immer. Mit beiden Händen strich sie Claude über das Haar, mit jeder Hand auf einer Seite des schmalen, scheuen Gesichtchens herab, als sei es ein Puppengesicht.

Doch Claude spricht schon weiter. Dicht vor Maries Gesicht fordert ihr armer, unglücklicher Mund mit fiebrigem Atem: »Erzähle es mir … Damit ich dasselbe tun kann wie du … mit dir zusammen.«

Marie hat sich aufgerichtet und sich dabei etwas zu abrupt aus den schwachen Armen der Kranken befreit. Sie steht jetzt neben dem Bett. Mit einem Gesicht, in dem das Lächeln plötzlich erloschen ist, sieht sie Claude an.

»Du weißt doch genau, wie sehr ich dich brauche,

Marie... Du kannst nicht einfach so allein wegfah-
ren...«

»Aber jetzt bin ich doch wieder da, ich komme
immer wieder zurück.«

»Nein, Marie, diesmal bist du nicht zurückgekommen.«

Sie streckt ihr noch einmal die Hände entgegen.
Erneut hat sie sich in Maries Arm geflüchtet und weint
leise.

»Komm zurück, Marie. Erzähle...«

»Aber es gibt nichts zu sagen. Das Leben ist doch
keine Geschichte, die man erzählen könnte. Es ist
allenfalls eine Geschichte, die man selbst erleben
kann.«

»Wenn ich es aber mit meinen Augen nicht sehen
kann?«

»Man sieht nur das, was man auch versteht. Und
man versteht nur das, was man liebt. Zuerst muß man
sich hingeben, sich einlassen, dann erhält man dafür
auch etwas zurück. Aber du wartest immer nur, du
wartest, daß irgend etwas auf dich zukommt... Du
weißt nicht, worauf du wartest; irgendein namenloses,
unbestimmtes Glück, das dir plötzlich zufallen und
dich ausfüllen soll... Da aber nichts von alleine auf
dich zukommt, verzweifelst du. Deshalb wolltest du
sterben. Dabei war schon alles da... Du selbst mußt
lieben, du selbst mußt leben. Etwas vom Leben zu
fordern, heißt, es von sich selbst zu fordern.«

Marie sprach mehr zu sich selbst als zu Claude, die

sie kaum verstand. Aber sie beruhigte sich an Maries Brust. Die Klarheit von Maries Worten und die Wärme ihres Körpers hüllten sie ein. Die Berührung mit diesem leidenschaftlichen Frieden hatte heilende Wirkung auf sie.

Marie hielt sie an sich gedrückt. Dann legte sie ihren Kopf wieder auf das Kissen zurück und zog die Bettdecke hoch, damit Claude nicht fror.

»Wann fährst du nach Maubeuge zurück?«

»Morgen früh.«

»Kommst du denn heute abend nochmals her?«

»Ja.«

Marie verließ das Haus. Sie ging zu einem Schüler, der sie erwartete, und arbeitete bis zum Mittag mit ihm. Der nächste Unterricht begann erst um drei Uhr. So hatte sie einen Moment ganz für sich allein.

Es ist eine Stunde wie andere Stunden auch. Jede Stunde ist wertvoll, aber diese ist für Marie besonders kostbar, weil sie sie allein erlebt. In diesem Augenblick würde sie die Anwesenheit eines jeden Menschen stören, und sei er ihr noch so vertraut.

Es ist nicht kalt, obwohl sich die Wintersonne nicht sehen läßt. Der Himmel über Paris ist farblos, es gibt nichts, was den Straßen ein heiteres oder tristes Aussehen geben würde: die Häuser haben ganz einfach die Farbe des Steins, aus dem sie erbaut sind, alles zeigt sich so, wie es wirklich ist. Marie geht langsam, kein Hindernis hält sie auf. Sie ist mit sich allein. Sie kann in Ruhe ihren Gedanken nachhängen und die Gesichter der Menschen an sich vorbeiziehen lassen, die ihrem Herzen nahestehen.

Jean: Wo ist die Zärtlichkeit geblieben, von der dein liebes Gesicht stets umstrahlt war!... Ich begreife jetzt, daß es keinen Gott gibt, der die Liebe zwischen einer Frau und ihrem Mann bewahren würde. Es gibt noch nicht einmal ein Wort, um diese eheliche Liebe zu beschreiben. Freundschaft, Zärtlichkeit, Liebe, Leidenschaft, Begierde... Keiner dieser Begriffe trifft zu, sie bezeichnen alle etwas anderes. So wird der Platz in meinem Herzen mit diesem menschlichen Gefühl namenlos bleiben müssen. Und wenn ich es ganz allein für mich bewahren müßte...

So vieles hat sich verändert, aber vieles ist auch gleichgeblieben, vielleicht ist manches wahrer, als es früher war, und lebendiger denn je. Denn ich weiß auch, daß ich dich jetzt, heute, weniger begehre. Mag sein, daß dies nur eine Phase in dieser Liebe ist, die ich für dich empfinde. Ich weiß auch, daß ich nie aufhören werde, dich zu lieben. Ich weiß, daß ich dir bis ans Ende der Welt folgen werde, wenn du mich darum bittest.

Claude, meine arme Schwester – ihr Gesicht bedrückt mich! Doch es wird meinem Herzen immer nah sein. Heute abend werde ich noch einmal zu ihr gehen, und morgen fahre ich nach Maubeuge zurück.

Man befreit sich nicht, indem man einen Menschen im Stich läßt. Wirklich befreien kann man sich nur, wenn man sich den Dingen stellt, vor denen man davonlaufen möchte. Aufbruch und Wiederkehr. Und immer wieder erneuter Aufbruch. Wenn ich wegfahre, tue ich es nicht, um ihr zu entfliehen, ich tue es, um auf andere Dinge zuzugehen.

Und du, anderes Gesicht, so jung, so hart, so

fern . . . Die schöne Stirn, die sich über mich neigt, Lider mit schweren Wimpern, die von meinen Lippen berührt werden, Haare, die meine Hände gestreichelt haben . . . Bist du das Gesicht der Liebe? Warum sollte ich darauf eine Antwort geben . . . Gefühle werden gelebt, nicht ausgesprochen.

Du bist sehr weit weg von mir. Und ich nehme diese schmerzliche Entfernung an. Ich weiß nicht, wie sehr du mich liebst. Sage es mir auch nicht. Halte dein Leben vor mir verborgen, behalte es für dich. Du hast das Recht dazu. Und wenn du dieses Recht nicht hättest, müßtest du es dir nehmen. Ich liebe dich, aber ich werde es dir nicht sagen. Nur ich selbst darf es wissen. Warum sollte ich das zügeln, was ich so stark empfinde? Ich liebe dich. Vielleicht für sehr kurze Zeit, vielleicht für immer. Niemand kann es wissen.

Die Liebe kennt weder Vollkommenheit noch die Garantie für ewige Dauer. Die Liebe unterliegt dem Pulsschlag der Zeit, wie alles Lebendige. Sie wandelt sich mit ihm wie alles Lebendige. Sie überlebt oder sie vergeht, sie strauchelt und erhebt sich wieder. Und wenn sie lebt, so kann sie auch sterben. Das ist zugleich das Schöne an ihr. Etwas kann nur dann großartig und bewegend sein, wenn es die Möglichkeit seines Endes in sich trägt. Kampf und Erhalt, vereinter Kampf von Körper und Herz. Niederlage oder Sieg einer Stunde über die vorangegangene . . . Langsam vorwärts gehen, durch alle Gefahren, Schritt für Schritt.

Ist die ewige, vollkommene Liebe von unvergänglicher Schönheit? Ist eine sterbende Liebe von tragischer Schönheit? Ist eine neu entstehende Liebe mit all ihrem Glückstaumel von überwältigender Schönheit? Für mich zählt eine andere Schönheit viel mehr – eine Schönheit, die weder unvergänglich noch überwältigend, noch tragisch ist. Sie ist schwerfällig, schwierig, doch wahrhaftiger. Diese Schönheit besitzt eine Liebe weder in dem Moment, in dem sie entsteht, noch in dem Moment, in dem sie stirbt. Nur die Liebe, die lebendig ist, besitzt sie.

Dies ist die Zeit, in der meine Liebe zu dir lebendig ist, schönstes Gesicht meines Herzens. Vielleicht darf ich noch einmal bei dir sein. Züge, immer wieder Züge... Der Stahl der Schienen wird über meinem Leben leuchten, wie die Strahlen eines Sterns. Doch wenn wir uns trennen, soll es weder Tränen noch Abschiedsworte geben. Ohne Beteuerungen und ohne unsere Hände ineinander zu verschlingen, gehen wir auseinander, denn unsere Liebe ist lebendig.

Gesichter meines Herzens...

Doch ist das alles? Gibt es nicht noch etwas anderes? Ein großes, namenloses, noch viel lebendigeres Gesicht, das keine andere Liebe, auch nicht die glühendste, jemals wieder verdrängen kann. Es besteht aus vielen lebendigen Wesen, Dingen, Gesten und Landschaften: Das große Antlitz der Welt, das von Freude und Leid, von Überfluß und Elend gezeichnet ist. Nichts darf sich auf diesem geliebten Gesicht verändern: Alles ist schön so, wie es ist.

Bei diesem Gedanken hielt Marie in ihrem Schritt inne und blieb mit verträumtem Blick und gerührtem Lächeln stehen, an einer Straßenecke in Paris.

Zwei Arbeiter zogen die Seitenbegrenzungen eines Fußgängerüberwegs. Sie beugten sich dabei tief über den stark riechenden Asphalt der Straße. Einer von ihnen hob den Kopf und sah in Maries Gesicht.

»Na, Mädchen, welchem Engel lächelst du denn zu?«

Er beugte sich wieder nach unten. Die Antwort gab Marie nur sich selbst: »Keinem Engel, dir lächle ich zu.«

So wie sie auch all den anderen Menschen zulächelte, die vorübergingen: den beiden Kindern mit der Schultasche unter dem Arm, die neugierig zu ihr herübersahen, der Frau, die an ihr vorbeihastete, dem jungen Soldaten, dem ein Sieg nichts zu bedeuten schien, und all den anderen, denen eines gemeinsam war: die Gnade, auf der Erde leben zu dürfen.